COUPLE :
LA FORMULE DU SUCCÈS

Du même auteur :

On gère sa vie, on ne la subit pas, Marabout, 2001 (poche n° 3704)

Phillip C. McGraw

COUPLE : LA FORMULE DU SUCCÈS

Sept étapes essentielles pour renouer avec votre partenaire

Traduit de l'américain par Sophie Artaud

•MARABOUT•

Originally published in the United States and Canada by Hyperion
Titre original :
Relationship Rescue : A Seven-Step Strategy for Reconnecting with Your Partner.
This translated edition published by arrangement with Hyperion.

Publié précédemment sous le titre : *Sauvez votre couple.*

Ce livre est dédié, avec amour et gratitude,
à mon épouse, Robin,
qui n'a jamais cessé d'être une femme
en devenant mère,

À mes fils, Jay et Jordan,
qui m'inspirent l'énergie
de bien faire mon métier,

Et à la mémoire de mon père bien-aimé,
« Dr Joe », alias « Le Vieux »,
un homme de passion et d'émotion,
qui releva d'énormes défis,
et réjouit le cœur de tant d'êtres.

Affrontez la réalité : *retrouvez vos énergies innées*

Si votre relation de couple ne marche pas, quelle que soit la nature de vos problèmes actuels, je vais vous dire tout net comment résoudre cette situation. Je ne m'embarrasserai pas de douces et séduisantes circonvolutions et je ne vais non plus vous assommer de grandes phrases. Vous couperez également au jargon psy et je ne vous imposerai pas une énième théorie à la mode. Je vais vous apporter des réponses franches, honnêtes et sensées – des réponses qui ont toujours fait leurs preuves, mais qui ont été noyées sous le déluge de la vulgarisation psychologique – laquelle n'a plus aucun sens.

Mais avant de vouloir sauver votre relation et renouer avec votre conjoint, vous devez considérer un préalable sérieux, un point qui conditionne l'efficacité du résultat. Il vous faut affronter votre réalité. J'entends par là que vous deveniez à cent pour cent honnête et sincère avec vous-même, sans concessions, sans dénis ni faux-semblants. Si vous tentez de vous justifier, si vous êtes trop fermé(e), si vous êtes sur la défensive, entêté(e), vous courez droit à l'échec. Si l'objectif de ce livre est bien de sauver votre relation du marasme et de vous permettre de renouer avec votre conjoint, il n'en reste pas moins que la solution est en vous. Vous seul(e). Car c'est d'abord et seulement en renouant avec vous-même que vous pourrez retrouver votre partenaire de vie.

Je vous l'affirme solennellement, votre conjoint peut changer du tout au tout, vous pouvez le quitter pour un autre, cela ne changera strictement rien tant que vous ne déciderez pas de balayer sérieusement devant votre porte. Vous êtes le point de départ de ce périple. Vous devez reprendre les rênes et devenir une personne qui aspire à la qualité, inspire le respect, et n'exige rien de moins qu'un amour vivant et durable. Ce changement ne peut passer que par une redécouverte personnelle, et seulement lorsque vous aurez décidé ce qui doit advenir de votre amour, de votre vie et de vos ambitions. Ce changement commencera par s'opérer au fond de vous pour trouvera ensuite sa traduction extérieure. Le sauvetage et la sauvegarde de votre couple ne dépendent que de vous. Je sais déjà que vous n'avez pas été assez sincère et respectueux de vous-même, sinon votre relation de couple ne serait pas en difficulté, et vous n'auriez pas entamé la lecture de ce livre.

Car en fait, si votre couple bat de l'aile, que votre relation est source de souffrance, de solitude et de confusion, c'est que vous avez définitivement, j'en suis convaincu, perdu contact avec vos énergies intérieures, votre dignité, vos valeurs et votre estime de vous-même. Vous vous êtes complu(e) dans votre souffrance et accommodé(e) d'attitudes destructrices. En alléguant des motifs rationnels, vous avez mis de côté la plupart de vos rêves et de vos espoirs. Vous vous êtes contenté de trop peu, vous avez laissé le champ libre à l'apathie, et vous avez probablement permis à votre partenaire de vous maltraiter pendant plusieurs années. Mais surtout, vous vous êtes maltraité. Vous en avez blâmé votre conjoint ou certaines circonstances plutôt que de chercher en vous les raisons de votre malaise. Vous avez perdu le contact avec cette partie de vous-même que j'appelle la conscience intime – cet endroit où vous existez en toute intégrité, l'endroit où sont concentrés vos forces, vos instincts, vos valeurs et votre sagesse. Souvenez-vous, à un moment de votre vie, vous étiez sûr de ce que vous étiez, sûr de ce que vous vouliez. Vous croyiez alors en vos capacités et votre vie respirait l'espoir et l'optimisme. Vous étiez en contact avec cette conscience intime. Vous vous sentiez relié à ce cadeau divin, qui vous révélait à vous-même.

Sachez qu'il vous est possible de renouer avec cette chose si précieuse.

N'y voyez pas de blabla ridicule. Ce concept est peut-être le plus important que vous ayez à maîtriser au cours de ce livre. J'ai étudié le parcours des gens qui réussissent, et ce toute ma vie. Je me suis toujours demandé pourquoi ces gens se créaient une vie et des relations riches et fructueuses et gratifiantes alors que d'autres, tout aussi talentueux, vivent dans la médiocrité. Nous connaissons tous des gens qui voient les opportunités et les chances se bousculer à leur porte et qui n'en font jamais rien. Et nous connaissons d'autres qui, en partant de rien ou de nulle part, défient la chance, surmontent d'immenses obstacles et se forgent une place dans ce monde. J'ai découvert de manière irréfutable que les gens qui réussissent ont un si bon contact avec leur conscience intime et sont tellement conscients de leur valeur que non seulement ils se traitent eux-mêmes avec respect mais qu'ils inspirent ce même respect aux autres. Ils ressentent les effets d'une clarté intérieure assez puissante pour leur apporter une inébranlable confiance en leur propre vie et la certitude qu'ils en déterminent eux-mêmes les circonstances. Ils ont puisé dans ce fameux noyau de conscience. Ils ont revendiqué leur droit à une vie qui les comble. Ils ont refusé d'exiger peu d'eux-mêmes et des autres.

La vérité n'est pas toujours facile à entendre, elle n'en est pas moins juste. Or je ne vous laisserai pas vous y soustraire et par ce fait vous leurrer vous-même. Alors écoutez-moi : si vous ne faites pas le ménage dans vos convictions négatives et dans toutes les informations erronées que vous avez assimilées, et ne cherchez pas à reprendre contact avec votre conscience intime, quoi que vous ayez appris, vos critères d'exigence resteront si bas que vous persisterez à détruire votre relation. Vous demeurerez sous l'emprise de la souffrance, de la colère, de la culpabilité et de la confusion. Il n'y a aucun doute là-dessus.

Voilà pourquoi je m'intéresse à vous au premier chef. Vous devez vous rétablir dans votre puissance et dans votre force innées, de manière à vous construire une vie extraordinaire. Le pouvoir dont je parle n'est pas de nature à installer une domination sur votre conjoint. Il n'est pas question ici de le contrôler ni d'avoir le dessus dans vos différends.

La puissance dont je parle n'est pas de nature à prendre aux autres pour obtenir davantage. Il s'agit du pouvoir de donner aux autres et de les élever. Un pouvoir qui prend sa source dans la profondeur de vos convictions – le pouvoir d'inspirer, de créer et de vivre votre vie et votre relation de couple à un tout autre niveau. C'est la force calme et tranquille qu'inspirent le sentiment de dignité et de valeur. Lorsque vous entrez dans ce noyau intime et que vous commencez à choisir vos propres conditions de vie, vous constatez que votre conjoint, et le monde entier avec lui, s'adresse à vous différemment. Pour citer Emerson : « Ce qui s'étale derrière nous et ce qui s'étend devant est bien pâle en comparaison de ce qui vit au fond de nous. »

Vous voilà donc avisé des conditions. En parcourant ce livre, vous devez prêter attention à tout ce qui peut vous permettre de renouer avec vous-même, avec cette force intérieure qui vous accompagne depuis votre naissance. En parcourant ces pages, gardez en tête que noblesse et honneur doivent renaître dans votre cœur, et que vous devez désormais aborder le monde dans une position de force plutôt que de faiblesse. Engagez-vous dès maintenant à exiger plus de vous-même, pour vous-même et ce dans tous les domaines de votre vie. À chaque nouvelle page, je veux vous voir relever la tête, respirer à fond et vous tenir droit. Non par vanité mais par détermination. Renouer avec vos forces innées, en redécouvrir la grandeur, peut devenir l'acte le plus significatif de votre vie et le plus magnifique cadeau que vous puissiez offrir à votre conjoint.

Chapitre 1

C'est le moment de tout changer : *à vous de jouer!*

J'ai rencontré Carol et Larry à mon cabinet il y a maintenant quinze ans. Tous deux formaient un couple absolument typique, en ce qu'ils éprouvaient des problèmes relationnels. Comme tant d'autres couples, ils avaient un temps été persuadés que leur amour profond et leur optimisme feraient perdurer leur relation. Ils s'étaient unis parce qu'ils le voulaient, parce que l'idée d'une vie ensemble leur paraissait juste et parce qu'ils croyaient fermement que cette union les comblerait. Ils avaient envisagé leur relation avec sérieux, avaient fait des sacrifices en conséquence et s'étaient promis l'un à l'autre, corps et âme.

Tous deux se tenaient à présent devant moi, tentant de comprendre pourquoi ce qui aurait précisément dû les rendre si heureux les avait emprisonnés et submergeait leur cœur d'une indicible déception. Tous deux souffraient, se remettaient en question et se demandaient comment leur relation avait pu s'enliser si rapidement. Carol avait la main posée sur sa gorge serrée, tandis que les larmes roulaient sur ses joues. Quant à Larry, il regardait fixement par la fenêtre, les épaules affaissées, le menton appuyé sur la main. Leur relation ne s'exprimait désormais qu'à travers une forme d'exaspération rentrée, ponctuée de silences fâchés et de reproches amers au sujet de leurs caractères respectifs. Ils étaient partis en quête d'une aide professionnelle, avec l'énergie du désespoir. « Je n'en peux plus de me sentir seule », me dit Carol. « J'ai envie de crier, de taper, mais je ne sais ni sur quoi ni pourquoi. Nous étions si spontanés, si vivants… Et maintenant, notre amour est devenu froid, amer et sans vie. Est-ce que tout est fini ? Est-ce là tout ce qui reste de notre amour ? » J'entrepris alors de parler à Carol et Larry, en leur servant les platitudes habituelles, cette même sagesse conventionnelle que moi-même et tous les autres thérapeutes du pays dispensions depuis des lustres. « Vous allez devoir vous engager à résoudre vos problèmes », commençai-je. « Il vous faut réapprendre à communiquer, à envisager les choses du point de vue de votre partenaire ; tenter de régler chacun de vos désaccords ; vous remémorer vos vœux de mariage. » J'adoptai, comme on me l'avait enseigné, un ton chaleureux et authentique tout en débitant les réponses convenues. Subitement, j'eus la sensation que les mots qui sortaient de ma bouche n'étaient qu'un blabla vide de sens. Je me demandai alors si quelqu'un avait remarqué, au cours des dernières années, l'inefficacité de ce verbiage et s'il était venu à l'esprit de quelqu'un que la situation de la plupart de ces couples en péril n'allait pas en s'améliorant.

Deux personnes étaient donc assises dans mon cabinet, à la recherche de réponses, et je prenais soudain conscience que mon discours sur la nature des relations amoureuses n'avait pas le pouvoir de changer grand-chose. Mes conseils professionnels étaient tous valables, à condition de vivre dans une tour d'ivoire ou dans une sitcom. Mais ils ne pouvaient s'appliquer à des problèmes réels, ni à des enfants réels, pas plus qu'à une exigence financière réelle, à une réelle compétition affective ou à un stress réel. En grande majorité, les conseils proposés aux couples dans notre société étaient non seulement inopérants, mais pouvaient même aggraver la situation. Cela était vrai à l'époque, et le reste encore aujourd'hui. Les recherches démontrent que les deux tiers des couples, mariés ou non, qui consultent un thérapeute, ne se portent pas mieux – voire moins bien – au bout de la première année. Le taux de divorces en Amérique dépasse aujourd'hui les cinquante pour cent, et vingt pour cent d'entre nous divorceront plus d'une fois dans leur vie. Il est clair que les rêveries théoriques et autres plaisants conseils d'ordre général sur l'art de communiquer, censés vous éclairer sur la vie à deux, ne fonctionnaient pas il y a quinze ans. Et je ne vois pas comment aujourd'hui elles fonctionneraient mieux.

Ma vie prit donc un tour décisif au cours de cette séance avec Carol et Larry. Je réalisai que si je continuais à transmettre une forme de sagesse conventionnelle, je les priverais – eux et tous les patients dans leur cas – de la possibilité de remettre leur couple sur pied. À ce moment précis, je décidai de prendre réellement en compte cette faillite des relations amoureuses et de faire ce qu'il fallait pour l'enrayer. Les gens avaient besoin d'une aide pratique et solide qui recadre leur vie, afin de bâtir une relation saine au lieu d'en supporter le poids. Mes diplômes universitaires ne changeaient rien à l'affaire : il fallait que j'accepte de me retrousser les manches, quitte à aborder l'aspect trivial de la vie. Je renonçai donc à dispenser mes recettes bidon. J'étais résolu à rencontrer tous les couples de leur genre – où qu'ils en soient dans leur vie et dans leur relation.

Telle est la raison d'être de mon livre. Je vais vous révéler ce qu'il faut vraiment faire pour combler vos besoins et ceux de votre partenaire, et comment reconstruire les bases de votre vie, afin d'épanouir votre relation.

Ce dont je vais vous parler n'a rien à voir avec des principes de communication largement rebattus, basés sur l'écoute active ou sur l'empathie avec son partenaire. Ne comptez pas sur moi pour pleurer avec vous ou pour vous tenir la main. Je ne tenterai pas non plus de vous aider, vous et votre partenaire, en vous faisant rédiger des lettres d'amour et vous offrir des roses au petit-déjeuner. Si vous recherchez une technique qui agisse comme un baume sur vos blessures, je vous suggère de donner ce livre à quelqu'un d'autre : mon intention est d'ébranler vos certitudes les plus profondes afin de vous mettre en éveil et de vous aider à construire une relation totalement accomplie.

Je suis quelqu'un de très franc, je l'admets. Du style qui va droit aux faits. Soyez bien conscients que ce livre ne vous rendra pas forcément les choses faciles mais qu'il donne le signal du réveil. Sans complaisance, il vous engage fermement à lâcher vos défenses et vos peurs, à mettre de l'ordre dans votre passé, ainsi qu'à élever vos critères personnels d'exigence, en tenant le cap pour obtenir enfin ce que vous désirez dans la vie. Ma mission est de vous aider à émerger de la confusion et des fausses conceptions qui ont prévalu dans votre relation, à vous libérer du monde irréel que vous avez construit, à vous remettre en contact avec votre conscience intime et à trouver des réponses efficaces.

Et de ce point de vue-là, il va sans dire que vous êtes sans doute très nombreux à chercher des réponses. Nous constatons tous combien les relations en général, qu'elles s'exercent au sein de la famille ou entre époux, se dégradent continuellement. Des familles perdent leurs repères : la violence conjugale, les mauvais traitements, les désordres émotionnels y sont en hausse constante. L'épidémie avance à l'allure d'un train lancé à pleine vitesse sur une pente raide – et vous, qui lisez ce livre, éprouvez peut-être l'impression d'être au bord de la catastrophe…

Mais je sais bien que vous n'aviez pas l'intention d'en arriver là. En somme, vous ne souhaitiez qu'une chose : aimer quelqu'un et être aimé en retour. Vous pensiez que former un couple allait combler votre vie. Vous n'étiez ni stupide ni de ces masochistes recherchant avant tout la souffrance et vous n'étiez pas avare de vous-même, néanmoins, vous en êtes là. Et nous savons, vous et moi, que quelle que soit votre détermination à maintenir cette relation, il y a une ligne à ne pas franchir ; que, si vous franchissez cette ligne, ce sera le début de la fin : « Assez ! Je ne supporterais pas cela une minute de plus. » Vous connaissez vos limites – celles que vous dictent votre cœur et votre dignité. Si celles-ci sont transgressées une fois de trop, vous vous braquerez pour de bon, et l'arrangement amoureux auquel vous consentiez prendra fin en un instant.

Cette ligne de démarcation peut vous paraître très éloignée – ou, au contraire, si proche que vous êtes à un cheveu de la franchir. Mais quoi qu'il en soit, mon but est de vous en empêcher. Vous ne savez peut-être pas pourquoi votre relation s'est embourbée de la sorte, mais moi, je le sais. Je sais ce que vous éprouvez, et je sais pourquoi cela vous est arrivé. Ce que je vais vous dire peut vous paraître arrogant – et si c'est le cas, pardonnez-moi d'être si abrupt… Mais avoir vu tant de couples traverser l'enfer et en revenir, dans toutes sortes de circonstances, fait de moi un expert en la matière. Je peux vous aider à reprendre le contrôle de votre relation et à l'amener sur la bonne voie. Et si vous me suivez tout au long de ce livre, je vous montrerai ce que vous n'aviez pas compris et je vous apporterai des réponses claires, à commencer par celle-ci : « Vous n'êtes ni déficient(e) ni incompétent(e) sur le plan relationnel. » La vérité brute est que vous n'aviez pas en main les meilleures cartes, loin s'en faut.

C'est un miracle que vous ayez tenu jusque-là…

Je suis la dernière personne au monde à faire de vous une victime ou à prétendre chercher en dehors de vous-même la cause des problèmes et des circonstances de votre vie actuelle.

Mais il se trouve que la société elle-même, qui vous a appris que partager sa vie avec quelqu'un était bon, naturel et juste, celle-là même qui, dans une large part, définit et évalue votre réussite à l'aune de vos aptitudes relationnelles – en couple ou en famille – ne s'est jamais souciée de vous apprendre le comportement adéquat.

Réfléchissez-y : il est plus difficile d'obtenir un permis de conduire que de signer un contrat de mariage – pour conduire, vous devez au moins faire preuve d'un niveau de compétence et de savoir-faire avant qu'on ne vous donne le feu vert. Et en même temps, la société est prête à vous mettre – pratiquement – la vie d'autrui entre les mains, moyennant une signature à la mairie et les frais de la cérémonie. Les seules leçons qui vous aient été données sur la vie de couple vous viennent probablement de l'observation de vos parents. Le problème est qu'ils avaient quasi certainement moins d'éducation et de connaissances que vous en matière de relations amoureuses. À l'école, on vous a appris à lire, à écrire et à compter, mais on ne vous a jamais appris à comprendre vos émotions. Il n'a jamais été question d'une formation générale vous enseignant ce que vous deviez attendre d'une relation et comment s'y comporter. Nul ne vous a jamais appris comment être en relation ni comment choisir un bon partenaire ni encore à se comporter en époux. Et vous ne savez pas comment agir lorsque les choses tournent mal. En y réfléchissant, vous vous apercevrez même que vous n'avez qu'une vague notion de ce que « tourner mal… » veut dire.

En conséquence, vous avez probablement élu votre partenaire pour de mauvaises raisons, et vous vous êtes engagé(e) dans cette relation sur la base de faibles aptitudes relationnelles – avec un but et des attentes irréalistes. Et c'est là que ça se gâte : lorsque vous avez dû chercher une aide psychologique, la plupart des « professionnels de la profession », bardés de manuels et de théories du comportement, vous ont paru véritablement impuissants à comprendre votre malaise. Je suis fasciné de voir à quel point notre pays regorge de thérapeutes conjugaux, de psychiatres, de psychologues, de conseillers, de guérisseurs, de chroniqueurs spécialisés ou d'auteurs de psychologie pratique, et combien leur approche des relations de couple est, en général, tellement à côté de la plaque… que j'en ai honte pour eux.

Il est grand temps de mettre un terme au double langage et aux idées floues. Dans le cheminement que vous poursuivrez au fil de ces pages, nul besoin d'en référer à une théorie ou à des informations erronées. Vous allez vous fier à des techniques et à des réalités stimulantes pour le développement d'une relation de couple satisfaisante. Au lieu de vous lancer une fois de plus dans une coûteuse thérapie ou de lire de la psychologie « à l'eau de rose » – qui pourraient parfaitement vous empêcher d'agir de façon authentique –, vous allez découvrir la vérité. Et cette vérité est que votre couple est en danger parce que vous en avez décidé ainsi.

Relisez donc cette phrase : votre relation de couple ne fonctionne pas parce que vous en avez décidé ainsi. Mais permettez-moi de clarifier les choses : je ne dis pas que vous avez provoqué cette situation en étant de temps en temps de mauvaise humeur. Vous ne l'avez pas plus suscitée à cause d'un acte particulièrement scandaleux, commis il y a cinq mois ou cinq ans. Vous en êtes arrivé(e) là en élaborant, en programmant et en modelant votre style de vie – activement, efficacement, et avec constance – afin de créer et de faire durer une relation malsaine… Vous avez choisi de vivre de telle sorte qu'aucun autre résultat ne soit possible.

Je le répéterai bien souvent dans ce livre : il vous est impossible de vivre une relation déficiente à long terme, à moins de créer et d'adopter vous-même un style de vie qui la maintienne. Chaque individu, dans toutes les sphères de la société, entretient un mode de vie qui le reflète profondément. Si vous êtes une personne saine, vive efficace et productive, reliée à sa conscience intime, je suis certain que votre mode de vie traduit fidèlement cet état. De même, si vous êtes une personne blessée, en difficulté relationnelle et coupée de ses émotions intimes, votre mode de vie le justifiera certainement. Vous ne pouvez expérimenter de difficultés relationnelles sans que votre mode de vie ne soit caractérisé par le stress, la pression et la distraction propres à une existence chaotique et tourmentée. En outre, sachez que si vous vivez une relation dysfonctionnelle dans votre couple, c'est parce que vous entretenez une relation dysfonctionnelle avec vous-même.

Je ne vous fais aucun reproche. Je vous expose simplement les faits. Une relation de mauvaise qualité ne peut exister que si elle est nourrie et encouragée. Si vous pensez que j'ai tort, jetez donc un coup d'œil par la fenêtre. S'il y a de la mauvaise herbe dans votre jardin ou dans celui du voisin, il ne s'agit pas d'un hasard. D'une façon ou d'une autre, cette mauvaise herbe a pu se développer. Et qui plus est, elle a trouvé à prospérer. Elle n'a pas poussé comme ça sur le béton : quelque part, son environnement l'a encouragée à survivre.

Je ne suis pas en train de dire que vous avez nécessairement choisi votre environnement ou votre style de vie en toute conscience et que vous avez voulu développer une relation de couple dysfonctionnelle. Mais je vous affirme que la réalité de votre couple, votre mode de vie dans son ensemble, ainsi que le contact que vous entretenez avec vous-même sont inextricablement liés. Si votre vie a toujours préféré l'intimité à la distance, la coopération, la responsabilité et l'acceptation à l'agressivité, au reproche et au rejet, il y a peu de chance que vous puissiez entretenir longtemps la souffrance que vous éprouvez actuellement. Vos problèmes ne se développent pas ex nihilo. Ils ont besoin de nourriture, en quelque sorte.

Comparons par exemple le style de vie d'une personne en surpoids chronique avec celui d'une personne en forme, énergique et de poids normal. Je suis prêt à parier que ces deux personnes ont chacune bâti leur monde à l'image de ce qu'elles sont devenues : celle qui souffre de surpoids aura tendance à utiliser la nourriture différemment. Vous observerez qu'elle vit pour manger, alors qu'une personne équilibrée mange pour vivre. C'est une vérité qui blesse, mais c'est la vérité. En ce qui concerne votre relation de couple, vous avez choisi des modèles de pensée, de sentiment et de comportement qui ont engendré des situations insatisfaisantes. Vous vivez pour souffrir, au lieu d'aimer vivre. Cela doit changer. Et c'est même la première chose à changer, avant que quoi que ce soit d'autre ne puisse se mettre en place. Je suis prêt à parier qu'en ce moment même, vous êtes nombreux à vous dire : « Un petit instant, docteur McGraw. Tout votre discours sur la conduite à adopter est bien joli, mais vous n'avez pas idée à quel point mon (ma) partenaire est insupportable. Vous ne vous imaginez pas l'enfer qu'est devenu ma vie. Je suis d'accord pour m'améliorer, mais qu'en est-il de lui (ou d'elle) ? Pourquoi se concentrer uniquement sur moi ? Après tout, Je ne suis qu'une partie du problème ! »

Vous pouvez me faire confiance, je sais parfaitement ce que vous vivez et je vous promets que votre partenaire devra, à son tour, se remettre en cause. Mais là, de toute évidence, il ou elle n'est pas en train de lire mon livre par-dessus votre épaule. Vous êtes la seule personne à me lire. Je n'ai d'influence que sur vous, et c'est à vous que je m'intéresse ; et si vous réfléchissez, vous en ferez autant. Je sais pertinemment qu'on ne danse pas le tango tout seul. Mais si vous êtes en mesure de vous changer vous-même, de mettre en place un mode de vie et un environnement différents, de retrouver l'énergie, ainsi que votre droit légitime à la dignité et au respect, il ne fait pas de doute que votre partenaire en sera sérieusement touché(e).

Vous ne pouvez contrôler votre partenaire. Vous ne pouvez pas non plus changer à sa place, ni lui dire ce qu'il ou elle doit faire, mais vous pouvez l'inspirer. Vous pouvez lui offrir une nouvelle gamme de comportements et de stimuli auxquels répondre. Et si vous abandonnez vos pulsions destructrices et le cercle vicieux des frustrations mutuelles qui font imploser votre relation, si vous abandonnez les querelles et commencez à vivre quelque chose de nouveau, il sera très difficile pour votre partenaire de continuer à cracher son venin. Vous pouvez mettre fin à l'auto-sabotage et à la ruine de votre relation et commencer à inspirer à votre partenaire le type de réactions que vous souhaitez obtenir. Face à une attitude aussi constructive, celui-ci ne pourra pas continuer à se battre, à argumenter ou à se sentir offensé tout(e) seul(e). Il ou elle va peut-être bouder un peu, se mettre en retrait et se montrer suspicieux quelque temps. Mais au bout du compte, il ou elle finira par se sentir stupide, à rester dans son coin alors que vous paraissez devenir de plus en plus heureux, de plus en plus optimiste, de plus en plus en paix avec vous-même.

Sauver votre couple, c'est vous sauver

Et puis, quelles sont les alternatives ?... Permettre à votre mode de vie actuel de perdurer – autrement dit, vous éloigner un peu plus chaque jour de vos espoirs et de vos rêves ? Car il n'est pas question ici de neurochirurgie ou de physique quantique : ce que vous faites, la manière dont vous vivez, ça ne fonctionne pas. Cela ne fonctionne clairement et simplement pas. Si vous ne cherchez pas à repérer ce qui ne marche pas dans votre mode de vie et ce qui, dans ce mode de vie, a fait naître et perdurer une relation négative, vous allez continuer à souffrir. Vous allez continuer à travailler sur les mauvais aspects de votre relation, aspects qui n'affectent en rien l'état de celle-ci, au détriment de ce qui en détermine réellement le succès ou l'échec. Vous tenterez de vous convaincre qu'il n'y a pas de mal à oublier certains de vos rêves en vous disant qu'au moins vous êtes à l'aise et en sécurité. Vous tiendrez de plus en plus un discours de perdant, en reconnaissant que vous devriez faire quelque chose pour améliorer cette situation désespérée, que vous aimeriez changer, sans savoir par où commencer. Quand vous adoptez un comportement, vous en choisissez les conséquences. Vous devez donc commencer ici et maintenant à faire des choix différents en ouvrant votre esprit à tout ce que ce livre vous propose.

Vous savez maintenant où nous allons. Si vous devez sauver votre relation de couple, c'est d'abord à vous que nous devons lancer une bouée de sauvetage afin de vous tirer du marais émotionnel dans lequel vous surnagez. En vous traitant vous-même différemment, vous modifiez le plus important élément de toute l'équation : vous changez l'environnement au sein duquel votre relation de couple évolue, et vous changez les priorités qui gouvernent l'emploi de votre temps et de votre énergie. Vous devez redessiner la toile de fond de votre relation et le contexte qui la porte. Tant que vous ne commencerez pas à vivre dans la dignité, le respect et l'intégrité émotionnelle, vous ne créerez pas d'interaction de cette qualité. Comme j'aime à le dire : vous ne pouvez offrir ce que vous ne possédez pas. Si vous n'éprouvez ni vrai amour ni vrai respect pour vous-même, comment vous serait-il possible d'en éprouver pour quelqu'un d'autre ? Et si vous n'êtes pas en mesure d'offrir ces émotions à quelqu'un, que pouvez-vous donc attendre en retour ?

Je ne vous demande pas de devenir quelqu'un que vous n'êtes pas. Je vous propose de devenir le meilleur de vous-même. Ici et maintenant, il vous est possible de cesser de souffrir et de commencer à changer votre vie. Peut-être vous sentez-vous perdu dans un labyrinthe sans vraie issue, sans chemin pour vous guider jusqu'à votre conscience intime, où résident toute votre force et toute votre sagesse. Eh bien, je suis là pour vous ménager ce chemin et cette issue, où et quand vous le voudrez. Je ne suis plus prisonnier d'une « tour d'ivoire » idéologique. Mon seul but est de vous voir obtenir de bons résultats. Je suis prêt à donner un grand coup de pied dans les murs du labyrinthe de souffrances qui vous emprisonne, à vous donner accès à des solutions actives et à des informations claires sur ce que vous devez faire pour obtenir ce que vous voulez.

Mais, vous le savez, j'ai besoin de votre aide. Il vous faut admettre que lorsqu'il s'agit de gérer une relation de couple, tout ce que vous pensez, tout ce que vous faites ou ressentez n'est pas forcément juste. Vous devez être prêt(e) à radicalement modifier des convictions profondes, des émotions et des modèles comportementaux inscrits en vous depuis longtemps. Quand je dis « modifier », j'entends par là que vous changiez volontairement du tout au tout votre façon de penser, de ressentir et d'agir, en relation tant avec vous-même qu'avec votre partenaire. Cela peut s'avérer plus difficile que vous ne l'auriez imaginé. Ce que je vous demande, c'est d'abandonner vos protections et d'essayer la chute libre. Je vous demande d'appuyer sur un bouton pour effacer des idées qui sont vôtres depuis dix, vingt, trente ou quarante ans. D'effacer tout ce qu'il y avait sur l'ardoise et d'adopter une nouvelle ligne de pensée. En définitive, je vous demande de croire de nouveau que vous êtes une personne pleine de qualités, qui mérite une relation amoureuse de qualité. Le fait de renouer avec votre conscience intime vous rappellera et vous convaincra que rien ne cloche chez vous – rien qui justifie que vous viviez en dessous de vos attentes. Vous méritez de vivre une relation enrichissante, qui vous permette de jouir de la vie, jour après jour.

Êtes-vous prêt à adopter un nouveau type de pensée, un nouveau système de croyances, un nouveau regard sur votre partenaire ?

Examinons cela ensemble…

Premier questionnaire

QUESTION

Êtes-vous en mesure d'oublier ce que vous pensez savoir de la conduite d'une relation amoureuse ?

QUESTION

Acceptez-vous d'évaluer la qualité de votre relation en vous fondant sur des résultats plutôt que sur des intentions ou des promesses ?

QUESTION

Pouvez-vous admettre qu'être heureux vaut mieux qu'avoir raison ?

QUESTION

Voulez-vous renoncer au jeu des récriminations mutuelles et reconnaître que demain est un nouveau jour ?

QUESTION

Êtes-vous prêt à revoir votre position sur la manière dont vous échangez avec votre partenaire ?

QUESTION

Voulez-vous devenir honnête et réaliste vis-à-vis de vous-même, même si cela s'avère douloureux ?

QUESTION

Pouvez-vous sortir du déni, et être complètement honnête sur l'état actuel de votre relation ?

Je sais très bien qu'au point où nous en sommes, il peut vous être difficile de répondre honnêtement à toutes ces questions. Quoi qu'il en soit, ne laissez pas tomber – du moins pas avant que je ne vous aie précisé deux points essentiels.

Prenez le contre-pied : votre couple peut fonctionner

Premier point. Il n'est pas trop tard. Si vous ne vous permettez pas de le croire et de l'accepter, vous tenterez de fuir la situation avant même que nous puissions sauver votre couple. Il se peut que vous pensiez que votre relation amoureuse a échoué, que vous avez tout essayé ; vous pouvez vous sentir las(se), déprimé(e), vaincu(e), mais je vous assure que vous devez vous ôter ces idées de la tête – autant se jeter à l'eau avec une enclume au pied. Peu importe combien de fois vous avez été blessé(e), combien de fois vous avez été déçu(e) et combien de fois vous avez cru que ce serait différent pour, finalement, être abusé.

Acceptez de vous donner une nouvelle chance.

Même si vous souffrez tellement, et depuis si longtemps, que vous n'êtes plus sûr(e) du tout de vouloir la survie de votre couple ; même si vous n'êtes plus certain(e) de pouvoir supporter de souffrir une fois de plus ; et même si vous vous sentez très peu motivé(e) et n'avez que très peu d'espoir, vous pouvez commencer à sortir de l'impasse en vous disant : « Je voudrais me sentir à nouveau bien dans mon couple. » Pas besoin de plus. Si vous parvenez simplement à trouver l'énergie de dire « Je voudrais me sentir à nouveau bien dans mon couple et je voudrais redevenir amoureux (amoureuse) de cette personne, parce que je sais qu'au moins une fois dans ma vie, ces émotions m'ont rendu heureux (heureuse) », nous avons là assez de braises pour rallumer un feu.

Deuxième point. Vous n'êtes pas seul(e). En ce moment même, il se peut que vous vous sentiez déboussolé(e), démoralisé(e) et accablé(e) de solitude. Vous vous sentez peut-être intimidé(e) et dépassé(e) par des problèmes en apparence insurmontables ou des blessures extrêmement profondes. Mais je veux que vous sachiez qu'à partir de maintenant, vous avez un équipier. Un équipier prêt à vous accompagner à travers cet angoissant labyrinthe d'émotions. Prêt à communiquer avec vous, sans vous juger ni vous critiquer, mais avec le courage et la volonté de vous dire la vérité. Je vais faire équipe avec vous. J'ai déjà conseillé des milliers de gens et enseigné à des dizaines de milliers d'autres, au cours de mes séminaires, en les aidant à créer puis conserver les relations amoureuses qui comptaient pour eux. J'ai acquis les connaissances que vous avez déjà et, plus important, celles que vous n'avez pas encore, sur le partage d'une vie de couple. J'ai mis au point cette approche afin qu'elle puisse vous aider, où que vous en soyez dans votre relation, et qu'elle vous donne le pouvoir d'opérer des changements – un pouvoir qui découle du seul apprentissage de la vérité, tout abrupte qu'elle soit. Car une fois que vous aurez découvert pourquoi vous en êtes arrivé(e) à cet état de confusion et que vous aurez appris comment y mettre fin, vous frissonnerez à la pensée d'avoir été à deux doigts de laisser tomber. Si vous avez simplement le courage d'être réaliste envers vous-même, vous êtes d'ores et déjà plus près du succès que vous ne pouvez l'imaginer.

Nous n'allons pas procéder de façon aléatoire. La stratégie pour sauver votre couple comprend sept étapes majeures. Nous allons premièrement nous efforcer de faire le diagnostic de votre relation, parce que vous ne serez jamais en mesure de changer ce que vous ne reconnaissez pas. Ce n'est qu'en identifiant précisément ce qui ne va pas chez vous et ce qui ne va pas dans votre couple que vous serez en mesure de vous fixer des objectifs raisonnables de changement. J'entends par là vous donner accès à un tout autre niveau de compréhension de vous-même et de votre schéma relationnel. C'est une chose de dire « Je souffre, je n'aime pas comment je me sens, il me manque quelque chose... », c'en est une autre de comprendre ce qui ne fonctionne pas sur le plan structurel, comportemental, philosophique et émotionnel. C'est seulement quand on est en mesure de cerner le problème qu'on y apporte une réponse adéquate. Vous serez plus qu'étonné(e) du pouvoir que confère ce savoir sur vous-même, lorsque vous travaillerez à sauver votre couple.

Deuxièmement, nous devons mettre fin à vos mauvais raisonnements. Comme je l'ai dit plus haut, vous n'avez pas seulement souffert d'un manque d'information ; c'est votre raisonnement lui-même qui a été intoxiqué par un flux constant d'informations erronées. Ces fausses informations – je parle de tous les mythes qui circulent sur le couple en général – vous ont mis sur la mauvaise voie et fait faire les mauvais choix, par ignorance des enjeux véritables. Si vous avez fait, comme nous venons de le voir, un mauvais diagnostic du problème, pour ensuite adopter, à votre insu, un mauvais raisonnement sur la base de ces fameux mythes, vous avez recours aux mauvais remèdes, pour de mauvaises raisons.

Troisième point. Il sera indispensable de bien repérer vos propres comportements négatifs ainsi que vos travers spécifiques qui causent d'irréparables dommages à votre relation de couple. En d'autres termes, il s'agit de comprendre comment vous communiquez en contradiction totale avec le « moi » idéal qui anime votre conscience intime. Et là, ce n'est pas le moment d'être sur la défensive ou de vous plaindre de votre partenaire, parce que je vous promets qu'eu égard aux résultats, vous allez trouver une foule de changements à apporter en vous-même avant de commencer à vous pencher sur votre partenaire. À vous de le comprendre ou pas ; c'est seulement en commençant à saisir comment et pourquoi votre relation de couple ne vous satisfait pas que vous serez en mesure de la rendre satisfaisante. Et vous devriez vous réjouir que l'on se focalise sur vous, parce que vous au moins, pouvez vous contrôler. Ce n'est qu'après avoir mesuré la fausseté de vos raisonnements, le manque de justesse de vos attitudes et de vos actes et leur puissant impact sur votre mode relationnel que vous pourrez aborder la quatrième étape.

Cette étape vous permettra d'assimiler une base d'action que j'appelle « les valeurs personnelles à adopter dans le couple », lesquelles deviendront la nouvelle base de votre vie relationnelle. Ce sont ces nouvelles valeurs qui vous reconnecteront à votre moi intime, harmoniseront vos émotions et régiront votre comportement de sorte que votre partenaire y réponde positivement.

Vous aborderez ensuite la cinquième étape, au cours de laquelle vous découvrirez l'une des plus puissantes et des plus essentielles formules actives au cœur du fonctionnement humain : celle qui gouverne la réussite d'un couple.

Attention ! Vous ne pourrez utiliser cette formule à bon escient qu'après avoir maîtrisé les étapes qui précèdent. Si vous n'allez pas au bout de ces quatre premières étapes, vous pourriez gâcher vos chances d'appliquer cette formule avec efficacité. Ayez la patience de vous préparer au succès. La volonté de gagner n'est rien sans la volonté de préparer sa victoire. Alors ne sautez pas les pages pour essayer la formule. Vous y arriverez suffisamment tôt. Et, si vous travaillez bien, vous serez fin prêt.

Notre sixième étape va vous aider à progressivement « rétablir le contact » avec votre partenaire. Beaucoup d'entre vous ont laissé ce contact interrompu pendant plusieurs années. Pour d'autres, ce contact est juste en train de s'affaiblir, et le problème s'accroît de jour en jour. Quoi qu'il en soit – que le traitement soit préventif ou curatif –, ce sera le moment de « rouvrir les négociations ». Et de progresser à travers une série d'étapes décisives vous permettant d'appréhender vos propres besoins et ceux de votre partenaire, de telle sorte que le succès soit possible.

Voici l'un de mes mantras favoris : *avant de réclamer, formulez!* Car vous devez définir ce que vous attendez précisément de votre relation amoureuse, ainsi que ce que vous attendez de vous-même et de votre partenaire – et c'est cela que nous allons apprendre à faire. Une partie du processus de « reconnexion » sera mise en place à l'aide d'un programme effectif de quatorze jours, puissamment efficace et structuré, grâce auquel vous et votre partenaire commencerez à vivre une nouvelle vie.

Enfin parvenu à la septième étape, vous apprendrez à gérer votre relation de couple, une fois le contact rétabli avec votre partenaire. Soyons honnêtes. Ni vous ni lui (ou elle) n'êtes nés hier. Vous êtes chargé d'un lourd bagage émotionnel et nous prendrons le temps qu'il faut pour vous en débarrasser une fois pour toutes : telle est la clé d'un nouveau départ. D'une deuxième chance pour votre couple. Et pour m'assurer que vous êtes prêt à faire face à tout ce qui vous attend dans la vraie vie, j'ai concocté un chapitre supplémentaire qui aborde tous les thèmes de la vie quotidienne d'un couple. Du plus intime – la sexualité – au plus explosif – les violences conjugales.

Votre couple est un projet

Avant de franchir ces différentes étapes, il faut prendre en compte un important préalable : vous devez mettre votre relation en « état de projet ». Cela signifie que vous devez consciemment, délibérément, décider de mettre toutes vos forces à améliorer chaque jour votre situation. Je précise qu'il ne s'agit pas seulement de le vouloir ou d'en avoir l'intention. Il s'agit de le faire réellement, chaque jour. De vous discipliner et de vous y mettre. Vous trouvez du temps pour accomplir une foule d'activités au quotidien : chaque jour, vous êtes en mesure de sortir les ordures, d'accompagner vos enfants à l'école ou encore de vous rendre au travail. Vous devriez pouvoir agir de même en ce qui concerne votre relation. Vous allez devoir vous réserver du temps, chaque jour, pour restaurer cette relation et pour vous consacrer aux exercices spécifiques qui vous sont proposés dans ce livre. Vous retirerez de ce projet ce que vous y aurez mis. Cela peut impliquer le réaménagement ou l'abandon d'autres activités, de manière à vous dégager le temps nécessaire à un travail sur votre relation. Cela peut même entraîner un bouleversement complet de votre emploi du temps, des week-ends aux vacances, afin de vous permettre d'en gérer les exigences. Mettre votre relation amoureuse en « état de projet » signifie que vous lui donnez, en toute conscience, une place importante dans votre vie.

Cela signifie également que vous vous engagez sur le long terme. La formule que je vous propose est aussi juste qu'éprouvée : *Soyez, Agissez, Obtenez.* Soyez impliqué(e), faites ce qu'il faut et vous obtiendrez ce que vous souhaitez. N'imaginez pas vous consacrer au succès de votre couple sur une période déterminée à l'avance. Vous devez vous y consacrer jusqu'au résultat. Vous devez travailler jusqu'à obtenir ce que vous voulez, sans limite arbitraire de temps. Je suppose qu'il vous a fallu du temps pour envenimer la situation. Alors donnez-vous-en autant pour la rétablir.

Au cours de ce voyage, il y aura des revers, de la souffrance et de la déception, mais des changements importants vont avoir lieu. Consacrez votre énergie à les faciliter. Il vous faut envisager le développement à long terme d'un registre de pensées, d'émotions et d'actions entièrement nouveau. Il ne suffit pas seulement de formuler le désir ou l'espoir de voir changer votre relation de couple. Vous devez absolument trouver en vous cette soif d'excellence enfouie depuis longtemps, et lui donner libre cours.

Battez-vous et lancez donc un défi aux circonstances, à vos propres inquiétudes, à cette sagesse de convenance qui vous a fait lamentablement échouer. Fixez-vous dès le départ ce niveau d'exigence. Adoptez une philosophie « gagnante » : « Je n'abandonnerai pas. Je ne permettrai pas que mes espoirs et mes rêves soient ignorés. » N'oubliez jamais : vous n'avez qu'une vie. Il ne s'agit pas d'une répétition générale avant la première. Vous devez être prêt(e) à agir pour obtenir ce que vous voulez et l'obtenir maintenant. Et si vous êtes prêt(e) à vous contenter de moins, tel est exactement ce que vous obtiendrez.

Être en « état de projet », c'est aussi considérer l'importance de votre relation avec vous-même. Vous ne devez vous contenter que du meilleur de vous-même, et pour vous-même. Et vous persuader qu'il n'y a pas de mal à cela. Il n'y aucun mal à vouloir vivre une vie faite d'amour, d'honneur, de dignité et de romantisme. Vous devez décider que vous méritez tout ce à quoi vous aspirez. Que la paix, la joie et l'abondance ne sont pas uniquement réservées aux autres. Elles sont pour vous. Il n'est pas égoïste de les demander, il n'est pas naïf de les vouloir, il n'est pas immature de s'attendre à les obtenir. Ce qui est immature, c'est de laisser tomber et de vous contenter de moins que ce que vous désirez vraiment.

Il n'y a aucun mal à désirer, demander ou espérer une relation amoureuse qui vous permette de goûter à la dignité, au respect, aux égards qui vous sont dus. Il n'est pas irréaliste de croire que votre relation devrait être un havre de paix. Il n'est pas totalement illusoire de croire que la providence a créé une personne pour être à vos côtés dans ce monde, avec qui partager, en toute confiance, vos plus intimes secrets, et combler vos besoins.

Non que je vous encourage à faire preuve d'un optimisme aveugle ou à nier les risques existants. Je ne vous dis pas non plus de balayer les problèmes d'un revers de main, comme s'ils allaient se régler tout seuls. Je vous demande simplement de vous exercer à croire, au plus profond de vous et sans réserve, en votre capacité d'améliorer votre relation de couple. J'ai coutume de dire : « Nous prenons parfois les bonnes décisions, mais quelquefois, c'est à nous de les rendre bonnes. » Si vous souhaitez disposer d'informations, d'outils, et d'un plan d'action détaillé à cette fin – j'entends par là : opérer des changements dans votre vie, sauver et transformer votre couple –, vous pouvez continuer la lecture de ce livre. Vous trouverez dans ces pages des moyens puissants et efficaces pour renouer avec votre partenaire.

Peut-être n'avez-vous pas envie d'entendre tout cela. Peut-être vous sera-t-il pénible d'abandonner tout une série de mythes très destructeurs sur la réussite d'un couple. Il se pourrait aussi que vous trouviez désagréable de vous confronter à vous-même. Mais je prédis, moi, que vous allez adorer le résultat de vos efforts. Vous allez aimer pouvoir vous reprogrammer pour le succès plutôt que l'échec. Et goûter au plaisir de préparer votre futur plutôt que d'espérer en avoir un. Dès lors, vous et votre partenaire allez pouvoir travailler ensemble à obtenir ce que vous voulez, à éliminer la souffrance qui vous mine et à faire apparaître plus de paix, d'amour et de sérénité au sein de votre couple.

Chapitre 2

Définir le problème

Lorsque les gens viennent me dire que leur relation de couple ne marche pas, ma première question est : « Quel est le problème, au juste ? » En général, la seule réponse que j'obtiens est… un silence ! Puis j'enchaîne : « Où en êtes-vous dans votre relation de couple ? » Silence, de nouveau. Quelques-uns d'entre vous sont capables de me relater des incidents qui se sont produits au sein du couple ou de me parler de leur souffrance mais dans l'ensemble mes patients ne peuvent pas formuler clairement leurs problèmes sous-jacents, qui sont causes de frictions.

Malheureusement, ça ne marche pas comme ça. Pour avancer, il vous faut être absolument clair et réaliste sur l'état actuel de votre relation et sur ce qui l'a rendue telle qu'elle est. À vous d'en connaître les « actifs » et les « passifs », ce qui marche bien et ce qui ne marche pas. Que votre relation stagne, qu'elle parte à la dérive ou que vous en ayez carrément perdu le contrôle, vous avez besoin de comprendre exactement comment celle-ci évolue ou se détériore. Vous connaissez ce vieil adage : le problème est à moitié résolu quand on l'a défini. En d'autres termes, qu'elle aille bien ou mal, nous devons savoir où en est actuellement votre relation, et pourquoi. Car on ne peut ni changer ni soigner ce que l'on n'a pas d'abord reconnu.

Plus important encore, vous devez comprendre ce que vous avez fait, en bien comme en mal, pour construire la relation que vous vivez aujourd'hui. Comment y avez-vous contribué et que doit-elle à votre influence ? Quand vous affirmez que « quelque chose » ne tourne pas rond dans cette relation, savez-vous le définir précisément ? Ou vous contentez-vous, au contraire, de simples suppositions et de réactions instinctives, au lieu de suivre une stratégie claire et réfléchie ? Et si ce « quelque chose » était votre manque de communication, votre tendance à la querelle, votre peur de l'intimité, un vide intérieur ou quelque autre type de problème ? Êtes-vous certain(e) que l'anxiété ou l'inquiétude que vous ressentez viennent de votre relation de couple ? Ne proviendraient-elles pas de tout autre chose ?

Ne faites pas fausse route : une relation de couple en mauvais état est comparable à n'importe quelle autre affection sujette au diagnostic. Si celui-ci est faux, non seulement vous vous tromperez de traitement mais en plus vous ignorerez le vrai problème, justement parce que vous pensez être sur la bonne piste.

La pire erreur à commettre serait de mal interpréter la relation de cause à effet dans votre relation. Pour sauver votre couple, il vous faut non seulement faire un diagnostic précis et complet de ce qui doit changer mais aussi et ensuite mettre en application une stratégie adéquate pour opérer ces changements. Vous n'avez aucun besoin de training professionnel pour poser ce diagnostic. Il est même préférable que vous ne soyez pas un spécialiste. Par contre, vous allez devoir faire appel à toute votre honnêteté vis-à-vis de votre relation de couple et du rôle que vous y jouez. Du reste, vous ne pouvez ni vous illusionner vous-même ni enjoliver ce qui vous arrive. Si votre relation de couple est complètement embourbée, il vous faut l'admettre. Si elle est en « faillite émotionnelle » parce que vous et votre partenaire êtes totalement épuisés, admettez-le. Si, bien que mariés, vous vivez un « divorce affectif », admettez-le aussi. Si votre relation de couple vous détruit à petit feu et blesse votre estime personnelle, admettez-le. Et si la souffrance a fini par vous endurcir sévèrement, admettez-le encore.

De grâce, n'allez pas vous dire : « Bon, il va falloir faire un petit peu mieux. » Car, pour tout vous dire, vous avez plus qu'intérêt à faire de votre mieux. À vous de choisir : décidez d'accepter la réalité ou préparez-vous à voir la situation se détériorer inexorablement. Le problème vient-il du fait qu'un des deux partenaires rend l'autre responsable de frustrations personnelles – lesquelles n'ont rien à voir dans cette relation ? Êtes-vous tous deux parents depuis si longtemps que vous avez perdu la trace de vos liens d'amour et d'amitié ? Avez-vous oublié ce qu'est l'attention à l'autre ? Le sexe est-il banni de votre couple ? Et qu'en est-il de votre intimité ? Êtes-vous froid(e) et distant(e) avec l'autre à cause d'un incident vieux de dix ans ? Êtes-vous tous deux surchargés, dans l'impossibilité de passer un peu de temps ensemble ? La tension vient-elle du ressentiment qu'éprouve l'un pour une infidélité passée de l'autre ?

Je vous ai prévenu : vous ne pourrez lire ce livre sans vous mettre au travail, alors, à vous de jouer : prenez un stylo et du papier. Actif, vous le serez du début à la fin. Mais comme n'importe quel coach, je resterai en retrait. C'est vous qui allez marquer des points, c'est vous le moteur du changement. À vous de mettre votre esprit, votre cœur et votre âme en éveil, afin de renouer avec vos sentiments profonds.

Votre profil personnel

Commençons par remplir le questionnaire qui suit. Vous verrez qu'il est conçu pour stimuler la réflexion sur l'état actuel de votre relation et l'effet qu'elle produit sur vous. Nous allons nous servir de ces précieuses informations, au fur et à mesure de notre progression. Elles nous permettront de mieux comprendre le fonctionnement de votre couple. Ce questionnaire comporte quarante-deux phrases incomplètes. Je vous propose d'achever chacune de ces phrases en étant sincère et spontané. Ne vous attardez pas trop à interpréter chaque énoncé. Votre première réaction sera probablement la plus révélatrice.

Attention ! Avant même de commencer ce premier exercice, laissez-moi vous dire qu'il est indispensable que vous soyez ultra-honnêtes avec vous-même. Nous savons, vous et moi, que vous pouvez manipuler ce processus à votre avantage, par un feu d'artifice de réponses aussi vertueuses que valorisantes. Résistez à la tentation de la bonne réponse. À part vous, personne n'en prendra connaissance. Si vous ne faites pas cet effort maintenant, vous vous mentez à vous-même et vous risquez de trahir votre partenaire.

Afin d'assurer la confidentialité de ces réponses et vous mettre tout à fait à l'aise, je vous recommande d'ouvrir un journal personnel. Répondre mentalement à une question n'a pas le même impact que d'y répondre par écrit. Mettre une réponse par écrit vous force à être cohérent(e) et exhaustif(e) – ce qui vous sera d'une aide précieuse lorsque vous aurez à prendre en charge toute une série de pensées, de réactions et de sentiments. Il vous sera très profitable, dans le futur, de confronter ces notes, pour constater une progression. La tenue d'un journal vous garantit l'objectivité nécessaire à une évaluation personnelle. Néanmoins, par mesure de sécurité, tenez ce journal complètement secret.

Protégez-en la confidentialité : vous devez pouvoir écrire librement et sans inhibition. C'est à cette condition que se fera en vous la clarté dont vous avez besoin pour pouvoir changer et créer la relation amoureuse dont vous rêvez.

1. J'ai tendance à nier…
2. Je suis très heureux lorsque…
3. Parfois, je…
4. Ce qui me met en colère, c'est…
5. J'aimerais…
6. Je déteste que…

7. Quand je me mets en colère, je…

8. Je donnerais n'importe quoi pour que mon partenaire…

9. Quelquefois…

10. Je serais plus aimable si…

11. Mon père et ma mère…

12. Si seulement j'avais…

13. Ma plus grande qualité, c'est…

14. Parfois, la nuit…

15. Lorsque j'étais enfant…

16. Mon pire trait de caractère, c'est…

17. Ma vie a vraiment changé quand…

18. Si ma relation de couple se termine, ce sera parce que…

19. Mon partenaire déteste que je…

20. Quand je suis seul, je…

21. Mon partenaire se met en colère lorsque…

22. Sa plus grande peur est que…

23. Je me sens blessé lorsque mon partenaire…

24. Je me sens terriblement seul(e) lorsque…

25. J'ai peur…

26. J'adore…

27. Avant, nous avions coutume de rire parce que…

28. Ce serait mieux si…

29. Les amis…

30. Je me sens « bidon » lorsque…

31. Je ne peux pas pardonner…

32. Ensemble, nous…

33. Ce qui me surprend, c'est que…

34. Je crois…

35. Les autres pensent…

36. Les hommes…

37. Les femmes…

38. Je regrette…

39. On ne gagne rien à…

40. Cela va mieux quand nous…

41. Si seulement…

42. Apparemment, nous n'arrivons jamais à…

Que vous le réalisiez ou non, vos réponses à ces questions ont mis en évidence des traits majeurs de vos attitudes et de vos comportements. En partant de cette base, répondez maintenant aux questions suivantes.

1. Examinez vos réponses aux questions 4, 6, 7, 16, 17, 24, 25, 31. Que vous apprennent-elles sur la façon dont vous exprimez la colère, dans la vie quotidienne et au sein de votre couple ? Développez ce point en deux paragraphes dans votre journal personnel.

2. Examinez vos réponses aux questions 1, 2, 14, 25, 27 et 30. Que vous apprennent-elles sur vos peurs ? Développez en deux paragraphes minimum.

3. Examinez vos réponses aux questions 2, 8, 10, 14, 20, 23, 24 et 42. Que vous apprennent-elles sur votre sentiment de solitude, dans la vie et au sein de votre couple ? Développez en deux paragraphes.

4. Examinez vos réponses aux questions 4, 6, 8, 11, 12, 16, 19, 31, 38 et 41. Que vous apprennent-elles sur le reproche et le pardon, dans la vie et dans votre relation de couple ? Développez en deux paragraphes.

5. Examinez vos réponses aux questions 2, 3, 5, 8, 12, 26, 28, 34, 41 et 42. Que vous révèlent-elles des rêves qui sont les vôtres, qu'il s'agisse de votre vie ou de votre couple ? Développez de nouveau, en deux paragraphes au moins.

Maintenant que vous en savez un plus sur vous-même, jetons un coup d'œil sur votre relation de couple. Le questionnaire qui suit – un test auquel vous répondrez en cerclant « vrai » ou « faux » – va nous permettre de brosser l'état de santé de votre couple dans ses grandes lignes. Là encore, soyez honnête et attentif à votre première réaction.

Bilan de santé du couple

1. Ma vie sexuelle est satisfaisante. **vrai** **faux**

2. Mon (ma) partenaire ne m'écoute pas vraiment. **vrai** **faux**

3. Je fais confiance à mon (ma) partenaire. **vrai** **faux**

4. Je me sens harcelé(e) et rabaissé(e). **vrai** **faux**

5. J'ai confiance en l'avenir. **vrai** **faux**

6. Je ne partage pas facilement mes émotions. **vrai** **faux**

7. Mon (ma) partenaire me dit souvent « Je t'aime ».
vrai **faux**

8. Parfois, je suis furieux (furieuse). **vrai** **faux**

9. Je me sens apprécié(e). **vrai** **faux**

10. Je ne me contrôle plus. **vrai** **faux**

11. Mon (ma) partenaire est présent dans les moments difficiles. **vrai** **faux**

12. Mon (ma) partenaire a la critique sévère.
vrai **faux**

13. Mon (ma) partenaire me comprend. **vrai** **faux**

14. Je crains que mon (ma) partenaire ne s'ennuie.
vrai **faux**

15. Mon (ma) partenaire n'aime pas partager ses pensées. **vrai** **faux**

16. Je m'imagine divorcé(e). **vrai** **faux**

17. Ma relation de couple est à l'image de ce que je rêvais. **vrai** **faux**

18. Je sais que j'ai raison. **vrai** **faux**

19. Mon (ma) partenaire me traite avec dignité et respect. **vrai** **faux**

20. Mon (ma) partenaire aime prendre le contrôle.
vrai **faux**

21 - Nous passons souvent d'agréables moments ensemble. **vrai** **faux**

22. Parfois, j'ai envie de blesser mon (ma) partenaire.
vrai **faux**

23. Je me sens aimé(e). **vrai** **faux**

24. Je préfère mentir que de régler un problème. **vrai** **faux**

25. Notre relation est encore empreinte de passion. **vrai** **faux**

26. Je me sens enfermé(e), sans aucune échappatoire. **vrai** **faux**

27. Mon (ma) partenaire pense que je suis de bonne compagnie. **vrai** **faux**

28. Notre relation de couple est devenue ennuyeuse. **vrai** **faux**

29. Nous aimons sortir chacun de notre côté. **vrai** **faux**

30. Mon (ma) partenaire a honte de moi. **vrai** **faux**

31. Nous nous faisons vraiment confiance. **vrai** **faux**

32. Nous sommes devenus des colocataires. **vrai** **faux**

33. Je sais que mon (ma) partenaire ne me quittera jamais. **vrai** **faux**

34. Je ne suis plus fier de mon corps. **vrai** **faux**

35. Mon (ma) partenaire me respecte. **vrai** **faux**

36. Mon (ma) partenaire ne cesse de me comparer aux autres. **vrai** **faux**

37. Mon (ma) partenaire me trouve toujours désirable. **vrai** **faux**

38. Nous ne voulons jamais la même chose.
vrai faux

39. J'ai le droit d'avoir des opinions personnelles.
vrai faux

40. Je me sens étouffé(e) par ma (mon) partenaire.
vrai faux

41. Je suis honnête avec mon (ma) partenaire.
vrai faux

42. Les gens n'ont aucune idée de ce qu'est vraiment notre couple. **vrai faux**

43. Mon (ma) partenaire fait preuve d'ouverture d'esprit. **vrai faux**

44. Mon (ma) partenaire me met à l'écart. **vrai faux**

45. Mon (ma) partenaire est mon principal soutien émotionnel. **vrai faux**

46. Je me sens jugé(e) et rejeté(e) par ma (mon) partenaire. **vrai faux**

47. Mon (ma) partenaire partage mes soucis et mes tristesses. **vrai faux**

48. Mon (ma) partenaire me traite comme un enfant.
vrai faux

49. Mon (ma) partenaire met notre relation au-dessus de toutes les autres. **vrai faux**

50. Je ne pourrai jamais satisfaire mon (ma) partenaire.
vrai faux

51. Mon (ma) partenaire s'intéresse à ma vie personnelle. **vrai faux**

52. J'ai choisi mon (ma) partenaire pour de mauvaises raisons. **vrai faux**

53. J'attends avec impatience de partager un moment avec lui. **vrai faux**

54. Mon (ma) partenaire me trouve ennuyeuse (ennuyeux) au lit. **vrai faux**

55. Mon (ma) partenaire a de la chance de m'avoir. **vrai faux**

56. Mon (ma) partenaire me traite comme un employé. **vrai faux**

57. C'est moi qui provoque le plus souvent nos disputes **vrai faux**

58. J'envie la relation de couple de nos amis. **vrai faux**

59. Mon (ma) partenaire me protégerait s'il le fallait. **vrai faux**

60. Je suis méfiant(e) à l'égard de ma (mon) partenaire. **vrai faux**

61. Je sens que mon (ma) partenaire a besoin de moi. **vrai faux**

62. Mon (ma) partenaire est jaloux (jalouse) de moi. **vrai faux**

Faites maintenant le compte des questions paires auxquelles vous avez répondu « vrai », et faites-en le total. Puis faites le compte des questions impaires auxquelles vous avez répondu « faux ». Ajoutez ce total à celui des réponses affirmatives, afin d'obtenir votre résultat final.

Total des réponses paires « vrai » : ....

Total des réponses impaires « faux » : ....

TOTAL GÉNÉRAL : ....

Ce test est conçu pour vous donner une sorte de photographie de l'état de santé de votre couple. Si votre total général dépasse 32, celui-ci est très probablement en danger. Si votre résultat se situe dans la fourchette de 20 à 32, votre couple est en sérieux déséquilibre et vous vivez peut-être un « divorce émotionnel ». S'il évolue entre 12 et 19, vous êtes dans la moyenne (ce qui n'est pas merveilleux), et votre couple a certainement besoin d'ajustements. Si vous vous situez en dessous de 11, votre relation de couple s'épanouit au-delà de la norme, mais vous pouvez certainement en améliorer certains aspects.

Profil des problèmes de couple

Reportez-vous au « Bilan de santé du couple » que nous venons d'effectuer ensemble et repérez en les secteurs faibles. Autrement dit, notez dans votre journal tous les énoncés pairs auxquels vous avez répondu « vrai » et tous les énoncés impairs auxquels vous avez répondu « faux ». Par exemple, si vous avez répondu « vrai » à la question 60, écrivez : « Je suis méfiant à l'égard de mon (ma) partenaire. » Si votre réponse était « faux » à la question 61, écrivez : « Mon (ma) partenaire n'a pas besoin de moi. » Il sera important d'établir une liste de ces réponses dans votre journal de bord parce qu'elles vous aideront, elles aussi, à clarifier la nature de vos objectifs pour sauver votre couple. Nous nous servirons énormément de ces informations dans les nouveaux « profils » que nous allons établir. Alors, appliquez-vous et soyez consciencieux (consciencieuse).

Maintenant que vous avez fait votre bilan, examinez la liste des dix traits caractéristiques d'une relation de couple « à problèmes ». Donnez à chacun d'entre eux une cote de classement, du plus fort (1) au plus faible (10), en fonction de leur impact dans votre relation de couple. (Par exemple, si vous pensez que le mépris et l'hostilité sont les sentiments les plus présents dans votre couple, vous le noterez en 1. Si l'amour est la plus faible des émotions présentes, il sera en dixième position.)

L'hostilité / le mépris :
L'apathie :
La peur :
La méfiance :
La haine :
L'amour :
La solitude :
La culpabilité / la honte :
La colère :
La frustration :

Aspects de ces problèmes

À présent, soyons plus précis. Je vous propose une liste de domaines qui peuvent générer des problèmes dans votre relation de couple. Si vous rencontrez un problème dans l'un de ces domaines, relevez-le. Puis classez ces zones à problèmes par ordre d'importance décroissante, dans une échelle allant de 1 pour le plus grave à x pour le plus bénin.

Autrement dit, si vous considérez la confiance comme le domaine le plus critique dans votre relation, faites-en le numéro 1. Si le sexe est un moindre problème, et que vous avez relevé sept domaines « à risques », le sexe prendra la septième position. Il est inutile de tous les classer. Attachez-vous seulement à ceux qui vous concernent au premier chef. À côté de chaque domaine, écrivez une phrase qui résume l'essence du problème que vous y rencontrez.

La confiance :
La sexualité :
L'argent :
La famille :
Le temps :
Les enfants :
Le manque d'intimité :
La communication :
La colère :
La drogue / l'alcool :
Le manque de bienveillance :
La critique :
La peur :
L'infidélité :
L'ennui :
Le manque de passion :
La jalousie :
La répartition des tâches :

Le comportement de votre partenaire

Voici dix questions qui vous aideront à organiser et à guider une réflexion à propos de ce que vous ressentez pour votre partenaire, et pourquoi. Si certaines de vos réponses se répètent, sachez que ce n'est pas grave. Ayez recours à votre journal, si vous le souhaitez, pour vous aider à mieux comprendre vos sentiments actuels.

1. Citez cinq moments au cours desquels votre partenaire vous a témoigné son amour durant le dernier mois.

2. Citez cinq moments au cours desquels votre partenaire a été peu affectueux (affectueuse), voire odieux, (odieuse) durant le dernier mois.

3. Listez les cinq plus grandes qualités de votre partenaire et décrivez-les.

4. Listez et décrivez ses cinq pires défauts.

5. Listez cinq comportements que vous lui avez instamment demandé de corriger et qu'il (elle) n'a pas modifiés.

6. Faites la liste des cinq raisons pour lesquelles vous êtes tombé amoureux (amoureuse).

7. Faites la liste des cinq choses qui vous feraient tomber amoureux (amoureuse) aujourd'hui.

8. Décrivez vos relations sexuelles en vous concentrant particulièrement sur le comportement de votre partenaire :
- son mode d'approche,
- la fréquence,
- la qualité,
- les problèmes rencontrés.

9. Décrivez la tendance ou l'inaptitude de votre partenaire à être attentif à vos besoins, et plus particulièrement :
- au désir d'être physiquement près de vous,
- au désir de vous parler seul à seul,
- au désir de passer du temps seul(e) avec vous,
- au désir de vous protéger et de vous réconforter si nécessaire,
- au désir de vous plaire.

10. Avez-vous hâte de retrouver votre partenaire à la fin de la journée ? Si non, écrivez pourquoi dans votre journal. Soyez aussi précis(e) que possible. Si c'est parce que votre partenaire se plaint de l'état de la maison, notez-le. Si c'est à cause de l'expression qu'il arbore dans ces cas-là, notez-le aussi. Si c'est parce que vous sentez qu'il vous incombe de rendre la conversation plaisante entre vous, notez-le encore.

Votre comportement à vous

Vous venez d'accomplir la partie la plus facile de l'exercice. Vous devez maintenant répondre le plus honnêtement et le plus sincèrement du monde aux dix mêmes questions, cette fois pour évaluer votre perception de vous-même et la manière dont vous fonctionnez en couple. Il y a peu de chance que vous vous posiez ces questions de votre propre chef, aussi abordez-les attentivement. Engagez-vous maintenant à ne pas vous mentir. Obligez-vous à faire face à la vérité, même si c'est douloureux. Plutôt que d'être sur la défensive, ayez la démarche d'ouvrir votre esprit et votre cœur. Il est lâche de blâmer autrui, et il est lâche et autodestructeur de se complaire dans le déni. Là encore, si vous le désirez, utilisez votre journal de bord pour mieux cerner ce qui est à l'origine de vos sentiments.

1. Citez cinq moments au cours desquels vous avez témoigné de l'amour à votre partenaire durant le dernier mois.

12. Citez cinq moments au cours desquels vous avez été peu affectueux (affectueuse), voire odieux (odieuse) durant le dernier mois.

3. Listez vos cinq plus grandes qualités.

4. Listez et décrivez vos cinq pires défauts.

5. Listez cinq comportements qu'il (elle) vous a instamment demandé de corriger et que vous n'avez pas modifiés.

6. Faites la liste des cinq raisons pour lesquelles votre partenaire est tombé amoureux (amoureuse) de vous.

7. Faites la liste des cinq choses qui le feraient tomber amoureux (amoureuse) de vous aujourd'hui.

8. Décrivez vos relations sexuelles avec votre partenaire en vous concentrant particulièrement sur :
- votre mode d'approche,
- la fréquence,
- la qualité,
- les problèmes rencontrés.

9. Décrivez votre tendance ou votre inaptitude à accorder de l'attention à votre partenaire, plus particulièrement à votre :
- désir d'être physiquement proche de lui,
- désir de lui parler seul à seul,
- désir de passer du temps seul(e) avec lui,
- désir de le protéger et de le réconforter si nécessaire,
- désir de lui plaire.

10. Votre partenaire a-t-il hâte de vous retrouver à la fin de la journée? Si non, écrivez pourquoi dans votre journal. Soyez aussi précis(e) que possible. Si vous avez tendance à vous plaindre de votre journée dès que vous avez mis le pied à la maison, notez-le. S'il vous arrive d'avoir l'air stressé dans ces cas-là, notez-le aussi. Si c'est parce que vous ressentez de l'appréhension voyant votre partenaire, écrivez-le également.

J'espère que ce test vous aide à comprendre en quoi sauver votre couple ne consiste pas seulement à faire changer votre partenaire. En fait – et j'insisterai là-dessus tout au long de ce livre – il ne faut pas vous lancer dans cette mission de « sauvetage » dans la perspective de rappeler votre partenaire à l'ordre. Croyez-moi, vous avez déjà fort à faire sur vous-même. Il ne s'agit pas, ici, de l'emporter sur votre conjoint, mais de vous battre pour la victoire votre couple.

Vous m'entendrez souvent répéter au fil des pages que vous devez aborder votre relation de couple avec la volonté d'y assumer votre part de responsabilité. Quelque désagréables que soient les actes et attitudes répétées de votre partenaire, ce dernier agit, du moins en partie, en fonction de la réponse que vous y apportez. C'est vous qui apprenez à votre partenaire comment vous traiter ou comment persister à vous traiter par la façon dont vous lui répondez. Ces comportements sont soit provoqués, soit maintenus, soit autorisés par les réactions que vous y opposez. Si, par exemple, votre partenaire commet certains abus ou fait preuve de grossièreté et d'indifférence vis-à-vis de vous, je vous assure que ce sont vos réactions qui lui ont laissé croire un tel comportement acceptable. En fait, il se peut fort que vous ayez récompensé votre partenaire de cette attitude en laissant tomber, en abandonnant vos positions, ou en vous mettant dans un tel état qu'il vous devenait impossible de formuler vos sentiments et vos convictions de manière adéquate.

Reconnaître vos propres problèmes peut s'avérer des plus rafraîchissant lorsque vous comprenez que vous êtes enfin devenu réaliste. Et je gage que votre décision de jeter un regard honnête sur vous-même est susceptible d'inspirer de nouveaux comportements à votre partenaire.

Mode de vie / mode de relation

Au cours de ce livre, je vais également vous demander d'évaluer votre mode de vie propre et celui que vous et votre partenaire avez créé et défini. Vous devez identifier ce qui, dans votre mode de vie, provoque, entretient ou rend possible une mauvaise relation de couple.

Votre partenaire et vous-même avez mutuellement défini votre relation de couple. D'un commun accord, consciemment ou non, vous l'avez définie telle qu'elle est. Vous en avez négocié les termes, en vous influençant l'un l'autre par vos réactions respectives. Vous n'avez peut-être pas obtenu ce que vous espériez consciemment dans cette négociation, mais vous en êtes là. Et vous y resterez tant que vous ne développerez pas un mode de vie qui autorise un comportement plus sain.

Nous allons examiner ce mode de vie de plus près. Je n'insisterai jamais assez sur la nécessité d'accepter l'idée d'un « impact » du mode de vie sur la relation amoureuse, lequel est une source de changements positifs pour le futur. Il n'y a aucune exception. Le questionnaire qui suit vous aidera à comprendre en quoi votre mode de vie perturbe le bon fonctionnement de votre relation de couple. Là encore, pour que ce test vous soit profitable, répondez avec la plus grande franchise.

- Avez-vous des conversations sérieuses avec votre partenaire ? Discutez-vous surtout de vos problèmes ?

- Êtes-vous tous deux pessimistes en ce qui concerne votre avenir ?

- Vous sentez-vous envahis par vos enfants ? Par votre travail ? Par les travaux ménagers ? Par des problèmes d'argent ?

- Vous sentez-vous en mauvaise forme ? Êtes-vous en surpoids ? Votre goût de l'apparence et votre désir d'être bien habillé à la maison s'est-il amenuisé ?

- Trouvez-vous que vous n'avez plus beaucoup d'énergie ? Passez-vous beaucoup de temps assis devant la télévision ? Avez-vous du mal à garder les yeux ouverts après le dîner ? L'un d'entre vous a-t-il tendance à s'endormir avant que l'autre ne se mette au lit ?

- Traversez-vous de longues périodes sans qu'aucun de vous deux ne manifeste un intérêt pour le sexe ou le contact physique ?

- Vous ennuyez-vous facilement ensemble ?

• Si l'on vous apercevait en public, vous trouverait-on un air et un comportement tristes ?

• Recherchez-vous le confort et le divertissement chez les autres ?

• Vous et votre partenaire, buvez-vous plus qu'auparavant ? Consommez-vous des drogues sous une forme quelconque ?

• Chacun de vous deux craint-il que l'autre ne domine la relation – ce qui vous force à rester sur vos gardes lorsque vous êtes ensemble ?

• Vous assurez-vous, lorsque vous rendez service à votre partenaire, qu'il se sente redevable ? Votre partenaire a-t-il le même comportement vis-à-vis de vous ?

• Êtes-vous tous deux incapables de savoir quand vous arrêter lorsqu'une dispute éclate ?

• Vous et votre partenaire avez-vous tendance à vous lancer des attaques personnelles et des remarques désobligeantes lorsque vous vous disputez ?

• Vous arrive-t-il souvent de vous replier sur vous-même plutôt que de dire à l'autre ce que vous avez sur le cœur ?

• N'êtes-vous plus intéressé par ce qui intéresse votre partenaire – et vice-versa ?

• Persévérez-vous dans certains comportements ou certaines attitudes, alors même que vous les savez néfastes pour votre couple, sans vouloir les changer ? En va-t-il de même pour votre partenaire ?

• Dans vos plus tendres moments à deux, vous est-il difficile d'oublier vos sentiments négatifs à son égard ? Pensez-vous qu'il ou elle ressente la même chose ?

• Avez-vous cessé de parler de votre avenir commun? De ce que vous pourriez faire lors de votre retraite, des rêves auxquels vous aspirez?

La communication au sein du couple

Quel mode de communication développez-vous dans votre relation de couple? Je vous propose un test rapide – auquel répondre par «vrai» ou «faux» – pour mieux comprendre comment vous établissez ou non le contact avec votre partenaire. Ce questionnaire vous aidera également à réaliser à quel point vous êtes ou non à l'aise avec votre conjoint, supposé être pour vous la personne la plus importante et la plus digne de confiance. Une fois encore, gardez ce test pour vous. Vous entourerez la mention «vrai» pour tous les énoncés qui mettent en évidence l'un de vos problèmes, fût-il occasionnel.

1. Je n'arrive jamais à trouver les mots pour exprimer ce que je veux dire. **vrai faux**

2. Je crains d'être rejeté par mon (ma) partenaire si je me dévoile complètement. **vrai faux**

3. Je m'exprime rarement parce que j'ai peur d'avoir tort. **vrai faux**

4. Dire ce que je pense ne fera qu'envenimer la situation. **vrai faux**

5. Je parle trop et je ne laisse à mon (ma) partenaire aucune chance de s'exprimer. **vrai faux**

6. Je ne suis pas impatient(e) de converser avec ma (mon) partenaire. **vrai faux**

7- J'ai du mal à m'arrêter lorsque je suis lancé dans une discussion. **vrai faux**

8. Je suis très souvent sur la défensive. **vrai faux**

9. Je rappelle souvent à mon (ma) partenaire ses erreurs passées. **vrai faux**

10. Mes actes ne sont pas en accord avec mes paroles. **vrai faux**

11. Je n'écoute pas vraiment. **vrai faux**

12. J'essaie de répondre à la colère par la colère et à l'insulte par l'insulte. **vrai faux**

13. Je taquine trop mon (ma) partenaire. **vrai faux**

14. Je ne parle que rarement de ce qui est important. **vrai faux**

15. Je mens souvent par omission. **vrai faux**

16. Je déteste que mon (ma) partenaire soulève un problème. **vrai faux**

17. Je crois important de faire part à mon partenaire de tout ce que je lui reproche. **vrai faux**

18. J'ai tendance à exprimer ces reproches avec véhémence. **vrai faux**

19. J'ai tendance à dire « Tu fais toujours » ou « Tu ne fais jamais » lorsque je m'explique avec mon (ma) partenaire. **vrai faux**

20. Il est rare que ces reproches ne soient pas formulés de façon blessante pour mon (ma) partenaire. **vrai faux**

21. Je n'aime pas les discussions conflictuelles parce que j'estime qu'elles influent négativement sur notre relation de couple. **vrai faux**

22. Je n'aime pas discuter de nos sentiments négatifs,

parce que cela ne fait pas avancer la situation.
vrai faux

23. Je ne devrais pas avoir à dire ce qui me dérange, mon (ma) partenaire devrait s'en rendre compte.
vrai faux

Dans ce test, vous n'avez pas à dénombrer vos réponses. Vous devez simplement vous pencher sur celles-ci pour comprendre où se situent vos problèmes de communication et de perception. Ce qui vous aidera à répondre au questionnaire qui suit et à élaborer, dans un prochain chapitre, une stratégie de reprise de contact avec votre partenaire.

L'« alchimie » du couple

Voici une autre façon d'évaluer le fonctionnement de votre relation de couple. Vous répondrez aux questions suivantes, qui tendent à révéler l'alchimie positive ou négative qui régit votre relation. N'ayez pas peur de la vérité. Si certains de ces énoncés vous paraissent superficiels, les questions évoquées sont néanmoins d'une influence déterminante pour votre couple.

1. Je ne suis plus attiré(e) physiquement par ma (mon) partenaire. **vrai faux**

2. Mon (ma) partenaire me donne le sentiment d'être sexy. **vrai faux**

3. Nous ne nous embrassons ni ne nous caressons plus.
vrai faux

4. Les relations sexuclles avec mon (ma) partenaire m'apportent satisfaction et énergie. **vrai faux**

5. Nous ne flirtons plus ensemble. **vrai faux**

6. Nous préférons rester tous les deux ensemble que d'être avec les autres. **vrai faux**

7. Je ne regarde plus mon (ma) partenaire dans les yeux lorsque nous sommes seuls. **vrai faux**

8. Si nous n'avons pas de rapports sexuels pendant quelques jours, cela commence à me manquer vraiment. **vrai faux**

9. À certains moments, je ne supporte pas mon (ma) partenaire. **vrai faux**

10. J'adore donner du plaisir physique à mon (ma) partenaire. **vrai faux**

Chaque question impaire à laquelle vous avez répondu « vrai » et chaque question paire à laquelle vous avez répondu « faux » met en évidence les points faibles de votre relation amoureuse. Si votre score est supérieur à 3, votre couple rencontre manifestement un problème d'intimité sexuelle. Notez les réponses qui jouent en votre défaveur, celles-ci nous permettront d'établir des objectifs dans la suite du parcours.

Cinq questions difficiles

Venons-en maintenant aux choses sérieuses. Je sais, vous vous demandez : « Eh! Mais n'est-ce pas ce qu'on vient de faire? » Sans doute. Mais les cinq questions difficiles que je vous propose et que vous allez devoir vous poser maintenant, nous permettent de savoir à quel point vous êtes proches de cette fameuse « ligne à ne pas franchir », ce point de non-retour dans la relation dont nous avons parlé dans le premier chapitre. À quel point la perception que vous avez de votre couple est sombre, et à quel point vous vous dénigrez.

Vous ne devez sous aucun prétexte lui faire part de vos réponses. Comme vous l'apprendrez plus loin, nous avons tendance à considérablement exagérer nos sentiments négatifs lorsque la vie nous déçoit et nous oublions de mettre l'accent sur ce qui va bien. Pour le moment, extériorisez ces sentiments tels qu'ils sont et consignez-les dans votre journal. Et je vous en prie, ayez le courage d'être honnête, même si vous avez peur de ce que vos réponses peuvent vous faire découvrir. Car s'il existe une chose pire que d'avoir des problèmes de couple, c'est de subir ces problèmes en les niant. Comme toujours dans ces cas-là, une intervention précoce et efficace peut sauver la victoire future.

1. Proposons-nous une définition de l'amour : la sécurité et le bien-être de votre partenaire sont aussi importants pour vous que votre sécurité et votre bien-être. Partant de là, diriez-vous que vous agissez de manière à prouver que vous êtes amoureux (amoureuse) de votre partenaire ? Pourquoi ?

2. Selon cette même définition, votre partenaire est-il (elle) amoureux (amoureuse) de vous ? Pourquoi ?

3. Sachant ce que vous savez de votre couple aujourd'hui, vous engageriez-vous avec la même personne si vous deviez tout recommencer ? Pourquoi ?

4. Lorsque vous vous comparez à d'autres couples, avez-vous le sentiment d'avoir été lésé ou vous êtes-vous simplement contenté du minimum ? Pourquoi ?

5. Si vous pouviez mettre fin à votre relation de couple ou si vous pouviez divorcer maintenant sans grand inconvénient, sans coûts de procédure, sans quelque embarras et sans que cela ne constitue une trop grosse épreuve pour vos enfants (si vous en avez), le feriez-vous ? Pourquoi ?

Je suis conscient que ce type de questionnement est à peu près aussi plaisant qu'un traitement dentaire, mais en vous y prêtant, vous vous acheminez vers la guérison de votre couple. En faisant preuve de réalisme tant vis-à-vis de vous-même que de votre partenaire et de votre couple, vous avez identifié de puissantes forces potentiellement destructrices dans votre vie, contre lesquelles vous devez maintenant lutter. Je veux savoir si vous vivez cette relation parce que le voulez vraiment, ou si vous la poursuivez seulement parce que vous la viviez hier. Passer sa vie avec quelqu'un simplement parce qu'il est plus facile de ne rien changer ne permet pas de construire une relation de couple en bonne santé et, si tel est le cas, il va falloir vous mettre au travail. Par ailleurs, vous reconnaissez et admettez au moins vos sentiments véritables. Je suis convaincu que vous pouvez faire face à toutes les éventualités du moment qu'elles vous sont connues. Si vous acceptez de reconnaître la réalité, au moins vous savez où vous en êtes et de fait vous savez comment vous en sortir. Vous savez contre quoi il vous faut lutter. À vous de fourbir vos armes et d'user de vos ressources. L'illusion n'est pas une solution.

Je vous soupçonne de n'avoir jamais été aussi brutalement honnête avec vous-même, avec vos sentiments et avec votre couple que vous ne l'êtes aujourd'hui. Je suis convaincu que de ce fait, vous faites pour la première fois connaissance avec vous-même, et par conséquent avec le partenaire que vous êtes dans le couple. Peut-être ressentez-vous actuellement des émotions très mitigées, mais de grâce, n'abandonnez pas. Si à l'issue de ces tests, vous vous dites : « Au secours ! Mon couple est dans un état beaucoup plus alarmant que je ne l'imaginais », tenez bon et poursuivez cette lecture. Comme je l'ai souligné dès le début de ce livre, vous avez été exposé(e) à une telle somme d'informations inexactes qu'il est étonnant aujourd'hui que vous ayez pu seulement maintenir une relation de couple dans ces conditions.

Je veux que vous découvriez le plaisir de voir clair en vous-même. Vous êtes sur le point d'aborder un tournant décisif dans votre relation de couple.

Chapitre 3

Pour en finir avec les mythes

Comme je vous l'ai dit au tout début de ce livre, l'une des raisons principales pour lesquelles vous croyez, à tort, que votre relation ne marche pas est que vous croyez fermement que vous et votre partenaire devraient suivre certaines règles ou se conformer à une ligne de conduite préétablie du couple idéal. De prime abord, lesdites règles vous semblent logiques, et vous êtes tout naturellement convaincu qu'en ne les respectant pas, vous irez droit à l'échec.

Or vous auriez dû prendre du recul dès le départ avec la logique. Car celle-ci ne s'applique nullement à l'amour. À vrai dire, ces « règles » sont des sortes de mythes, propagés par des thérapeutes bien intentionnés, mais mal informés, et par des auteurs aussi mal avisés, mais probablement moins bien intentionnés, aux buts plus mercantiles qu'humanistes. (Vous pouvez penser que je ne vaux pas mieux qu'eux, mais je prends le risque de soulever la question.) On vous a conditionné à reconnaître les « attributs » d'un couple heureux. Et vous n'avez sûrement pas échappé aux images forcément romantiques de l'idéal amoureux. On vous a amené à croire qu'il fallait totalement fusionner avec votre partenaire, afin de goûter au paradis d'une glorieuse et parfaite harmonie.

Désolé de vous le dire comme ça, mais je crois que vous – et votre couple – vous êtes fait assez méchamment rouler. Il est temps de barrer la route à cette logique erronée.

Je vais vous exposer maintenant dix mythes parmi les plus nocifs, les plus répandus et les plus communément mis en pratique qui concernent le couple. Lorsque vous les aurez lus, vous vous direz peut-être que j'ai perdu la tête. Certains de ces mythes vous sont devenus si familiers que vous allez avoir du mal à les remettre en question. Ainsi, vous pourriez parfaitement penser : « Si ces mythes ne sont pas vrais, eh bien ! ils devraient l'être. Ils sonnent si juste… ils sont tellement logiques ! »

Tout ce que je peux vous dire, c'est que de s'accrocher à ces croyances juste parce qu'elles vous sont familières vous maintiendra dans l'illusion. Et si je les appelle des mythes, c'est tout bonnement parce que celles-ci ne fonctionnent pas. C'est un fait que j'ai constaté en me fondant sur un critère de jugement élémentaire : les résultats. D'après ces résultats, les mythes dont je parle n'ont pas la moindre part d'efficacité dans la réussite d'un couple. Malheureusement, d'après ces mêmes résultats, vous avez toutes les chances, en croyant à ces mythes, de mener votre relation de couple à l'échec. Si vous y adhérez, votre déception croîtra tant et plus. Et si vous en faites la base de votre relation, vous vous exposez à l'échec, en dépit d'efforts herculéens pour les mettre en pratique. Les fausses informations entraînent de mauvais choix, et les mauvais choix, de mauvais résultats. Comme dit le proverbe : au royaume des aveugles, les borgnes sont rois.

Il est absolument crucial, pour ne plus vous tromper sur votre couple et bien le traiter, que vous acceptiez l'idée de remettre en question ces dix croyances populaires. Votre quête d'un bonheur à deux commence par une réflexion saine – qui implique de laisser tomber vos idées erronées – et renoue avec une conscience claire, afin que votre vérité et votre sagesse innée deviennent vos guides. Il est temps maintenant de vous ôter ces mythes de la tête et des les éliminer de vos plans pour que vous puissiez vous concentrer sur ce qui importe vraiment dans une relation de couple.

Mythe nº 1

Dans une relation de couple réussie, on voit les choses de la même façon

J'ai rarement rencontré de couple en difficulté qui ne voie pas la réponse à ses problèmes, du moins en partie, dans une meilleure compréhension mutuelle et dans l'abandon des différences. Ah, oui : l'empathie. La prétendue panacée. Logique, n'est-ce pas ? Quoi de plus noble et altruiste ?

Balivernes ! Vous ne pourrez jamais voir les choses à travers les yeux de votre partenaire. Vous ne pourrez que rarement comprendre et apprécier la perception qu'il ou elle se fait du monde. Et cela, parce que vous êtes très différent. Vous l'êtes génétiquement et physiologiquement. Votre histoire n'est pas la même, votre environnement vous a conditionné différemment et votre éducation vous est propre. Vous n'avez pas les mêmes priorités et vous donnez de la valeur à certaines choses, dans certains domaines.

Sur le papier, se fixer l'objectif de percevoir les choses à la manière de votre partenaire paraît sensé. C'est idéal pour alimenter la conversation dans le bureau d'un thérapeute, et c'est l'exercice-type à prescrire aux couples en détresse, dans le cadre de séances suivies. Les thérapies traditionnelles s'évertuent à pousser les hommes à être plus sensibles, plus ouverts à leurs émotions qu'à leur raison. Aux femmes, elles recommandent de modérer leurs réactions émotives et de faire plus appel à leur logique. Je n'ai qu'une question à poser à ces thérapeutes : « Qui croyez-vous leurrer au juste ? »

Les hommes resteront des hommes et les femmes seront toujours des femmes. Aucun thérapeute n'y peut rien. Et c'est tant mieux. Car il n'y a rien de mieux que la différence.

Si vous êtes en train de me prendre pour une vieille barbe réactionnaire, sans aucune sympathie pour l'évolution du rôle des femmes (et des hommes) dans la société actuelle, détrompez-vous. J'approuve totalement l'idée que les femmes puissent poursuivre une grande carrière et que les hommes puissent rester à la maison et changer les couches du bébé. Mais je remets en question l'idée selon laquelle le caractère psychologique des hommes et des femmes serait interchangeable. Tout comme on peut admettre qu'une force supérieure a établi un plan directeur de l'univers au commencement des temps, j'ai, moi, la conviction que nous sommes conçus différemment; et cela n'est pas dû au hasard. À l'origine, il existait une répartition des tâches dans laquelle l'homme était tenu d'effectuer des travaux qui laissaient peu de place à la sensibilité ou à l'émotivité. Dans cette répartition des tâches, les femmes étaient en charge de responsabilités qui exigeaient essentiellement d'elles discernement et sensibilité plutôt que force brute.

Les hommes ne sont pas aussi émotifs et sensibles que les femmes parce qu'ils ne sont pas censés l'être. Tenter d'imposer ces traits de caractère à une personnalité masculine est téméraire. En outre, si vous êtes une femme et que vous vous acharnez à vous mettre dans la peau d'un homme, vous faites du surplace. Il m'est aussi peu naturel d'évaluer une situation du point de vue de ma femme qu'il ne l'est pour elle d'avoir ma vision de la réalité. Qui plus est, même si nous en étions capables, cela n'améliorerait en rien notre relation de couple. Nous sommes différents, un point c'est tout. Et nous devons vivre avec cette différence, parce que cela ne changera pas.

Apparemment, peu de gens comprennent cela, et les thérapeutes de couples ne font pas exception. Voilà des gens qui n'ont peut-être pas assez parcouru les chemins de la vie, et n'ont aucune idée de ce que suppose une relation de couple, en réalité. N'allez surtout pas croire que ces thérapeutes ne comprennent pas la différence des sexes. Au cours leur formation, ils ont eu le temps d'en évaluer l'ampleur. Mais ils semblent oublier ces différences fondamentales lorsqu'ils commencent à vouloir conseiller des couples désunis à partir d'une approche avant-gardiste, d'inspiration « nouveau millénaire ». Le problème, c'est que plus nous tentons de brouiller les différences en vue d'un monde unisexe, moins nous contrôlons la situation et plus nous nous trompons d'objectif.

Ce genre de mauvais raisonnement est dangereux. Fournir des conseils basés sur ce mythe de la non-différence à des couples sans méfiance peut véritablement paralyser les actions constructives qu'ils pourraient entreprendre pour avancer. Il est dangereux, parce que ces couples n'ont pas une chance sur un million de parvenir à l'appliquer. Ce raisonnement ne peut pas fonctionner à cause de ce phénomène que l'on appelle tendance instinctive.

La tendance instinctive est la tendance de tout organisme, lorsqu'il est sous pression, à utiliser et manifester ses tendances naturelles. Cela est aussi vrai des animaux. Je ne cesserai jamais de m'étonner lorsqu'en regardant la télévision je tombe sur un reportage où un journaliste consterné nous présente une victime désespérée d'avoir été attaquée par une bête sauvage qu'elle avait apprivoisée et élevée comme un animal domestique. En général, on a droit à un commentaire du style : « Tragique événement aujourd'hui à Saint-Chose… Les autorités ne parviennent pas à expliquer comment cet animal sauvage a pu se retourner contre son maître ! »

Chaque fois que j'entends ce genre de chose, je me prends à penser : « Mais comment peut-on être crétin à ce point ? On modifie artificiellement le comportement d'un animal sauvage qui a survécu depuis des siècles en prédateur et on est choqué lorsque cet animal, génétiquement programmé pour obéir à ses instincts, croque son maître pour le dîner ! Cet animal n'est pas « sauvage ». Il ne fait qu'être ce qu'il est. Il fait ce qui lui est naturel. Nous, les humains, sommes peut-être plus intelligents (ou pas), mais nous nous comportons de la même manière. »

Vous êtes peut-être capable de jouer un rôle en vous forçant quelque temps, mais en définitive vous ne pouvez être ce que vous n'êtes pas. C'est une vérité psychologique et c'est bien ainsi.

De grâce, comprenez bien ceci : je ne suis pas en train de vous dire que deux personnes de sexe opposé ne devraient pas tenter d'être compatibles. Bien que nos caractéristiques premières soient différentes, nous pouvons accessoirement manifester certains traits ou certaines tendances, susceptibles de rejoindre quelque peu le sexe opposé. Mais, je vous en prie, débarrassez-vous de l'idée que votre couple ira plus mal que celui du voisin si votre partenaire et vous ne parvenez pas à adopter une perspective à la fois masculine et féminine. L'homme, dans votre couple, est peut-être totalement déconnecté de sa « part féminine » ; quant à la femme, elle peut n'avoir aucune inclination à se faire des muscles pour « défendre la grotte ».

Nous verrons plus loin comment on peut rejoindre son partenaire en cœur et en esprit le plus naturellement du monde. Nous parlerons également d'accepter nos différences plutôt que d'en faire des sources de conflit. Comme j'espère vous le démontrer plus tard, une relation est bien plus agréable à vivre quand vous la partagez avec quelqu'un qui enrichit votre vie au lieu de simplement la refléter. Je suis sûr qu'avant la fin de ce périple, vous serez devenu reconnaissant envers ces différences qui peuvent être à présent source de frustration.

Mythe n° 2

Pas de relation de couple réussie sans grand amour romantique

« Est-ce donc un mythe ? » vous demandez-vous... Comment est-ce possible, alors que vous venez de lire au premier chapitre qu'il vous fallait obtenir ce que vous méritiez, y compris une grande histoire d'amour romantique ? Comment le désir de vivre un grand amour peut-il constituer un mythe ?

Ce que je veux dénoncer ici, ce sont les attentes irréalistes, celles qui font espérer un romantisme hollywoodien. Croyez-moi, votre vie à deux est sûrement pétrie de romantisme. Il doit certainement vous arriver de faire des efforts dans ce sens, en planifiant une sortie en amoureux, en dînant tous les deux aux chandelles ou en prévoyant un week-end loin des enfants.

Mais ne vous leurrez pas. Aussi contradictoire que cela puisse paraître, être amoureux n'est pas tomber amoureux. Combien de fois ai-je, entendu des gens me dire : « Voyez-vous, docteur McGraw, je ne me sens plus du tout amoureux (amoureuse). » Pour eux, la relation n'a plus de piment. Après les avoir questionnés un moment, je comprends que ce qu'ils disent en réalité, c'est : « Je ne me sens plus du tout comme j'étais lorsque je suis tombé amoureux. » Ce qui leur manque au fond, c'est le sentiment délicieux et enivrant que l'on ressent au tout début d'une relation amoureuse.

Voilà ce que je veux dire lorsque j'affirme que la plupart des gens ne savent pas comment mesurer la valeur de leur relation de couple. Beaucoup ont une conception faussée de l'amour. Ce n'est pas parce que les sentiments se transforment qu'ils en sont moins gratifiants. N'est-il pas possible que nombre d'émotions – et d'expériences liées à ces émotions –, bien que différentes, soient tout aussi enrichissantes ? Un sentiment auparavant enivrant, excitant, et en somme très positif, peut parfaitement devenir plus profond et sécurisant – ce qui est également très positif.

La première étape d'une idylle, je l'admets, agit comme une drogue. Il n'y a rien qui vaille les émois de la conquête, des premiers rendez-vous et ce sentiment d'avoir enfin trouvé quelqu'un qui comble tous vos manques. Tomber amoureux (amoureuse) ne vous apporte pas seulement un intense élan de désir, cela vous fait croire que vous pouvez dépasser vos limites. Vous croyez vos jours de solitude terminés pour de bon. Vous êtes convaincu(e) d'avoir trouvé celle (celui) avec qui parler la nuit entière de tout ce qui vous passe par la tête.

Au fil des années, j'ai discuté avec des jeunes couples qui tombent fous amoureux l'un de l'autre après s'être rencontrés. Ils veulent se marier et croient que l'amour leur permettra de surmonter toutes les vicissitudes et les obstacles à venir. Je me rappelle avoir discuté avec une femme à propos de l'homme avec qui elle venait de se fiancer. Elle eut l'honnêteté de soulever les quelques problèmes qui la tracassaient, parmi lesquels – et non des moindres – l'incapacité de son partenaire à conserver un emploi et sa consommation abusive d'alcool. Je lui demandai alors : « Mais pourquoi êtes-vous si sûre de vouloir l'épouser ? » « Je ne peux pas m'en empêcher, docteur McGraw, je suis amoureuse de lui », me répondit-elle.

À l'évidence, celle-ci n'avait pas la moindre idée de ce qu'est vraiment l'amour. Prisonnière de son désir, fascinée par l'intensité d'émotions si communes à la « première phase » du processus amoureux, elle ne comprenait pas que les problèmes de son partenaire allaient la priver de la sécurité et des sentiments profonds propres à la « seconde phase ». Trop de gens croient que l'émotion extatique que l'on ressent lorsque l'on tombe amoureux représente le véritable amour. D'où le mythe de l'amour romantique. Car en réalité, cette forme d'amour ne constitue qu'une première étape – et il s'avère humainement impossible d'en rester là. Pour tous les couples, la folle passion des débuts se transforme inévitablement en engagement profond et durable – tout aussi enthousiasmant, tout aussi gratifiant, mais pas forcément aussi émoustillant. La solution n'est pas de vous dire que vous n'êtes plus aussi amoureux qu'avant. La solution ne consiste pas à briser votre couple, en partant en quête d'un autre partenaire et en surfant d'une vague émotionnelle à l'autre. La solution, comme vous l'aurez compris à l'issue de ce livre, c'est d'apprendre comment passer aux autres étapes de l'amour. Quand vous l'aurez fait, vous et votre partenaire ferez l'expérience de liens plus riches et plus profonds que vous n'auriez pu l'imaginer. Les émotions changent. Ce qui ne veut pas dire qu'elles soient moins intenses, moins significatives qu'elles ne l'étaient aux premiers jours.

Si vous avez été victime de ce mythe au point de comparer l'état actuel de votre couple à la griserie des débuts ou à une version hollywoodienne de l'amour, vous pourriez injustement qualifier de médiocre une relation de couple qui est, au contraire, de qualité. Dans la vraie vie, on n'entend pas Lara Fabian en fond sonore; vous ne sortez pas dîner tous les soirs en fourreau et en smoking. Contrairement aux personnages des « Feux de l'amour », vous devez aller travailler, il vous arrive de prendre du poids et d'être fatigué, vous devez faire le plein d'essence et sortir la poubelle pendant que votre partenaire nourrit le chien.

Vous vivez dans la réalité. Vous pouvez très bien être romantique parce que vous vous inquiétez de ce que votre partenaire n'est pas encore rentré(e) alors qu'il se fait tard. Le romantisme, c'est aussi simplement partager la lecture des journaux du matin, un eskimo au cinéma ou faire l'amour plusieurs fois par semaine.

L'amour romantique, clé d'une relation de couple réussie? Ce n'est qu'une question de mesure et de perception de la réalité.

Mythe n° 3

Une relation de couple réussie ne souffre pas de désaccord

Retournons un instant dans le bureau de notre thérapeute fictif. Vous et votre partenaire avez prévu une séance pour mettre sur le tapis des points litigieux auxquels vous ne trouvez pas de solution. Le Dr Expert vous explique que vous devez tous deux apprendre à « résoudre les conflits » et développer vos aptitudes en la matière. Il confirme qu'en vous y attelant vous trouverez un terrain d'entente.

Le message que l'on vous donne est clair : si vous et votre partenaire n'êtes pas en mesure de régler vos différends, votre relation de couple se dégradera, minée par vos conflits et vos affrontements. C'est faux ! Voilà un raisonnement aussi naïf que fantaisiste. Nous sommes en face d'un nouveau mythe, aussi nocif que les deux précédents : un couple ne peut être heureux sans résoudre ses points de désaccord majeurs. Au cours des vingt-cinq années durant lesquelles j'ai étudié le comportement humain, je n'ai quasiment jamais constaté la résolution d'authentiques différends au sein d'un couple. Cela peut vous paraître étrange, mais c'est la vérité. Les petits désaccords quotidiens, simples et communs, sont résolus au jour le jour. Mais la plupart des questions-clés, celles qui sont à l'origine des véritables conflits au sein du couple, ne sont jamais résolues.

Réfléchissez à votre relation, et je parie que vous allez me donner raison, même si mon point de vue diffère de celui des experts. Il existe des sujets sur lesquels vous et votre partenaire n'êtes pas d'accord, n'avez jamais été d'accord et ne serez jamais d'accord. Cela peut concerner la sexualité, la manière dont vous éduquez vos enfants, votre usage de l'argent ou votre manière de témoigner de l'affection. Peu importe la question, je peux vous garantir que vous ne vous entendrez jamais sur certains points de base. Vous ne pouvez être d'accord, parce que résoudre ces différends exigerait que l'un ou l'autre sacrifie ses convictions ou renonce à ce qu'il ou elle est intimement.

Prenons maintenant un bon vieil exemple. Une femme pensera presque toujours qu'un homme ne devrait pas parler durement ou élever la voix avec les enfants. Lui, de son côté, la trouve trop laxiste avec eux. Elle dit qu'il les punit. Il dit qu'ils sont gâtés et qu'elle leur permet trop.

N'est-il pas fascinant de constater que de génération en génération le même conflit réapparaît entre l'homme et la femme, et perdure même après que les enfants ont grandi ? Le débat se poursuit ensuite à propos des petits-enfants.

Pourquoi ces thèmes de conflit sont-ils récurrents entre homme et femme ? Parce qu'ils sont insolubles – vous perdriez votre temps à chercher des solutions ou à vouloir convaincre votre partenaire d'adopter votre point de vue. Mon père et ma mère se sont battus pendant cinquante-trois ans pour savoir si elle devait ou non s'impliquer socialement auprès de lui en invitant ses clients et ses collègues de travail à la maison. Il pensait qu'elle aurait dû le faire. Elle n'était pas du tout d'accord. Lui pensait qu'elle aurait aimé recevoir, si elle avait accepté d'y mettre du sien. Elle disait qu'elle avait essayé et qu'elle détestait la chose.

Ils ne se sont jamais entendus sur ce sujet et n'ont jamais adopté le point de vue de l'autre. Vous auriez pu y mettre toutes les techniques de résolution de conflit de la terre, ils n'en seraient pas moins restés campés sur leurs positions.

Certains couples, parce qu'ils sont en désaccord sur un point fondamental, interprètent le différend comme un rejet purement personnel et le vivront toujours mal. Parce qu'ils croient au mythe de l'entente absolue comme condition sine qua non d'un mariage heureux, ils traînent cette charge émotionnelle comme un boulet et finissent par se dire que leur relation de couple ne tourne pas rond alors qu'elle va tout à fait bien.

D'autres couples – plus sains, à mon avis – acceptent tout simplement de ne pas être d'accord. Ils ne laissent pas leurs disputes prendre un tour trop personnel et évitent les invectives et contre-attaques dues à la frustration. Des partenaires réalistes parviennent à placer ce que les psychologues appellent une « clôture émotionnelle ». Ils ne réussissent pas à clore le sujet mais à en contenir la force émotionnelle. Ils se donnent la permission d'être en désaccord, sans déclarer pour autant que l'une des parties a raison ou tort. Au bout du compte, ils se calment et reprennent le cours de leurs vies. Ils préfèrent conserver des liens sur le plan sentimental plutôt que de rompre ces liens sur le plan des idées.

Nous parlerons plus tard de cette capacité à placer la relation au-dessus des conflits. Je me contenterai de dire que l'effort de rester en contact avec son partenaire est de loin plus gratifiant que de tenter de vivre une vie de couple dépourvue de conflits.

Mythe nº 4

Une relation de couple réussie se bâtit sur des passions communes qui durent toute la vie

Nous abordons maintenant un mythe qui a pour effet de précipiter les gens dans des situations incroyablement ridicules, en les rendant très souvent perplexes, malheureux, voire hostiles. Et croyez-moi, je sais ce que j'entends par hostile, ayant moi-même cru à ce mythe à un certain moment de ma vie. J'ai cru que mon couple se porterait mieux si avec mon épouse nous participions à des activités communes et développions un hobby en commun.

Je ne pouvais me contenter de la foule d'activités mineures que nous avions alors en commun. Je croyais qu'il nous fallait partager une grande passion. J'ai alors eu une idée : le tennis ! Je pratique ce sport à peu près trois cents jours par an. Mon épouse, qui n'est pas une joueuse aussi assidue, se défend très bien, apprécie ce sport et aime y retrouver un esprit de camaraderie. Franchement, je ne joue pas pour la camaraderie. Je joue pour la compétition – comme tous ceux qui jouent avec moi. Les types avec qui je joue régulièrement vous placent un lob entre les deux yeux sans effort. Mon épouse, elle, trouve d'autres gratifications à ce jeu. Elle adore l'exercice, apprécie le temps passé avec ses amis et le défi d'apprendre à jouer de mieux en mieux, à chaque nouvelle partie.

Il y a environ dix ans, sur la base de ce mythe, nous nous sommes inscrits en équipe dans une ligue de double mixte. Intérêts communs, n'est-ce pas ? Et bénéfiques pour le couple, bien sûr ? Comme je l'ai dit, cela se passait il y a dix ans, et je ne suis pas certain que l'incident soit clos à ce jour. Mon épouse m'a mise dans une telle colère que j'aurai pu la tuer. Elle était si furieuse que je crois qu'elle a essayé de me tuer. À la fin du premier set du premier match, le premier soir, nous ne nous adressions déjà plus la parole. Elle ne pouvait pas croire que je sois si mesquin. D'après elle, j'avais écrasé une balle trop près de la dame de l'équipe adverse. J'étais inamical lorsque nous changions de côté (ils voulaient probablement tous prendre le thé…). J'avais soi-disant jeté des regards exaspérés et soupiré bruyamment lorsqu'elle ratait un coup.

Elle, pour sa part, voulait bavarder pendant les points. Pas seulement avec moi, mais avec les joueurs du camp adverse. Si elle jugeait que la balle n'avait pas été frappée pile dans sa direction, elle n'allait pas forcément la chercher – de peur, à mon avis, de déranger sa coiffure.

Vous aussi, sans doute, avez-vous tenté de réaliser un grand projet avec votre partenaire, en pensant que cela allait vous rapprocher l'un de l'autre. Je n'oublierai jamais l'histoire d'une de mes amies qui a essayé de pêcher à la mouche, un matin, avec son mari. Au bout d'une heure à l'entendre se plaindre qu'elle ne se tenait pas au bon endroit ou qu'elle envoyait sa ligne du mauvais côté de la rivière, elle a laissé tomber sa canne à pêche et lui a dit ceci : « Il est six heures du matin, il fait froid, tu es odieux et je rentre à la maison. Au cas où tu ne serais pas au courant, on peut acheter du poisson au supermarché, en plein après-midi. »

Il se peut qu'avec votre partenaire, vous ayez une grande passion commune qui vous rende heureux. C'est merveilleux, et cela vous renforce. Mais sachez que ce qui rend ce mythe plus dangereux encore, c'est de croire que si vous n'avez pas d'intérêts communs, vous devriez absolument en trouver un, afin d'enrichir votre relation de couple. Cette idée est totalement fausse. J'ai rencontré des milliers de vieux couples, heureux dans leur mariage depuis des années. Ils aiment passer du temps ensemble et jouissent d'une grande complicité, mais ils se respectent aussi dans leurs particularités et ne ressentent pas le besoin d'accomplir une foule d'activités ensemble.

Ce qui compte, ce n'est pas tant ce que vous faites, mais comment vous le faites. Si vous forcer à avoir des activités en commun apporte stress, tensions et conflits au sein du couple, abstenez-vous, tout simplement. Vous faites erreur en pensant que quelque chose ne tourne pas rond si vous n'avez pas d'activités ni de passions en commun. Je vous promets que vous avez d'importants points communs, auxquels vous n'aviez peut-être pas pensé. Vous vivez ensemble, prenez vos repas ensemble et si vous êtes marié avec des enfants, vous êtes parents, ensemble. Peut-être priez-vous ensemble, ou passez-vous ensemble vos vacances ; peut-être même vous rendez-vous ensemble au travail. Si le fait de prendre un cours de poterie à deux est facteur de discorde dans votre couple ne le faites pas. Car je le répète, ce qui compte, c'est que vous n'alliez pas vous coller une étiquette négative ou croire que votre lien est moins fort du fait que vous ne partagez pas d'activités ensemble.

Mythe nº 5

Une relation de couple réussie est une relation paisible

Encore une idée fausse ! Tant de gens sont effrayés par les situations explosives, au motif que les disputes sont pour eux un signe de faiblesse ou la preuve que leur relation de couple s'effondre. La vérité, c'est que dans un couple, les disputes ne sont ni bonnes ni mauvaises. Permettez-moi, là encore, de démonter ce mythe. Si les disputes ont lieu dans le respect de quelques règles de base très simples, elles peuvent s'avérer bénéfiques pour le couple et favoriser sa longévité de bien des façons. Dans certains couples, elles permettent de faire tomber les tensions. Chez d'autres, elles apportent une forme de paix et de confiance parce que les partenaires savent qu'ils peuvent communiquer à l'autre leurs pensées et leurs sentiments sans être rejetés, abandonnés ou humiliés.

Je ne dis pas que vous devez rechercher la dispute pour elle-même, mais les études en ce domaine réfutent plutôt l'hypothèse selon laquelle les disputes mèneraient une relation de couple à l'échec. En réalité, on rencontre autant de relations qui échouent par déni et absence de conflits qu'en raison de confrontations verbales explosives. Dès la prime enfance, nous avons appris à quel point il est important d'être considéré par l'autre. On nous a inculqué les bonnes manières, la retenue. N'allez pas penser : « Bon, maintenant, le docteur McGraw va me dire que la politesse est un mythe. » Bien sûr que non. J'ai beaucoup de respect pour les couples polis et bien intentionnés l'un envers l'autre. Mais réfléchissez un instant. Après tout ce que nous venons de dire sur les différences physiologiques et psychologiques entre les sexes est-il vraiment naturel que deux partenaires soient toujours merveilleusement prévenants l'un pour l'autre, toujours d'accord, presque jamais impatients et toujours aux anges ? Est-il vraiment naturel d'éviter une explication frontale avec celui ou celle que vous aimez le plus au monde ? Se pourrait-il qu'exprimer occasionnellement son ras-le-bol à l'être aimé soit une preuve d'amour et de respect ?

Ne vous souciez pas de la fréquence de vos disputes : il n'y a pas là de facteur déterminant dans la stabilité et la qualité de votre couple. Souciez-vous plutôt de la façon dont vous vous disputez et de la façon dont vous gérez cette dispute par la suite.

Si, par exemple, vous êtes du genre à abandonner rapidement le sujet de la dispute pour vous en prendre à la dignité de l'autre, vous manifestez une force destructrice dans le couple. Si vous aimez provoquer des disputes par besoin de briser la routine, c'est également destructeur. Et si vous maîtrisez si peu vos impulsions et votre rage que vous en arrivez à une politique de la terre brûlée, exempte de toute bienveillance, on tombe dans la méchanceté – le poison absolu du couple.

De la même façon, si vous ne parvenez pas à opérer de clôture émotionnelle après une dispute et gardez en réserve vos émotions négatives pour qu'elles vous échappent au final, comme autant d'armes à retourner contre l'autre, c'est également très destructeur. Vous devez parvenir à cette clôture émotionnelle à l'issue de chaque dispute. Sinon, vous réagirez probablement de manière cumulative à la prochaine confrontation et causerez une perturbation dommageable à votre couple.

Autre chose : veillez à ne pas confondre les réactions cumulatives avec les réactions excessives. Elles sont toutes deux destructrices et souvent confondues. Une réaction excessive est une réaction disproportionnée à un événement isolé. Cela revient un petit peu à vouloir tuer un moustique avec un fusil. Le rapport d'échelle est extravagant, surtout du point de vue du moustique !

La réaction cumulative, tout aussi explosive, est l'exact opposé de la réaction excessive. Elle se produit lorsque vous n'avez pas réussi à opérer une clôture émotionnelle lors d'affrontements précédents (qu'il y ait ou non un lien entre eux) et parce que vous ne vous êtes pas permis de vous confronter sainement à votre partenaire. Si vous vous êtes mordu la langue dix fois de suite plutôt que d'apporter à votre partenaire une réponse judicieuse et percutante, vous avez accumulé en vous une énergie négative. Vous êtes maintenant comme une cocotte-minute sous pression. Cette énergie (qu'il s'agisse de haine, de ressentiment, d'amertume ou de tout autre sentiment douloureux) doit être évacuée, d'une manière ou d'une autre. La réaction cumulative fait soudain remonter à la surface l'énergie emmagasinée des dernières disputes, accable votre partenaire et vous apparente à ces personnes dérangées qui explosent à propos d'un événement totalement banal et insignifiant.

Nous discuterons plus loin et en détail de la manière dont vous pouvez vous disputer sans être destructeur, en évitant d'en faire une attaque personnelle (qu'elle soit portée ou reçue). Vous devez également apprendre à remettre votre relation sur la bonne voie à l'issue de chaque confrontation et apprendre à lâcher du lest à votre partenaire, au lieu de le diminuer par la force et l'intimidation. En outre, vous devez apprendre à sortir de ces disputes en préservant vos sentiments et votre ego, même si vous êtes en tort ou que votre partenaire vous tyrannise.

J'aimerais clarifier encore une fois ce que j'entends par « clôture émotionnelle ». Cela ne signifie pas que vous avez réglé le problème. Cela veut dire que vous revenez à un point d'équilibre et permettez à votre partenaire d'en faire autant. Cette « clôture » est impossible si vous tombez dans le panneau mythe qui va suivre. Voyez plutôt...

Mythe nº 6

Une relation de couple réussie autorise l'expression de tous les sentiments

Parce que nous vivons à une époque où nous sommes constamment invités à reprendre contact avec nos « petits états » intérieurs pour nous libérer d'un grand flot d'émotions, il semble très logique d'appliquer ce précepte dans notre relation de couple. Ainsi, au nom d'une sacro-sainte franchise, devrions-nous tous sortir nos tripes et faire partager à l'autre toute pensée, tout sentiment nous passant par la tête, en n'en gardant rien pour nous.

Le problème est que, au vu des résultats, faire sortir nos émotions sans aucun garde-fou ne fonctionne absolument pas en couple. Nous entretenons tous une gamme infinie de pensées et de sentiments à l'égard de notre partenaire. Il vous est sûrement arrivé d'en révéler certains à l'autre, parce qu'il vous semblait que c'était la chose à faire, à un moment donné. Après mûre réflexion, vous réalisez que vous auriez pu vous abstenir, pour nombre de raisons. La moindre d'entre elles étant que vous n'en pensiez pas un mot. Songez au nombre de fois où, dans le feu de l'action, vous avez laissé échapper un commentaire sur les faiblesses de votre partenaire. Soyons honnêtes : sur le moment, cela vous a fait du bien, et vous aviez l'impression d'avoir le dessus. Mais qu'en avez-vous dégagé de bon ? Rien. Pendant un instant, vous avez cédé à l'ivresse de la rage, et vous avez fort probablement porté atteinte à votre relation. Parfois, le trauma peut être indélébile.

J'ai vu plus d'une relation de couple détruite parce que l'un ou l'autre des partenaires ne pouvait pardonner ce qui avait été dit au terme d'une séance « d'expression libre ». Ce genre de propos est impossible à effacer, eussiez-vous vendu votre âme au diable pour y parvenir. D'ailleurs je suis prêt à parier que vous avez en tête certaines paroles prononcées il y a quelques mois ou quelques années et qui, fondées ou non, ont profondément blessé votre partenaire ; et vous savez qu'il ou elle s'en souvient.

Vous avez peut-être entendu cette histoire sur le renouveau baptiste dans laquelle un pasteur zélé encourageait les gens à mettre leur âme à nu en se déchargeant de leur culpabilité devant la congrégation. Poussé par cette invitation à la confession, un vieux fermier s'était levé, et exclamé : « Révérend, j'ai bu du whisky. » Ce à quoi le révérend répondit :

« Dites-nous tout, mon frère, dites-nous tout. » Le vieil homme se sentit à l'aise et reprit : « Révérend, j'ai courtisé des femmes et j'ai fréquenté des maisons closes. » Le révérend l'encouragea à poursuivre avec une certaine excitation. Les membres de la congrégation s'étaient mis à applaudir frénétiquement pour encourager ce brave homme qui, fort d'un courage qu'il n'aurait jamais cru posséder, avait alors crié : « Je me suis rendu dans la grange et j'ai forniqué avec les animaux. »

Un lourd silence tomba brusquement sur la congrégation. Quelques instants plus tard, le révérend regarda l'homme du haut de sa chaire et lui répondit : « Mon frère, je ne crois pas que j'aurais dit cela. »

La morale de cette histoire est on ne peut plus claire : avant de dire quelque chose de potentiellement désastreux, prenez un temps de réflexion. Laissez-vous respirer et… tournez sept fois votre langue dans votre bouche. C'est absolument crucial pour la santé future de votre couple. Je ne vous dis pas de cacher la vérité ou d'être malhonnête. Mais pour être véritablement honnête, il vous faut être sûr de ce que vous ressentez. Il vous faut réfléchir à ce que vous allez dire et comment vous allez le dire, de la façon la plus appropriée. Si vos paroles risquent de tourner à la condamnation sans appel et d'avoir des conséquences irrémédiables que ce soit pour vous ou pour votre partenaire, vous devez y réfléchir plus que sérieusement.

Je veux également souligner qu'une décharge émotionnelle n'est pas seulement verbale. En général, les actes sont beaucoup plus évocateurs et communiquent davantage d'informations que toute parole prononcée. Claquer la porte au nez de votre partenaire, partir à un moment crucial, l'exclure ou lui jeter votre verre au visage sont autant de messages potentiellement très destructeurs.

Qui plus est, la prudence est doublement de mise lorsque vous exprimez vos émotions à un partenaire qui vous traite de manière incorrecte et que vous voulez qu'il ou elle le sache. Car la façon dont vous réagissez dans ces situations peut vous coûter cher en crédibilité et vous éloigner complètement de votre objectif principal, qui est de montrer à votre partenaire ce qu'il ou elle a pu faire pour vous blesser. J'ai eu à travailler au fil des années avec des centaines de couples au sein desquels l'un des partenaires commettait une grave transgression mais échappait à tout examen de conscience à cause de la réaction excessive de son conjoint. Lorsque ces couples venaient à mon cabinet ou à mes séminaires, l'attention se portait invariablement sur la réaction excessive du partenaire lésé plutôt que sur l'acte qui avait engendré cette réaction. La situation de la véritable victime en devenait pire encore : sa réaction ayant été si excessive que l'acte de l'autre passait au second plan, lui laissant le champ libre pour recommencer.

Il n'y a pas meilleur exemple que celui de George et Karen. Ce couple, soi-disant très amoureux, assistait à un de mes séminaires. Ils m'avaient été envoyés par l'avocate de Karen, une excellente professionnelle, spécialiste des cas de divorce, dont la réputation n'était plus à faire, et qui préférait réconcilier les couples plutôt que de les démolir. Tous deux vivaient et travaillaient à Manhattan et jouissaient d'une carrière active et gratifiante, résultat de leur dur labeur et du soutien qu'ils s'étaient mutuellement portés. George et Karen étaient pourtant en instance de divorce, Karen étant convaincue – même si elle ne pouvait le prouver – que George lui était de plus en plus souvent infidèle.

En fait, juste avant d'assister à mon séminaire et après un mois de séparation volontaire, Karen, grâce à un travail d'investigation inventif, avait acquis la conviction que George était parti en week-end avec une « sale petite traînée ». En furie et convaincue de son bon droit, elle arriva à convaincre le portier de l'immeuble où résidait maintenant George de la laisser passer et put avoir accès à son nouvel appartement. Une fois à l'intérieur, elle dénicha un couteau de boucher dans la cuisine et entreprit de trouer méthodiquement chaque chandail, chaque chemise et chaque complet accrochés dans la penderie. Après quoi elle découpa l'entrejambe de tous les pantalons que George possédait. Je n'insulterai pas votre intelligence en tentant d'expliquer le symbolisme de chacun de ces actes. Disons que Karen était plus que fâchée : elle était totalement hors de ses gonds.

Estimant qu'elle n'avait pas tout à fait fini, elle prit de la peinture verte en aérosol et en barbouilla l'équivalent d'un quart de million de dollars en œuvres d'art. Elle jeta tout l'équipement stéréo de son mari dans la baignoire, le recouvrit de lessive et de détergent avant de faire couler l'eau. Elle épingla enfin cette simple note sur la porte : « Salut, George. J'espère qu'elle valait la peine, espèce de minable salaud ! Tu ne l'emporteras pas au paradis. Je te hais ! Ta femme qui t'aime, Karen. »

Il est fort probable que George ait effectivement eu un rendez-vous galant ce week-end-là, mais personne ne s'est vraiment intéressé à tirer la chose au clair. Il n'était question que de Karen. Elle a fini par se sentir très embarrassée et honteuse de ses actes. Elle savait qu'elle avait perdu toute crédibilité, même auprès des observateurs les plus neutres. Pendant ce temps, George avait saisi sa chance de jouer la pauvre victime des agissements d'une foldingue. Il était ravi d'être l'objet de sollicitude des membres du séminaire, qui venaient lui dire combien ils trouvaient effrayant le traitement qu'il avait subi.

Vous voyez, je l'espère, qu'outre un message très négatif et à jamais indélébile, Karen a donné à son partenaire l'occasion de passer pour une figure sympathique. Car malgré sa lourde responsabilité dans les événements, il en sortait blanchi ! La décharge émotionnelle de Karen a évité à George de faire face à sa responsabilité. Ne soyez pas dupe et ne vous laissez pas entraîner à commettre des actes lourds de conséquences au nom d'une prétendue liberté d'expression.

Mythe n° 7

Une relation de couple réussie n'a rien à voir avec le sexe

De grâce, n'en croyez rien! Le sexe nous offre un précieux temps de repos pour combattre le stress et la pression de la vie moderne, ainsi qu'une qualité de liens déterminante pour la santé du couple. Les relations sexuelles vous imposent un exercice de vulnérabilité permettant le rapprochement avec votre partenaire. En fait, elles peuvent constituer un sacrément bon exercice. Dans la plupart des cas, elles sont un acte partagé où l'on donne et où l'on reçoit, un acte de confiance symbolique. Pour la majorité des couples, le sexe est peut-être un des seuls éléments qui rende leur relation amoureuse particulière, comparée à celle des autres.

Je ne suis pas en train de dire que seul le sexe compte. Si, dans votre couple, vous jouissez d'une vie sexuelle satisfaisante, le sexe représentera dix pour cent de ce qui est important pour vous. Mais si ce n'est pas le cas, le sexe cotera à quatre-vingt-dix pour cent sur cette même échelle d'importance. Une vie sexuelle de qualité a le pouvoir de vous relaxer et vous donne la sensation d'être accepté par votre partenaire, d'être toujours plus proche de lui ou d'elle. Dans le cas contraire, le sexe tend à devenir la question centrale, l'unique objet d'attention et de préoccupation du couple.

L'importance symbolique du sexe peut être énorme. Il peut constituer le plus grand facteur de déception au sein du couple. Une sexualité à problèmes peut engendrer un sentiment de profonde anxiété (une femme va croire qu'elle ne plaît pas à son mari ou qu'il ne la désire plus) ou l'impression de ne pas être à la hauteur (un homme ne se sentira pas performant au bon moment, face aux attentes de sa partenaire). Toutes choses qui, en définitive, conduisent au rejet et au ressentiment. Lorsqu'on en arrive à ce stade, une foule de comportements destructeurs sont susceptibles d'apparaître. Par exemple, vous pouvez croire que l'autre tente de vous punir en vous privant de rapports sexuels. Vous décidez alors de vous défendre, ce qui entraîne, bien sûr, d'autres comportements toujours plus destructeurs. Le sentiment de rejet ressenti dans un couple par l'un ou l'autre des partenaires peut devenir invalidant, voire insupportable. Parce que la sexualité est si intime et si personnelle, l'impact d'un sentiment de rejet dans cet aspect de la vie est proprement décuplé. Il est nettement moins douloureux de voir votre partenaire rejeter une idée ou un concept qu'une de vos émotions intimes.

J'approfondirai plus tard – et dans le détail – comment surmonter les problèmes sexuels pour les instaurer de nouveau sur de meilleures bases. Pour le moment, je vous demande seulement de bannir de votre tête ce mythe ridicule. Je me fiche de votre âge. Je ne prends pas non plus en considération votre état de santé ou votre inquiétude à l'idée de vous dévoiler. La croyance selon laquelle le sexe n'est pas important dans une relation de couple est un mythe dangereux qui en ruine l'intimité. Les couples qui se privent de cette facette de leur intimité commettent une grave erreur de jugement. Éliminez la sexualité et vous dégraderez votre relation jusqu'à lui faire perdre ce qui, précisément, la rendait unique.

Les pulsions et les besoins sexuels sont naturels et normaux, et il est important de les satisfaire. En disant cela, je ne fais pas seulement référence à un acte charnel, je parle ici du sexe comme intimité physique, en relation avec la dimension mentale et émotionnelle. Dans ce contexte, j'inclus dans la sexualité toutes formes de contact, de caresse, d'étreinte ou autre moyen de procurer un confort physique – ceci en privé, et jusqu'à un certain point, en public. Je ne pense pas du tout qu'il vous faille à tout prix retrouver la sexualité passionnée de vos débuts (merci de relire le mythe nº 1) mais il doit exister un lien sexuel entre vous et votre partenaire, une sorte d'alchimie qui vous fait reconnaître que vous êtes plus qu'une paire d'amis partageant leur vie ensemble. Vous formez un couple.

Mythe nº 8 :
Une relation de couple réussie ne souffre pas de partenaire « à problèmes »

La majorité des thérapeutes vous diront, à tort, qu'une relation de couple ne peut se maintenir en bonne santé si l'un des partenaires manifeste des traits de caractère loufoques ou toute autre bizarrerie psychique. Comme vous le savez, ces thérapeutes vendent des thérapies. Ainsi ai-je entendu un nombre alarmant de thérapeutes et même d'auteurs affirmer qu'il était impossible de partager le « grain de folie » de l'autre.

J'ai vu plus d'un mariage connaître une fin abrupte parce que, comme l'explique souvent l'un des partenaires après la rupture, « celui (ou celle) que j'ai épousé(e) est devenu(e) vraiment fou (ou folle) » ou « il ou elle était cinglé(e) ». Et encore : « Je ne sais pas ce qui s'est passé. Après notre mariage, il (ou elle) s'est mis(e) à se comporter bizarrement. »

En y réfléchissant vraiment, je ne suis même pas certain que nous ayons la capacité de discerner, voire de comprendre ce qui est normal ou non. Nous avons tous des caractéristiques différentes. Et même si vous n'alliez pas choisir les mêmes caractéristiques qu'un autre pour constituer un monde parfait, vous ne devriez pas pour autant redouter cet autre et refuser sa perception du monde. Cela s'applique également à votre relation de couple. Tant que ces bizarreries, si elles existent, ne vous dépassent pas et qu'elles ne sont pas visiblement destructrices, vous pouvez certainement apprendre à vivre avec.

Mon père et moi avons partagé un cabinet pendant plusieurs années. Nous avons eu l'occasion de travailler ensemble sur le cas d'une une famille composée de trois adolescentes et de leurs parents. Pour être tout à fait honnête, la mère des enfants était schizophrène. Elle entendait régulièrement des voix, particulièrement en fin d'après-midi, peu de temps avant le retour d'école des enfants. Pourtant, lorsqu'elle ne parlait pas à quelqu'un d'imaginaire, elle était une mère attentionnée, généreuse, faisant preuve de talent dans bien des domaines.

Je dois admettre que tel n'est pas le trait de personnalité que je rechercherais consciemment chez une partenaire. Mais contrairement à la plupart des psychotiques, cette femme jouait parfaitement son rôle et s'occupait fort bien de sa famille. Elle était complètement dévouée à son mari et à ses enfants. Ses hallucinations n'étaient que bénignes et ne troublaient pas le foyer. Par ailleurs, son comportement méritait d'évoluer et Carol Ann elle-même souhaitait améliorer sa situation. Don, son mari, la soutenait à cent pour cent dans ses séances de thérapie et se rendait disponible autant qu'on le lui demandait. Ce qui permit à Carol Ann de faire certains progrès. Je dis « certains progrès » parce que, lors d'une de nos dernières séances, tandis qu'elle me précisait n'avoir entendu aucune voix depuis quatorze jours – ce qui était pour elle la plus longue période de silence jamais enregistrée –, elle me fit part de certains détails qui m'ont inquiété. Elle m'avait affirmé ne plus entendre de voix. Quand je lui demandai si elle avait réellement compris que ces voix étaient des hallucinations et non quelqu'un tentant de la posséder ou de prendre le contrôle d'elle-même, elle en avait convenu, avant de m'avouer avoir sectionné, pour plus de sécurité, les fils de l'interphone. Carol Ann avait sectionné ces fils en se fondant sur l'hypothèse que si ces voix recommençaient à lui parler, elles ne pourraient donc pas passer par cette voie.

On ne peut pas parler ici de guérison, et je répète que ces traits de personnalité ne sont pas souhaitables d'après mes critères. Mais ce couple et cette famille ont trouvé comment gérer la situation. Carol Ann et Don sont maintenant mariés depuis plus de trente-sept ans et se portent à merveille, dans une maison dépourvue du moindre interphone.

La personnalité de Carol Ann était plutôt hors norme, je vous l'accorde. Mais d'un autre côté, beaucoup de gens expriment des aspects de leur personnalité qui peuvent passer pour anormaux. Supposons que votre femme, après la naissance de votre premier enfant, développe une paranoïa quant à la sécurité du nourrisson et se lève dix fois par nuit pour vérifier qu'il va bien. Ou supposez que votre mari soit obsédé par quelque théorie de la conspiration au point de bâtir un abri antiaérien dans le jardin. Supposez encore que votre partenaire devienne affreusement timide dans certains lieux publics ou qu'il (ou elle) se mette à fondre en larmes à tout bout de champ. Cela ne signifie pas qu'il vous est impossible d'avoir des affinités avec lui ou elle et que vous ne pouvez pas vous entendre à merveille.

Nous croyons parfois qu'un comportement qui n'est pas dans la norme ou ne s'intègre pas au courant dominant est un poison pour le couple ; ce qui n'est pas forcément vrai. Nous possédons tous des traits de personnalités singuliers qui peuvent paraître bizarres à autrui ; si les bizarreries de votre partenaire ne vous semblent pas excessives et qu'elles ne lui sont pas néfastes, vous pouvez fonctionner avec. Vous pouvez même vous en accommoder et jouir d'une relation de couple qui vous comblera. Il est tout à fait possible de vivre avec un « grain de folie ».

Mythe nº 9 :
Il existe une bonne et une mauvaise manière de réussir une relation de couple

Une telle idée ne saurait être plus éloignée de la vérité. Aucune loi d'airain ne dicte le fonctionnement du couple. Il n'existe pas de bonne façon d'apporter son soutien ou d'être affectueux. Il n'y a pas une bonne façon d'élever ses enfants, de communiquer avec vos beaux-parents, de gérer une dispute ou d'aborder les éventuels défis engendrés par une relation de couple complexe.

L'important est que vous trouviez des manières d'être ensemble qui vous conviennent. Peu importe qu'elles rejoignent ou non les critères énoncés dans un livre ou qu'elles soient conformes ou non aux volontés de vos parents : vous ne devez pas en tenir compte pour définir le cadre de votre couple. Votre seul critère sera d'évaluer si les résultats que vous obtenez sont ceux que vous désirez obtenir. Le fait de suivre ou non des principes préétablis ne doit pas peser dans la balance. La seule chose qui compte, c'est de suivre des principes qui fonctionnent pour vous et votre partenaire, et de les déterminer vous-même.

Vous connaissez sûrement des couples qui ne se conforment à aucun modèle théorique et sont néanmoins sains et heureux. Mes grands-parents maternels en sont un parfait exemple. Et ce, au défi de tous les modèles relationnels connus du couple contemporain. Ces deux êtres simples, sans éducation et durs à la tâche ont passé leur vie entière dans une petite ville de l'ouest du Texas qui ne comptait que cinq cents habitants. Mon grand-père s'occupait de l'entrepôt local d'expédition de marchandises tandis que ma grand-mère repassait des vêtements sept jours par semaine. Ils étaient le sel de la terre, parmi les plus pauvres de l'ouest du Texas.

J'ai eu de merveilleuses occasions de les observer parce qu'adolescent je passais mes étés auprès d'eux, aidant mon grand-père à charger et décharger la marchandise de son entrepôt. Ils n'échangeaient probablement pas plus de vingt-cinq mots par semaine. Ils faisaient chambre à part et leur seul intérêt commun était la survie. Mais malgré les apparences, ils entretenaient une relation de couple. Peu importe où nous étions, ou ce que nous faisions, ils avaient toujours l'air de s'arranger pour être physiquement l'un près de l'autre. L'immensité de la table de leur salle à manger et de leur vaste vieille maison ne les empêchait pas de partager un repas en toute intimité, mangeant côte à côte, sur un petit coin de la table, littéralement tassés l'un contre l'autre.

Il l'appelait « vieille fille », elle le surnommait « vieux bougre ». Même s'ils ne se parlaient guère, ils parlaient fréquemment l'un de l'autre à qui voulait entendre. Il mesurait deux mètres et demi et elle pas plus d'un mètre cinquante. En les voyant marcher ensemble, le décalage était tel qu'on se demandait s'il pouvait seulement remarquer sa présence.

Ils ne constituaient pas un exemple à proprement parler, mais ils étaient mariés depuis soixante-huit ans lorsque mon grand-père rendit l'âme. La dernière fois que je les ai vus ensemble, ils semblaient s'ignorer complètement, à ceci près qu'ils marchaient main dans la main. Les poètes et les auteurs de chansons ont peut-être raison : c'est lorsqu'on ne dit rien qu'on en dit le plus.

Tenter de forcer un couple à se conformer à une ligne de pensée arbitraire concernant ce qui est bien ou pas est incroyablement superficiel et vain. Il existe autant de couples que de manières de le réussir. Il existe également différentes manières de communiquer, de montrer de l'affection, de se disputer ou de résoudre les problèmes.

Ne vous accrochez pas à l'idée de vous conformer à une série de comportements fabriqués, concoctés par des gens qui ne vous connaissent pas, n'ont jamais rencontré votre partenaire et ne vous fréquentent qu'une heure par semaine. Concentrez-vous sur ce qui marche.

Attention !

Tout comme vous éviterez de juger trop sévèrement vos pensées, vos sentiments et vos comportements, évitez de juger ceux de votre partenaire. Par exemple, il n'existe pas, pour lui ou pour elle, de bonne ou de mauvaise manière de vous aimer. Ce n'est pas parce que sa manière d'aimer ne vous semble pas juste que vous avez raison et qu'il ou elle a tort. Qui plus est, l'amour qu'a votre conjoint pour vous ne gagnerait pas en qualité s'il manifestait des raisonnements, pensées ou attitudes conformes à ce que vous avez arbitrairement choisi.

Supposons simplement que votre partenaire exprime l'amour qu'il vous porte dans une langue qui vous est étrangère et incompréhensible. Conclusion : vous pourriez croire que votre partenaire ne vous aime pas et qu'il ne se soucie pas de vous. Ce qui peut être frustrant dans une situation de ce type pour votre conjoint, c'est que ce langage est le seul qu'il connaisse. Ses sentiments ont-ils moins de valeur parce qu'il ou elle n'utilise pas un mode d'expression identique au vôtre – ou a celui d'un quelconque thérapeute ?

J'ai toujours adoré les chats et je me souviens avoir envoyé une carte postale à ma femme, au tout début de notre relation. On pouvait y voir deux chats de dos, assis sur une clôture. L'un d'eux avait l'apparence masculine d'un chat de gouttière, et l'autre, celle d'une jolie chatte aux poils soyeux. Leurs queues s'entrelaçaient subtilement tandis qu'ils regardaient la lune. En ouvrant cette carte, on pouvait lire ceci :

« Si je possédais deux rats morts, je t'en donnerais un. » Robin resta probablement perplexe en lisant cette carte. Moi, de mon côté, j'avais souhaité lui délivrer un message clair. En dépit de l'humour attaché à ce geste, cette carte exprimait mes sentiments véritables.

La plupart d'entre nous auraient bien sûr avantage à redoubler d'ardeur afin d'exprimer leur amour et leur attachement à la personne aimée, mais nous devrions mettre autant d'ardeur à apprendre sa langue étrangère. En apprenant le langage de l'autre au lieu de lui imposer le nôtre, nous pourrions découvrir qu'il nous apporte beaucoup plus que nous ne le pensions. Il serait tragique de passer à côté d'un amour de qualité simplement parce qu'on ne parvient pas à reconnaître la valeur toute particulière… d'un rat mort !

Gary Dobbs est mon meilleur ami, à l'exception de ma femme. Il m'a apporté beaucoup dans la vie, il est pour moi un guide spirituel qui m'a permis de construire une relation mature avec Dieu. Lors d'une de nos discussions, je me plaignis copieusement de mon sentiment d'incrédulité et de frustration quand j'entendais des personnes dignes de foi soutenir que Dieu s'était entretenu avec elles de questions cruciales. Ces personnes n'étaient pas de ces télévangélistes de pacotille aux cheveux laqués et aux bijoux clinquants, c'étaient des personnes respectables et crédibles qui semblaient jouir de cette communication divine. Un soir que j'aidais Gary à poser ses décorations de Noël – il était trop froussard pour grimper sur une échelle –, je l'ai soudain regardé en lui demandant : « Suis-je si peu intéressant ? Comment se fait-il que Dieu ne me parle pas à moi ? » Gary occupé à démêler ses guirlandes, eut cette réponse magistrale : « Je crois que la vraie question à se poser est : pourquoi ne pas l'écouter ? »

Bon sang, je déteste qu'il ait raison. Et c'était malheureusement le cas. Ce n'était pas Dieu qui ne voulait pas communiquer avec moi, c'est moi qui ne voulais pas l'entendre parce que j'avais une notion préconçue de la nature même de cette communication. En ayant vu et revu *Les Dix Commandements*, je m'étais fait à l'idée que si Dieu avait des choses à me dire, il prendrait sûrement sa voix retentissante et séparerait au moins quelques cours d'eaux avant de me délivrer son message. J'avais fermement décidé qu'il existait une seule bonne manière d'entrer en communication divine, et de ce fait même, je n'avais pas pu reconnaître ou accepter d'autres modes de communication.

Cette anecdote m'a permis de développer une meilleure compréhension de ma relation aux autres. Compréhension qui me permet de ne pas saboter cette relation, en adhérant à des notions préconçues sur le comportement des autres à mon égard.

Si vous adoptez une approche rigide avec votre partenaire et ne parvenez pas à comprendre ce qui vous semble être une langue étrangère ou tout autre moyen d'expression non traditionnel, vous vous privez de la joie de vivre paisiblement une relation de couple de qualité, pour la seule raison que votre partenaire n'obéit pas aux critères que vous avez arbitrairement fixés. Combattez cette rigidité dans votre relation avec l'être aimé ; combattez votre tendance à juger la façon dont votre partenaire communique avec vous. Concentrez-vous sur ce qui marche.

Mythe n° 10 :
Votre relation de couple ne sera réussie que lorsque votre partenaire aura changé

La plupart des gens adhèrent encore à cette notion enfantine selon laquelle on n'est pas vraiment responsable de son propre bonheur. Le conte de fées tient toujours : on continue de croire qu'être amoureux signifie trouver quelqu'un qui vous rendra heureux pour toujours.

Et quand ce doux rêve se dissipe, vous accusez, vous blâmez et vous croyez que tous les désagréments vécus dans cette relation sont imputables à votre partenaire. Vous êtes persuadé qu'il est la source de notre malheur. Et vous pensez que votre vie serait tellement plus simple, s'il changeait. En raisonnant de la sorte, vous en arrivez à la conclusion que vous ne pouvez rien faire de votre couple avant que votre partenaire ne se remette sur le droit chemin.

En conseillant des gens plongés dans des relations de couple houleuses, je leur demandais sur qui ils auraient désiré avoir le plus d'influence, s'ils en avaient le choix. Ils me répondaient invariablement : « Sur mon (ma) partenaire. » Votre réponse aurait probablement été la même. Vous présumez que votre couple se porterait vraiment mieux si vous pouviez modifier le raisonnement, le comportement et les sentiments de votre partenaire.

Voilà encore un mythe. Car vous êtes la personne à influencer. Vous êtes la personne plus importante de ce couple et vous devez vous concentrer sur vos propres efforts pour être en mesure d'opérer ces changements dans votre relation. Vous devez redécouvrir votre dignité, votre estime personnelle et votre pouvoir insoupçonné. Car vous ne pourrez pas rétablir de liens avec votre partenaire si vous ne pouvez pas le faire avec vous-même.

Comprenez bien que je ne vous accuse pas de tous les problèmes existant dans votre couple. Mais je vous invite seulement à reconnaître que vous avez une responsabilité commune, en tant que couple, dans l'état actuel de votre relation.

Si votre relation n'est pas complètement ce que vous voudriez qu'elle soit, alors ce sont vos réflexions vos attitudes et vos émotions qui doivent être remises en question. Vous n'êtes pas parfait, vous commettrez des erreurs de jugement et certains de vos comportements stimulent votre partenaire de manière destructive.

Comme je l'ai déjà souligné, vous avez opté pour le mode de vie qui vous a mené à une relation perturbée. Vous avez choisi les sentiments, les idées et les comportements qui engendrent des souffrances dans votre couple. Vous les avez choisis aussi sûrement que les vêtements que vous portez, la voiture que vous conduisez et la société pour laquelle vous travaillez.

Vous avez choisi ces sentiments, ces idées et ces comportements parce que d'une certaine manière, ils vous conviennent. D'une certaine manière, ces traits dominants ou ces modèles d'interaction vous ont fourni des gratifications qui ont encouragé la réapparition des mêmes comportements. Si vous êtes en mesure d'identifier ces gratifications ou ces récompenses, vous aurez découvert la source intarissable de ces comportements destructeurs. Une fois les gratifications identifiées, vous pourrez les neutraliser et ne plus dépendre d'elles. Lorsque ces comportements ne vous conviendront plus, lorsque vous n'en retirerez plus de gratification, ils s'élimineront d'eux-mêmes.

J'ai eu à travailler avec un couple nouvellement marié qui incarnait parfaitement ce principe pervers de gratification. Connie semblait être excessivement jalouse de Bill et vivait dans la crainte constante qu'il ne rompe ses vœux de mariage. Elle était persuadée qu'il allait la quitter, ou qu'il aurait une relation extra-conjugale durant l'un de ses multiples voyages d'affaires. Connie l'appelait sans cesse, du matin au soir, pour vérifier où il se trouvait, avec qui il était et ce qu'il faisait. Elle pouvait l'appeler jusqu'à dix-sept fois par jour. La discussion téléphonique était toujours la même : « Es-tu avec une autre femme ? », « As-tu flirté avec quelqu'un », « Tu ne m'aimes pas, n'est-ce pas ? », « Ne me trouves-tu pas laide, inintéressante et ennuyeuse ? ».

Bill réaffirmait immanquablement et patiemment son amour et sa dévotion. Le cas échéant, il niait être en présence d'autres femmes, même s'il n'avait d'autre choix que de les fréquenter professionnellement. Il la rassurait constamment en lui jurant qu'il était fidèle et dévoué, qu'il l'appréciait et la désirait. Ce scénario persista jusqu'à ce qu'ils en soient si affectés et dépendants que leur mariage fut en danger. Connie ne pensait plus qu'à l'infidélité potentielle de son mari, et Bill était devenu l'esclave du téléphone, de la messagerie et de la perpétuelle obligation de réconforter sa femme. Tous deux prétendaient vouloir sortir de cette prison. Ma question fut la suivante : « Si vous souffrez de ce qui se passe, pourquoi, diable, ne pas mettre un terme à ce cinéma ? Vous n'êtes pas idiots, vous avez la capacité de faire des choix, alors faites-les. Et cessez de vous plaindre de la situation. »

Tous deux me répondirent qu'ils auraient souhaité que cela fût aussi simple, mais que malgré tous leurs efforts sincères, ils retombaient inévitablement dans la même routine. Ils étaient à la fois confus et frustrés d'agir consciemment en opposition à leur désir.

La solution à leur problème est probablement aussi claire pour vous qu'elle ne le fut à l'époque pour moi. Connie et Bill retiraient une gratification malsaine de ce modèle d'interaction destructeur, établi sur le mode test/apaisement. Plus ils m'expliquaient le fonctionnement de leur couple, plus il devenait évident que Connie avait un problème d'insécurité. (Incroyable !) Mais ce qui l'étonna vraiment fut de comprendre qu'elle se nourrissait de ce réconfort perpétuel et s'apaisait chaque fois qu'il passait le test. Ce harcèlement quotidien pour obtenir du réconfort aboutissait chaque fois à l'affrontement inévitable : « Pourquoi ne mets-tu pas fin à tout cela maintenant ? Puisque tu sais que cela va arriver de toute façon ? » À chaque fois que Bill réaffirmait ses sentiments pour elle, niait avoir eu ce genre d'idées et niait vouloir la quitter, il passait le fameux test et de ce fait même la rassurait une fois de plus. Chaque jour, elle recevait une gratification perverse de réconfort et de réengagement. Elle était devenue si dépendante de cette gratification qu'elle en avait perdu le contrôle.

Pour Bill, cela équivalait à tenter de remplir un puits sans fond. Puisque le problème ne venait pas de lui mais bien du sentiment d'insécurité de Connie et de son peu de volonté à porter un diagnostic sur la situation et à résoudre le problème à la base, leur couple était en train de partir en chute libre. Bill, qui passait pour la victime dans toute cette affaire, en retirait sans aucun doute quelque douteux bénéfice sur le plan de l'ego, pour « estimé, recherché et important » qu'il fût. L'obsession de sa femme le flattait. Mais très vite, comme dans toutes les situations de dépendance, Connie et Bill étaient devenus esclaves de leurs gratifications respectives.

Connie n'avait d'autre choix que de prendre une décision drastique : allait-elle continuer à choyer le monstre pervers, narcissique et autodestructeur qui dominait chaque instant de sa vie ou allait-elle devenir mature et se risquer à la confiance et à l'amour ? J'avais la certitude que Bill la quitterait avant longtemps si elle ne choisissait pas la deuxième solution. Quant à Bill, il devait décider s'il continuait à se laisser contrôler par son ego ou s'engageait à créer une relation de couple plus saine et plus mature.

Sachez, au regard de toute cette histoire, qu'il vous sera certainement plus bénéfique de changer votre attitude que d'espérer ces changements chez votre partenaire. Quelles gratifications obtenez-vous pour entretenir des modèles d'interaction destructeurs ? Il se peut que vous les discerniez clairement ou, au contraire, qu'elles vous soient encore inconnues. Quoi qu'il en soit, ne vous leurrez pas : elles existent. Vous ne faites pas exception à la règle, parce que cette règle n'en souffre pas.

Tel est votre choix : soit vous demeurez égocentrique et continuez de blâmer votre partenaire, soit vous vous déterminez à réaliser un changement véritable. Vous pouvez nourrir une colère inutile envers votre partenaire ou choisir de vous mettre au travail et de stimuler votre relation dans un sens positif. Vous pouvez laisser votre partenaire vous dicter votre comportement ou devenir maître de vos propres pensées et attitudes.

Or ces choix ne peuvent être faits que dans un but précis et réfléchi.

Je vous garantis qu'après avoir lu ce livre, vous inspirerez à votre partenaire des comportements, des sentiments et des raisonnements différents. Mais vous n'allez jamais croire que vous pouvez contrôler votre partenaire. Ne croyez pas non plus qu'il lui appartient de rendre votre existence meilleure. Vous êtes en charge de votre vie.

Chapitre 4

Je me débarrasse de mon côté noir

Adhérer au mythe du couple idéal n'est pas la seule façon d'empoisonner votre relation. Il existe une technique encore plus insidieuse pour détruire ce à quoi vous tenez le plus. Il vous suffit d'appréhender votre relation par le biais de ce que j'appelle votre « côté noir ».

Notre personnalité comporte toujours une part d'émotion irrationnelle et destructrice. À un certain degré, nous sommes tous immatures, égoïstes, manipulateurs et avides de pouvoir. Ce n'est certes pas agréable à entendre, mais c'est la vérité et vous le savez bien. De même que vous pouvez faire sombrer votre couple en vous accrochant à des mythes trompeurs et futiles, vous êtes en mesure de le détruire tout autant si vous laissez les plus sombres aspects de votre caractère annihiler vos efforts pour créer une relation intime et paisible.

Si vous êtes honnête avec vous-même et sur vous-même, vous voyez certainement ce à quoi je fais allusion. C'est malheureusement au cœur de l'interaction de couple – cette part de votre vie recelant la plus forte charge émotive et générant les situations où vous avez le plus à perdre – que votre côté noir se manifeste. En effet, c'est précisément à travers vos propres attitudes négatives que vous provoquez inconsciemment ce qu'à l'origine vous désiriez éliminer. Les personnes les plus intelligentes et les plus normales peuvent faire preuve des comportements les plus odieux au contact de ceux qu'ils prétendent aimer profondément. Dans ces situations, on peut observer un déchaînement stupéfiant d'hostilité et de cruauté, de réflexes défensifs enfantins, de raisonnements pitoyables d'immaturité, d'accusations réciproques, de blâme et d'humiliation, d'exagération et de déni. Lorsque votre côté noir prend le dessus, vous êtes plus éloigné que jamais de votre conscience intime. Vous êtes à des kilomètres des notions de respect et de dignité et vous vous placez en victime.

Beaucoup d'entre vous sont incapables de faire face à ce côté déplaisant de leur personnalité. Vous avez tout un stock d'excuses en réserve pour motiver et tenter d'expliquer ce comportement infernal. Vous préférez penser aux bons côtés de votre relation, aux moments où vous faites preuve de maturité, de générosité, de souplesse et de diplomatie. Mais votre côté noir, lui, est toujours là, tapi en vous, et c'est bien sûr dans les moments de détresse, lorsque vous êtes frustré, menacé et blessé, que vous lui laissez libre cours. En vous laissant aller à vos démons, vous pouvez entraîner la chute de votre couple – plus qu'une éventualité, c'est une certitude. Sans égard pour ce qu'il peut y avoir de bien dans votre couple, votre côté noir, s'il n'est pas maîtrisé, empoisonnera irrémédiablement chaque fibre de votre amour et scellera sa perte.

Ne prenez pas mes propos à la légère. Il se peut que vous pensiez : « Bon, je ne suis pas toujours un cadeau et il se peut que j'aie des côtés noirs, mais en tout cas, je n'ai rien à voir avec un butor grossier ou une mégère hurlant. » Or, je vous l'assure, votre côté noir, pour discret qu'il soit dans ses manifestations, peut s'avérer tout aussi destructeur que les vociférations spectaculaires auxquelles vous vous référez.

Comme vous ne tarderez pas l'apprendre, il existe bien des façons, dans un couple, d'exprimer son « côté noir ». Alors que certains voient sombrer leur union du jour au lendemain, à l'image d'un bateau dont la coque percée d'un trou béant fait naufrage en quelques minutes, d'autres couples se détruisent peu à peu, à l'image d'une digue minée par une petite voie d'eau trop longtemps négligée. Cette petite voie d'eau n'attirera sans doute pas autant l'attention de vos amis, de vos voisins ou de votre belle-famille qu'une horrible scène de ménage les laissant bouche bée ; elle n'en demeure pas moins destructrice, et vide implacablement votre union de sa substance. Avec le temps, vous serez de plus en plus dominé par vos attitudes négatives. En conséquence, vous manifesterez inconsciemment tout ce que vous souhaitiez le plus éliminer – et vous n'aurez vraisemblablement pas la moindre idée de ce qui vous arrive.

Du fait même qu'il soit profondément destructeur, vous ne pouvez vous permettre de nier cet aspect de votre personnalité ou de prétendre qu'il n'existe pas, dans l'espoir vain qu'il disparaisse. Vous ne pouvez pas non plus compter sur les effets d'une thérapie classique pour comprendre, séance après séance, ce qui motive votre comportement et trouver sa justification dans les failles éducatives de vos parents – masturbation mentale distrayante, il est vrai, mais d'impact limité.

Pas plus que vous, je ne peux rien changer à ce qui est survenu dans votre enfance et influencerait votre comportement actuel. La chose importante à reconnaître ici est que vous n'êtes plus un enfant. Vous êtes aujourd'hui un adulte et vous avez la possibilité de faire le choix de vos pensées, de vos sentiments et de vos comportements. Si vous avez un lourd passé, j'en suis désolé. Vraiment. Je ne cherche pas à minimiser la souffrance que vous avez pu éprouver. J'ai entendu des histoires si terribles qu'elles m'ont littéralement rendu malade, pris aux tripes. Si vous avez vous-même vécu une telle histoire, j'en suis absolument navré pour vous. Mais il y a une chose plus terrible encore que d'avoir vécu des événements traumatisants : c'est de s'y enfermer mentalement et émotionnellement pour l'existence à venir. Si vous avez subi de tels événements, vous ne pouvez vous en servir pour justifier les manifestations actuelles de votre côté noir. Car si elle vous tient lieu d'excuse, vous ne faites qu'entretenir votre souffrance en la transplantant dans votre vie actuelle.

Vous devez décider de faire face à ce côté noir, de le reconnaître pour ce qu'il est, de percevoir dans quelles circonstances il affecte votre comportement pour être en mesure de vous en libérer avant qu'il n'entraîne de plus graves dommages. Sachez que vous ne pourrez jamais complètement l'analyser. Vous devez être prêt à lui faire barrage avant qu'il ne vous commence à vous ronger de l'intérieur. C'est la thérapie la plus efficace que je connaisse. Il ne s'agit pas de fuir cet aspect de votre personnalité, mais de le reconnaître si parfaitement que vous puissiez repérer et neutraliser sa moindre capacité de nuisance dans votre vie. Je veux que vous puissiez vous dire : « J'ai gagné ! Je l'ai repéré ! Je ne tomberai pas dans le piège ! Je ne permettrai pas à cet aspect noir de ma personnalité de s'installer dans ma vie, dans mon couple. Et de ravager mon bonheur. Mes vieux démons ne feront pas écran entre mon (ma) partenaire et moi. »

Vous n'allez probablement pas trouver amusante la partie qui va suivre. Elle a pour but d'analyser les profils typiques à travers lesquels votre côté noir se manifeste dans votre vie. Mais souvenez-vous que vous ne pouvez modifier ce que vous reconnaissez. Il faut donc avoir le courage de regarder en face cet aspect noir de votre personnalité ; dès lors, vous pourrez maîtriser les choses.

Profil nº 1

Vous comptez les points

Une relation de couple qui marche associe deux partenaires. Ces partenaires coopèrent, s'entraident et dépendent l'un de l'autre. Ils ne sont pas en compétition l'un contre l'autre. J'en entends certains penser tout haut : « Comment ? Mon esprit de compétition est une manifestation de mon côté noir ? Non mais je rêve ! »

Lorsqu'il s'agit de votre couple, effectivement, je le confirme. De grâce, comprenez-moi bien : je crois qu'il n'y a rien de meilleur qu'une plaisante émulation entre un homme et une femme. J'adore voir des couples se renvoyer la balle en se plaisantant l'un l'autre, faire assaut d'histoires drôles et se moquer de leurs excentricités respectives. Leur relation de couple est pleine de fougue, et cette émulation la rend plaisante à souhait. Il ne s'agit pas là de compétition, mais d'un amour empreint d'humour et de sens de la répartie.

Or la compétition entre deux partenaires, la vraie, peut rapidement transformer la relation de couple en un pitoyable champ de bataille dont l'enjeu est la gloire personnelle. Au sein d'un couple, la compétition entraîne nécessairement un comptage des points. Et si vous croyez pouvoir mener votre relation en y négociant chaque faveur à l'aune d'un prêté pour un rendu, si vous tenez les comptes de manière à ne faire pour l'autre que ce qu'il ou elle aura fait pour vous, vous courez un sérieux danger de transformer une promesse de coopération et de soutien mutuel en une lutte de pouvoir sans fin.

La véritable intimité, la vraie bienveillance, ne sont pas un jeu. Lorsque vous ou votre partenaire en venez à faire valoir certains privilèges ou certains droits acquis plutôt que ce que vous avez à donner, voyez-y une simple manifestation d'égoïsme. Dans toute relation, on se place en « donneur » ou en « preneur ». Ceux qui prennent tiennent des comptes pour justifier ce qu'ils prennent. Quand vient s'y ajouter l'esprit de compétition, votre relation de couple devient une lutte sans merci, dont la seule loi est que l'autre vous est redevable.

Par définition, être en compétition signifie que vous avez un(e) ennemi(e), un(e) rival(e). Comment diable pouvez-vous être gagnant si c'est aux dépens de la personne que vous êtes supposé(e) aimer ? Comment espérer jouir d'une entente harmonieuse si vous et votre partenaire vous battez pour avoir la haute main sur la relation ? Les couples solides se bâtissent sur le don et l'attention à l'autre et non sur le pouvoir et le contrôle.

La joie de donner disparaît complètement lorsqu'un époux choisit une superbe robe et l'offre à sa femme non pas dans un esprit de générosité mais pour qu'elle lui soit redevable et, de ce fait même, soit à sa merci. Il en va de même lorsque cette épouse reste à la maison pour garder les enfants tandis qu'il part pêcher avec ses copains, non pas pour lui procurer un moment de détente mais pour que son époux lui « doive » ce moment précieux. Je ne vois pas là un couple féru de soutien mutuel. Dans un tel couple, chacun tente de prendre avantage sur l'autre, dans le but de le contrôler. À aucun moment, ces époux n'ont réalisé qu'en manifestant une générosité et une attention sincères à l'autre, ils pourraient obtenir bien plus que ce qu'ils étaient en droit d'attendre.

En règle générale cette manie de tenir des comptes mène le couple à une paranoïa à travers laquelle chacun hésite à recevoir le fruit de la générosité de l'autre, de peur, en définitive, que le prix n'en soit bien trop élevé.

Dans une relation de couple basée sur la compétition, nul ne peut reconnaître ou accepter ses défauts ou les erreurs commises parce que cela revendrait à donner à l'autre une longueur d'avance. Et ce, quel qu'en le bien-fondé. La défensive, le détournement et la résistance aux critiques même les plus constructives sont de mise, et ce, aux dépens de la relation.

Pour faire court, la compétition entre partenaires sème la zizanie au sein des relations les plus prometteuses. Pour garder l'avantage, vous en arrivez vite à mettre votre partenaire en difficulté pour gonfler votre ego, ainsi qu'à tenter sans cesse d'embellir vos actes en minimisant ceux de l'autre. Vous n'avez qu'un seul slogan : « Vive Moi ! » Si vos enfants réussissent, c'est parce que vous les avez bien éduqués. Si vous possédez une belle résidence secondaire, c'est parce que vous y avez investi. Il vous est impossible d'accepter le désaccord en respectant la position de l'autre, comme nous l'avons évoqué dans le chapitre précédent. Parce que vous tenez des comptes, vous avez tout intérêt à mettre votre partenaire en tort.

Lorsque cette attitude aura complètement pris le pas sur la relation de couple, vous ne serez plus en mesure de comprendre la nature fondamentale de l'amour. Vous ne chercherez pas installer un esprit d'entraide et de coopération. Vous n'aurez plus qu'à gérer votre couple comme une société cotée en bourse, négociant chaque faveur dans l'espoir d'en obtenir une plus avantageuse pour vous.

Je vous propose de jeter un coup d'œil sur une série d'énoncés évocateurs qui sont à prendre comme autant de « signaux » vous permettant de savoir si, dans votre couple, la coopération a fait place à la compétition.

- Vous avez tendance à comptabiliser les activités de votre partenaire : ses moments de temps libre, ses sorties amicales, le temps passé avec les enfants et les tâches accomplies.

- Vous faites en sorte que votre partenaire ne prenne jamais l'avantage sur vous et qu'il ou elle ne s'en tire pas à meilleur compte que vous.

- Vous marquez des points sur le dos de votre partenaire.

- Vos concessions sont négociées plutôt qu'offertes.

- Vous épaulez rarement (voire jamais) votre partenaire sans être sûr(e) qu'il ou elle soit au courant de ce que cela vous a coûté.

- Lors d'une dispute ou d'une confrontation avec votre partenaire, vous recherchez systématiquement l'appui de votre famille ou de vos amis pour faire pencher la balance en votre faveur.

- Vous tenez à avoir le dernier mot, à être celui ou celle qui met l'autre au défi.

Si l'esprit de compétition a envahi votre relation de couple, ne vous autorisez pas à le nier. Il en va exactement de même que pour un cancer ou pour une maladie infectieuse : nier le problème ne ferait qu'aggraver la situation. Vous et votre partenaire faites équipe. Vous êtes censés vous soutenir mutuellement. L'esprit de compétition, au contraire, est un facteur négatif qui empêche la joie, la confiance et la réussite d'apparaître au sein du couple.

Profil nº 2

Vous cherchez la faute

La critique est légitime quand elle a pour but d'améliorer une relation. Il n'y a rien de mal à se plaindre des actes et des attitudes de l'autre, à condition que ces remarques visent au bon fonctionnement du couple.

Mais la critique constructive débouche trop souvent sur la quête systématique de la faute. Quête qui vous attache plus aux défauts et imperfections de votre partenaire qu'à ses qualités. Résultat : d'une manière ou d'une autre, vous êtes presque constamment occupé(e) à lui dire ce qu'il ou elle devrait faire et comment agir. Lorsque vous le (la) traitez ainsi, vous lui faites passer le message que vous êtes en désaccord et qu'en outre, il ou elle a contrevenu à certaines normes. Cette attitude ne vous mènera nulle part. Car si vous avez bien évidemment le droit d'avoir votre opinion, celle-ci, au sein du couple, n'a pas pour autant valeur de règle.

Si vous y réfléchissez un instant, en réalité, vous prenez un malin plaisir à analyser les défauts de l'autre. Vous prenez l'habitude de critiquer, et une fois que vous avez commencé, il vous est difficile de faire machine arrière. Quoi que votre conjoint fasse et quels que soient ses efforts, ce ne sera jamais assez et jamais à la hauteur de vos attentes. S'il doit accomplir dix tâches et qu'il en exécute huit à la perfection, vous vous focaliserez sur les deux tâches dont il ne s'est pas acquitté. Vous négligerez et passerez sous silence sa jolie robe ou son nouveau costume. Par contre, vous ne manquerez pas de lui faire remarquer une éraflure à sa chaussure. Vivre avec vous c'est tenter de combler un puits sans fond. Vous êtes du genre à dire à votre partenaire : « On a passé une magnifique journée ensemble, mis à part le moment où tu as dit ou fait ceci… » Oui, vous êtes loin d'imaginer à quel point d'exaspération en est arrivé votre conjoint. Certains d'entre vous harcèlent si impitoyablement leur partenaire et trahissent un tel degré de rétention anale qu'à mon avis, ils ont du faire l'apprentissage de la propreté sous la menace d'un fusil.

Même si vous pensez ne pas être visé(e) par mes propos, je vous demande de vous regarder franchement dans le miroir. Cette attitude peut s'installer très vite, à votre insu. Souvenez-vous de la dernière critique que vous ayez formulée à l'égard de votre partenaire et de votre dernier commentaire positif. Lequel des deux avez-vous formulé avec le plus de d'intensité et de passion ? Prenez quelques instants pour y penser et dressez deux listes. Dans l'une, écrivez aussi rapidement que possible cinq petites choses qui vous plaisent chez elle ou chez lui. Dans l'autre, faites de même avec cinq traits qui vous irritent. Qu'en concluez-vous ? Si vous ressemblez à la plupart des gens qui ont fait ce test, vous avez dû remplir la deuxième liste bien plus rapidement.

Bon, ne croyez pas que je sois là pour jouer les gourous de la pensée positive et que j'y voie une solution à tous les problèmes de la vie. Mais pour trop d'entre vous, la critique, le blâme et le mépris sont devenus la principale monnaie d'échange. Sans doute parce que vous êtes insatisfait de la vie que vous menez, vous tentez de rabaisser votre conjoint à votre niveau. En réalité, au lieu de renforcer votre estime personnelle, vous le dépréciez pour qu'il descende à votre propre niveau de fonctionnement, perçu comme imparfait. Comprenez bien que nous parlons ici de votre partenaire, c'est-à-dire de l'être que vous êtes supposé aimer et chérir.

Voici une autre série d'énoncés révélateurs. Ils peuvent vous indiquer dans quelle mesure votre relation est sous l'emprise d'un « perfectionnisme critique » intempestif.

- Vous n'excusez que rarement (voire jamais) les erreurs de votre partenaire, fussent-elles insignifiantes.

- Il vous arrive de dire à votre partenaire des choses telles que : « Tu n'aurais pas pu faire mieux?... » ou « Tu aurais pu me donner un coup de main, j'étais débordé(e)... » ou encore « Tu aurais dû faire ce dont j'avais besoin sans que j'aie à te le demander... ».

- Lorsque vous critiquez votre partenaire, vous avez tendance à utiliser les termes « toujours » ou « jamais ». Exemple : « C'est ce que tu fais toujours » et « Tu ne prends jamais part aux corvées ménagères », « Tu m'ignores toujours ». Les mots « toujours » et « jamais » constituent une forme de jugement et provoquent la dispute. Ils devraient pourtant mettre dans l'embarras ceux qui en font usage, car ce genre d'affirmations absolues deviennent très vite insupportables.

- Vous avez tendance à vous plaindre de ne pas obtenir ce que vous méritez, à souligner combien la vie vous est injuste, attitude qui peut très vite s'appliquer à votre partenaire, qui en fera les frais.

- Vous répliquez régulièrement à la critique par la critique. Mettons que votre partenaire observe que vous avez oublié de sortir les poubelles. Au lieu d'entendre le message, votre esprit de compétition systématique et votre tendance critique vous poussent à contre-attaquer sur-le-champ : « Je ne peux pas croire que tu aies le culot de me dire ça. Tu ne fais jamais ce que tu es supposé devoir faire. Je suis mille fois plus fiable que toi, la preuve, le soir, tu oublies même de fermer la porte… »

• Plutôt que de lui accorder l'attention qu'il ou elle mérite, vous désirez de manière obsessionnelle que votre partenaire reconnaisse ses torts.

Si vous êtes coutumier de cette attitude et pensez sincèrement que votre perfectionnisme critique va améliorer le comportement de votre conjoint, faites attention. Vous rendez votre partenaire toujours plus confus(e), plus anxieux (anxieuse) et plus résistant(e) à vos critiques, fussent-elles légitimes. Plus grave encore, vous allez le (la) faire fuir. Par vos attaques constantes, vos résistances, vous vous destinez à subir les hauts et les bas d'une relation de couple en forme de montagnes russes. Au lieu de tendre vers une coexistence pacifique, au sein de laquelle chacun croit en l'autre et l'accepte tel qu'il est. Vos critiques ne sont pas des louanges. Et elles vous coupent de votre partenaire. Vous créez votre propre expérience. Cessez d'être sur son dos, et votre partenaire se rapprochera de vous. Vous commencerez à réaliser le chemin qu'il vous reste à faire et qu'une montagne de critiques ne vous sera d'aucun usage pour vous améliorer vous-même.

Profil nº 3

Les choses doivent se faire à votre façon… ou pas du tout

Voici un autre aspect négatif surpasse d'un cran l'esprit de compétition ou la critique. Là, vous êtes persuadé(e) d'être dans votre bon droit. Vous devenez totalement rigide. Vous ne pensez qu'à contrôler la situation. Seules vos idées sont valables et tout doit être fait à votre manière. Aucune autre méthode que la vôtre, quel qu'en soit l'intérêt, n'est acceptable.

Votre soif de contrôle vous rend intolérant aux initiatives des autres et vous attendez d'eux qu'ils se plient docilement à vos idées et à vos caprices. Vous refusez de voir et de reconnaître la contribution de votre partenaire. Vous n'êtes heureux que si vous vous êtes en mesure de décider de ce que l'on fait, du quand, du comment et du pourquoi il devrait en être ainsi. Tout ce que vous faites vous semble légitime. Vous vous portez garant de ce qui est juste et bon. Vous êtes incapable d'admettre vos torts parce que vous êtes convaincu(e) de détenir la vérité. Le message que vous adressez à votre conjoint est clair : « Je vaux mieux que toi. »

Votre objectif n'est pas seulement de dominer et de contrôler votre partenaire par la condescendance et l'intimidation, mais de vous ériger en gardien de la morale. Vous tentez d'établir un système hiérarchique au sein duquel tous les échanges visent à vous hisser sur une sorte de piédestal inviolable. Vous vous dites probablement que votre cas est loin d'être aussi sérieux. Mais la triste vérité est que beaucoup d'entre vous se jouent cette mascarade de la confiance en eux et de la compétence, en gonflant artificiellement leur ego de manière à se persuader et à persuader leur partenaire, qu'ils sont totalement au-dessus du lot.

Il faut se rendre à l'évidence : vous ne pouvez courir deux lièvres à la fois. Vous ne pouvez agir en vous donnant raison et en contrôlant abusivement votre partenaire et croire que c'est pour le bien de votre couple. En fin de compte, vous en arriverez à sacrifier votre relation plutôt que d'admettre que vous avez un problème. Ce comportement ne peut pas être plus à l'opposé des buts que vous visez. Car en agissant ainsi, vous placez votre ego au-dessus du bien-être de votre relation. Vous préférerez laisser votre couple se désagréger plutôt que de reconnaître vos propres défauts.

Voici une nouvelle série d'énoncés qui vont vous permettre de déceler si vous êtes sujet(te) à l'autosatisfaction chronique.

- Vous êtes intolérant(e) aux initiatives et aux idées de votre partenaire.

- Au cours d'une conversation, vous coupez régulièrement la parole à votre partenaire au lieu d'attendre qu'il ou elle ait fini de s'exprimer.

- Vous avez l'habitude de « modifier les règles du jeu », lorsque vous réalisez que votre partenaire marque un point. Vous lui dites, par exemple : « Pas besoin de me parler sur ce ton » ou « Tu n'as aucune raison de faire cette tête » ou encore « Prends-tu plaisir à me faire mal ? ». D'un seul coup, vous retournez l'argument contre votre partenaire.

- Vous ne pouvez mettre un terme à une confrontation sans que votre partenaire ne reconnaisse que vous avez raison.

- Si votre conjoint refuse d'admettre le bien-fondé de votre position, vous avez tendance à bouder et à jouer les martyrs, de sorte qu'il comprenne que vous ne vous sentez pas estimé(e).

- Vous adoptez régulièrement une pose sainte et pieuse vis-à-vis de vos amis et de votre famille lorsque vous leur racontez tout ce que vous avez dû encaisser et combien votre partenaire est difficile à vivre.

- Vous avez la manie de commencer vos phrases par des formules culpabilisantes du style « Si tu m'aimais vraiment... » ou « Si tu t'intéressais à moi... » ou encore « Je te l'avais dit ; tu aurais dû m'écouter... ».

J'admets qu'au cours d'une dispute, il est tentant de s'ériger en gardien de la morale, sûr de son bon droit. Vous devez donc examiner votre comportement avec un œil extrêmement critique afin de vous vérifier que vous n'êtes pas en train de saboter votre couple de cette façon. En vous drapant dans les plis dune moralité toute subjective, vous évitez, en réalité, de considérer vos propres défauts. En attaquant votre conjoint dès qu'il enfreint les règles arbitraires de la relation particulière que vous avez établie avec lui, vous évitez de remettre votre comportement en question.

Profil nº 4

Vous vous transformez en pitbull

Voici un comportement aussi facile à adopter qu'il est difficile à abandonner. Combien de fois avez-vous commencé une discussion pour la terminer en noyant l'autre sous un flot d'attaques personnelles? Vous êtes convaincu de pouvoir vous contenir durant la discussion et soudainement vous vous affranchissez du problème en mettant à bas la dignité de votre partenaire. Et une fois lancé(e), vous avez le plus grand mal à sortir de la confrontation. Vos attaques vont complètement au-delà de la question débattue et vous utilisez toutes les armes à votre disposition pour ébranler la confiance et l'estime personnelle de votre partenaire. Lorsque cet aspect noir de votre caractère se manifeste, vous en oubliez jusqu'à l'origine même de la discussion. En une fraction de seconde, un banal échange tourne à la guerre totale.

Quand ces accès de haine prennent des proportions démesurées, ce qui se produit ô combien fréquemment,ils peuvent mener à des crimes passionnels : on s'en prend physiquement à l'être aimé, on va même jusqu'à le tuer. Sur un plan plus quotidien, le processus se limite à un échange verbal particulièrement malveillant, mais il a tout de même pour conséquence de miner la viabilité du couple et l'amour-propre de l'autre. Clairement, le message qu'il reçoit est : «Je te veux du mal.»

Notre malveillance est parfois flagrante, et aisément reconnaissable. Ainsi sommes-nous capables de distiller le genre de propos fielleux qui choquerait toute personne placée à portée de voix. Or notre méchanceté peut s'exercer de façon bien plus subtile. Il est possible d'être tout aussi malveillant sous des dehors calmes et retenus. Un conjoint qui sait appuyer là où ça fait mal et comment blesser profondément peut être ignoble sans avoir à hausser la voix. Imaginons par exemple une mère aimante et dévouée, effondrée de culpabilité dans la salle d'attente des urgences de l'hôpital, tandis que son bambin se fait soigner pour une douloureuse brûlure qu'il s'est faite dans la cuisine pendant que celle-ci conversait au téléphone avec une amie. Tout s'est produit en un éclair, on ne pouvait pas le prévoir, encore moins le prévenir. Son mari arrive et vient s'asseoir à ses côtés, pose sa tête dans ses mains et dit : « Comment peux-tu être aussi égoïste ? Vas-tu cesser de ne penser qu'à ta petite personne et d'ignorer notre enfant quand tu discutes au téléphone avec tes imbéciles d'amies ? » Le message est terriblement limpide. Le mal est fait, et le ton n'est jamais monté. Lorsque l'un des partenaires entend ce genre de perfidie de la part de celui ou de celle qui est supposé être son plus sûr compagnon de vie, le couple peut voler en éclats. Il ne s'agit pas là d'un simple désaccord, mais de l'expression venimeuse du jugement et du dégoût.

Une fois que cet état d'esprit prend le dessus, l'échange s'interrompt et la destruction s'installe. Il peut frapper en l'espace d'un instant… ou distiller ses effets au fil des heures. De toute façon, le mal est fait. Si vous avez subi les effets de ce caractère maléfique de la part d'un parent, d'un partenaire ou d'un « ami », vous mesurez à quel point il est difficile, par la suite, de leur accorder votre confiance. Cela prend du temps et des efforts. Même une relation de qualité peut être réduite à néant par un seul épisode de ce genre.

Je vous invite à examiner cette nouvelle série d'énoncés, qui vous aidera à déterminer si la malveillance a fait ou non quelques dégâts dans votre couple.

• Lors d'une explication avec votre partenaire, vous adoptez systématiquement un ton de voix hargneux, voire une approche agressive (vous lui criez dessus).

• Lors de cette explication, vous utilisez un langage corporel agressif – moue dédaigneuse, doigt accusateur pointé sous le nez de votre partenaire, roulement d'yeux ou regard de tueur appuyé, à la Clint Eastwood...

• Vos commentaires sont empreints de condescendance. Exemple : « Et moi qui croyais avoir déniché la perle rare... »

• Ces mêmes commentaires sont émaillés d'insultes et noms d'oiseaux, allant de « garce » et « ordure », jusqu'aux adjectifs comme « gros(se) », « immonde »...

• Votre discours est truffé de jugements personnels tels que : « Tu me dégoûtes », « Tu me rends malade », « Tu es stupide et nul(le) ».

• Vous vous attaquez délibérément aux points faibles et aux valeurs de votre partenaire.

• En connaissance de cause, vous n'accédez ni aux désirs ni aux besoins de votre partenaire.

• Vous tentez de contrôler votre partenaire par l'intimidation, tant physique que mentale ou émotionnelle.

Il est vrai que ce type de conduite apporte toujours une gratification à court terme, en réduisant votre conjoint à faire des concessions pour échapper à l'assassinat en règle de sa dignité. Cependant, à plus long terme, la cible de ces attaques – ici, la personne que vous prétendez aimer – devient si amère et pleine de ressentiment qu'elle finit par s'abstraire de la relation. Pas toujours physiquement, mais à tout le moins, émotionnellement.

Il n'est pas facile de mettre un terme à ce type de comportement, et c'est pourquoi, un peu plus loin, nous évoquerons plus en détail comment vous mettre à l'abri de ces terribles confrontations et reprendre le contrôle de vous-même. Pour l'instant, gardez juste ceci en mémoire : votre mentalité « après moi le déluge », votre destructrice politique de la terre brûlée laisseront, si vous les maintenez, de profondes cicatrices difficiles à guérir et à surmonter, et pourront compromettre durablement la résolution de tout autre problème.

Profil nº 5

Vous êtes un agresseur passif

Une fois exploré le festival des franches agressions propres aux couples rongés par la malveillance, le travers de l'agression passive paraît beaucoup moins effrayant. Grossière erreur. L'agression passive reste une agression. Elle se traduit par l'agression injustifiée d'un partenaire confiant. Il y a toujours obstruction, mais elle se fait de façon sournoise, souterraine. Ceux qui sont animés d'un tempérament passif-agressif passent maîtres dans ce que j'appelle le « sabotage par la dénégation ». Ces partenaires empoisonnés mettront tout en œuvre pour faire barrage à ce qu'ils ne désirent pas, mais ils le feront de façon suffisamment indirecte pour échapper à leur responsabilité lors d'une confrontation. Ils ont toujours une excuse ou une justification, mais dans les faits, ils s'évertuent à faire de l'obstruction. Avec ça, il est aussi difficile de les prendre en flagrant délit que de vouloir attraper une savonnette sous la douche. Vous comprenez ce qui se passe, vous en avez la sensation, mais vous ne pouvez tout simplement pas le prouver.

Si tel est votre profil, vous ne maîtrisez pas seulement l'art de fuir votre responsabilité, mais aussi la tactique pour miner l'énergie de votre partenaire et entraver ses entreprises. Contrairement au perfectionniste critique, qui s'attache méticuleusement à trouver la faute ou au « méchant » qui use de la rage et de l'humiliation, vous contrecarrez votre partenaire en faisant constamment ce que vous niez être en train de faire ou en agissant exactement à l'encontre de ce que vous prétendez.

Dans cet état d'esprit, vous oubliez fort à propos de faire ce que vous aviez promis ou bien vous mettez l'autre sur une fausse piste en ne l'informant pas sur ce que vous tentez d'accomplir. Vous ne rejetez jamais ouvertement les propositions de votre partenaire ou ce qu'il vous dit. Vous vous contentez seulement de ne pas vous y plier. Vous vous en plaignez de manière subtile, sur un ton qui vous place en victime. Il est clair que vous ne tenez pas à régler certaines questions. Et vous préférez votre statut de victime à la paix et l'harmonie auxquelles aspire probablement votre partenaire.

Soyez bien conscient(e) qu'en étant sous l'empire d'un tempérament passif-agressif, vous exercez un contrôle aussi oppressant sur votre conjoint que ne le font les personnes les plus ouvertement agressives. La seule différence est que vous exercez ce contrôle de façon insidieuse et dissimulée.

Supposons un instant que soyez un agresseur passif, et que votre partenaire vous propose de partir en vacances. Mais vous ne voulez pas aller là où lui ou elle a envie d'aller. Au lieu de le lui dire, vous mentez : « Cela me semble formidable. » Puis, vous commencez immédiatement à mettre vos barrières en place. Vous n'êtes pas en mesure de choisir une période propice pour le voyage, vous ne parvenez pas à trouver un billet d'avion à prix raisonnable, vous annoncez à votre partenaire que l'hôtel coûtera cinq fois plus cher que vous ne l'escomptiez. Vous persistez : « Mais tu sais, j'ai toujours envie de ce voyage... » Et vous confirmez : « Si ça te plaît, ça me plaît. »

Au bout du compte, en acceptant ouvertement de faire quelque chose pour ensuite le saboter plus ou moins directement, vous essayez de soumettre votre partenaire à vos volontés, sans prendre le risque de lui dire clairement ce que vous voulez. Si vous êtes un agresseur passif, vous atteignez le nirvana lorsque votre conjoint vous dit : « On oublie ce que j'ai dit » ou encore « Pourquoi ne décides-tu pas de ce que nous devons faire ? ». Et vous, vous vous en sortez sans une égratignure.

Voici encore une série de mes fameux énoncés. De quoi être fixé(e) sur les éventuels symptômes du tempérament d'agresseur passif et sur ses effets néfastes au sein du couple.

- Après avoir écouté votre partenaire formuler une proposition, vous y agréez. Puis au bout de quelques minutes, vous commencez à passer en revue les raisons qui pourraient faire échouer son projet.

- Vous feignez la confusion lorsque votre partenaire vous apporte des arguments rationnels pour faire évoluer ce qui, dans votre couple, vous convient parfaitement.

- Vous faites semblant d'être inapte aux activités qui vous rebutent, par exemple repeindre une pièce de la maison ou mettre les enfants au lit.

- Vous prétextez de vagues bobos ou trouvez à point nommé d'autres occupations pour concurrencer les plans élaborés par votre partenaire.

- Vous commencez souvent vos phrases par « Oui, mais... »

En d'autres termes, c'est d'une manière passive que vous nuisez à votre couple. Une attitude terriblement frustrante pour votre conjoint, particulièrement lorsqu'il a envie d'apporter des améliorations à votre relation. Vous n'endossez que rarement la responsabilité de ce qui se passe dans votre couple et n'êtes jamais porteur de solutions constructives. Vous donnez seulement l'impression de détenir la solution parfaite qui, bien sûr, n'existe pas. En agissant de la sorte, vous vous allez droit à l'échec et la frustration, parce que les critères que vous feignez de respecter sont furieusement irréalistes.

Profil nº 6

Vous vous protégez derrière un écran de fumée

Tout comme les agresseurs passifs qui sabotent leur vie et leur couple, ceux d'entre vous qui manifestent cette nouvelle tendance n'ont pas le courage d'affronter leurs problèmes relationnels. Mais contrairement à eux, vous ne cessez d'envoyer à votre partenaire des signaux manifestement faux, en décalage avec ce que vous ressentez et ce qui compte vraiment pour vous.

Dans ce jeu de miroirs autodestructeur, vous empoisonnez votre couple en mettant à l'ordre du jour des questions sans importance, inoffensives, que vous substituez aux discussions de fond. Les critiques que vous adressez à votre partenaire ne visent pas ce qui vous dérange vraiment. Un conjoint va par exemple critiquer l'autre pour son caractère trop dominateur en société, parce qu'en réalité il se sent socialement moins à l'aise et jalouse son charisme. Ainsi vous retrouvez-vous à discuter avec passion et véhémence de sujets qui n'ont pour vous aucune importance réelle. L'un de vous va par exemple affirmer à son partenaire le plus vif désaccord sur la signification d'un film, alors que le véritable sujet d'irritation est ailleurs et n'a strictement rien à voir avec le film. Ou alors, vous vous enthousiasmez à propos d'une activité uniquement parce que celle-ci vous permet d'échapper à autre chose. Autre exemple : votre conjoint paraît inexplicablement motivé par une promenade dans le quartier, alors qu'en fait, il ou elle tente d'éviter un moment de calme ou un rapport sexuel avec l'autre.

Il résulte de tout ce processus une intense confusion émotionnelle. Vous n'exprimez jamais le fond de votre pensée, et ce que vous exprimez n'est pas la réalité. En contrôlant de la sorte les perceptions de votre partenaire, vous lui faites dépenser une énergie inutile à essayer de résoudre des problèmes qui ne sont que des leurres; des leurres inventés par lâcheté, pour vous éviter d'avoir à prendre en charge ce qui compte vraiment.

Au cours d'un de mes séminaires, un couple a bien voulu nous expliquer comment ils avaient communiqué et vécu à travers cet écran de fumée. Ni Lisa ni Jim ne s'exprimaient jamais le fond de leur pensée.

Exemple d'une conversation typique :

Jim : « Tu as passé une bonne journée, chérie? »
Traduction : « Je me demande ce qu'elle a bien pu fabriquer aujourd'hui. »

Lisa : « J'ai passé une très bonne journée, mon amour. »
Traduction : « Quand vas-tu cesser de m'espionner? »

Jim : « Tu es vraiment ravissante, ma chérie. »
Traduction : « Je me demande combien m'a coûté cette tenue. »

Lisa : « Tu es adorable! »
Traduction : « Il doit avoir envie de moi. »

Jim : « On a reçu du courrier, aujourd'hui? »
Traduction : « Je me demande bien où elle a caché les factures. »

Lisa : « Il doit se trouver par là. »
Traduction : « Oh, oh! Je me demande s'il en a vraiment envie. »

Cet exemple est amusant, je vous l'accorde, mais j'ai eu l'occasion d'observer les dommages considérables engendrés par cette attitude, chez un autre jeune couple ayant également participé à l'un de mes séminaires. Tout jeunes mariés, Jason et Debbie avaient goûté aux joies d'une cour tourbillonnante, pétrie de camaraderie et d'entente sexuelle. Debbie se retrouva enceinte peu de temps après leur mariage, mais elle fit une fausse couche au début du quatrième mois de grossesse. En raison des difficultés que celle-ci avait éprouvées durant tout le premier trimestre de sa grossesse, l'activité sexuelle du jeune couple s'était interrompue pendant plusieurs mois et même au-delà du rétablissement complet de Debbie. Il n'aurait pas échappé aux yeux du plus simple observateur que Jason le vivait mal et qu'il interprétait cela comme un rejet de la part de Debbie.

Mais plutôt que de confronter Debbie sur la véritable source de ses frustrations – éventualité jugée trop dangereuse pour son ego – Jason se mit à la harceler à propos de tout et de rien. Il évacuait ses frustrations et son ressentiment en critiquant son travail peu rémunérateur et son manque d'ambition professionnelle. Il critiquait aussi sa manière de tenir la maison, sa cuisine, sa famille, mais il s'était bien gardé d'aborder le réel problème : leur sexualité. Si Jason lui avait fait part de sa frustration sexuelle et de son sentiment de rejet, tous deux auraient sûrement été en mesure de trouver un terrain d'entente. Mais Jason ne voulait pas s'y risquer. Il avait trop peur que Debbie lui avoue son absence de désir pour lui.

Évidemment, Debbie ne se doutait absolument pas des réels motifs du comportement de son époux et avait pris toutes ses critiques au pied de la lettre. Elle avait remarqué, cependant, que dès qu'un problème était résolu, Jason le remplaçait sur-le-champ par un autre. Une distance s'était assez vite créée entre eux et subsistait depuis un bon bout de temps.

Tenir secret ses sentiments véritables est une pratique néfaste aux deux partenaires. La conduite de Jason était destructrice pour Debbie parce que, quoi qu'elle fît, elle était constamment la cible des critiques de Jason. Lui, de son côté, souffrait parce qu'il ne pouvait pas régler le véritable problème, qu'il tenait dissimulé sous une montagne de faux prétextes.

Je vous propose à présent de consulter cette série d'énoncés qui vous permettront de déterminer dans quelle mesure votre couple souffre ou non de ce problème.

- Vos échanges portent essentiellement sur des points superficiels et triviaux.

- Lorsque vous parvenez enfin à aborder les « vraies » questions, votre échange est interrompu par un accès de colère, vous changez brusquement de sujet ou d'un de vous deux se replie sur lui-même.

- Vous avez tendance à discuter passionnément des problèmes des autres, dans la mesure où ils trouvent chez vous un écho, mais lorsqu'on vous confronte à cette réalité, vous la niez farouchement. (Par exemple, Jason a probablement discuté des problèmes sexuels rencontrés par un ami dans sa relation de couple, puis démenti que ces problèmes puissent avoir un lien quelconque avec sa propre vie conjugale.)

- Vous êtes sur la défensive dès que votre partenaire se mêle de vous demander si quelque chose vous tracasse.

- Vous êtes passé maître dans l'art de la défensive. Vous savez toujours comment détourner l'attention lorsqu'on vous pose des questions trop personnelles. Vous excellez tellement dans ce domaine que si l'on vous demandait : « Pourquoi étais-tu en retard hier ? », vous auriez déjà cinq réponses toutes prêtes : « Je n'étais pas en retard, en outre, il pleuvait... »

Le fait d'ajourner tout réel débat finit par être fatal au couple. Vous pouvez avoir l'impression qu'il s'agit là d'un mal bénin. Vous pensez repousser la confrontation seulement pour un temps. Vous croyez sincèrement qu'il n'est pas très grave de dire que la maison est en désordre au lieu de parler de votre sensation de manque sexuel. Ou encore de dire à votre partenaire qu'il travaille trop, alors qu'en réalité vous craignez qu'il ne devienne trop proche d'un collaborateur du sexe opposé.

Laissez-moi vous dire que vous avez tort. Car à mon avis, une des conséquences les plus dévastatrices de ce processus est qu'un problème délibérément ignoré finit par éclater au grand jour, dans toute sa violence. Vous rappelez-vous de ces fameuses « réactions cumulatives » dont j'ai parlé dans le chapitre précédent ? Eh bien, chaque fois qu'une frustration est subie et refoulée, l'énergie émotionnelle associée à celle-ci ne disparaît pas. Elle est bel et bien emmagasinée. Comme un ballon trop gonflé, cette frustration finira par exploser. Et en continuant à ce rythme, vous pourriez bien finir par sortir de vos gonds sans aucune retenue, au prétexte d'un incident sans importance. L'ampleur démesurée de votre réaction laissera votre partenaire perplexe, irrité(e) et prudent(e) quant à vos désaccords futurs. Et le niveau de confiance au sein de votre couple tombera brusquement à zéro. L'écran de fumée dont vous vous servez devait vous protéger de vérités angoissantes. En réalité, il ne fait qu'aggraver la situation. En vous cachant derrière lui, vous aurez inéluctablement à affronter la souffrance. Et plus vous tarderez à dissiper cet écran de fumée, plus intense sera cette souffrance.

Profil n° 7

Vous ne voulez pas pardonner

Je ne crois pas qu'il faille m'étendre longuement sur ce sujet, qu'en pensez-vous ? En ce moment même, j'en suis sûr, vous êtes en mesure de vous rappeler un incident avec votre partenaire si blessant et si dévastateur que son seul souvenir vous fait monter les larmes aux yeux. Vous tempêtez contre celui ou celle qui vous a fait si mal. Vous pensez que votre colère pèsera sur elle (ou lui) comme une malédiction qui, vous l'espérez, la (le) fera souffrir à son tour.

En choisissant d'entretenir votre colère, vous vous emmurez, vous vous retrouvez prisonnier de cette émotion. La douleur et l'angoisse, énergies ô combien négatives, prennent peu à peu possession de votre vie. Votre ressentiment peut devenir envahissant au point de contaminer chacun de vos sentiments. Car vos émotions négatives ne vont pas seulement à l'encontre de votre conjoint. L'amertume et la colère sont des émotions si puissantes qu'une fois dans la place, elles vous transforment complètement. Elles vous redéfinissent, en quelque sorte. Si, par exemple, l'amertume a glacé votre cœur, c'est de ce cœur appauvri que toutes vos émotions proviennent. C'est ce cœur que vous aurez à offrir à vos enfants, à vos parents, à vos semblables et bien sûr… à votre partenaire. Peu à peu, il vous deviendra aussi impossible d'aimer que d'être aimé. C'est comme si chaque matin, vous revêtiez vos mêmes habits de souffrance, avant de partir au travail.

En bien des points, c'est votre incapacité à pardonner votre partenaire – et donc à vous pardonner vous-même pour les actes destructeurs que vous avez commis – qui crée une telle discorde dans votre couple. Il s'agit là d'un sujet plus qu'épineux, j'en conviens. Si vous votre partenaire vous a trahi, votre amour est sans doute la dernière chose au monde que vous voudriez lui témoigner. Vous ne voulez pas passer pour quelqu'un de faible, qui ne demande qu'à repasser sous le rouleau compresseur. Ce que vous voulez c'est que votre conjoint assume les conséquences de ses actes et qu'il paie.

Bien entendu, s'il y a eu trahison, il devrait y avoir des conséquences – des libertés restreintes, et à tout le moins une punition. Ce que j'essaie de vous dire, c'est que malgré tout, si vous complaisez dans le ressentiment et refusez de pardonner et d'avancer, vous allez mettre votre vie en pièces. Oubliez un instant votre partenaire, car c'est de vous dont il est question et concentrez-vous sur vous-même. Au début de ce livre, je vous ai dit que la clé du succès dans votre vie consistait à recouvrer votre propre force intérieure, à choisir vos humeurs et à créer votre propre expérience. Si vous faites le choix de porter le fardeau de vos ressentiments, vous vous destinez à une vie malheureuse.

Voici manifestations courantes de ce travers, lorsqu'il envahit votre vie. À vous d'en juger.

- Vous débordez d'une telle hostilité à l'égard de votre partenaire que la moindre étincelle, le moindre désagrément, vous fait exploser.

- Votre amertume est telle qu'elle vous impose une vision pessimiste de l'existence, en général.

- Vous subissez un tel déséquilibre physique que vous éprouvez fréquemment des troubles du sommeil et fatigue, faites des cauchemars et manquez de concentration. Vous développez de sérieux maux de tête, des douleurs dorsales et même des problèmes cardiaques. Tout cela parce que votre chimie corporelle est gravement perturbée par le stress.

- Vous ne pouvez lire un livre, ou regarder une émission ou un film à la télévision sans y trouver un élément qui vous remémore votre ressentiment.

- Vous interprétez de façon négative beaucoup des actes et des paroles de votre partenaire en vous appuyant sur d'infimes évidences, voire sans évidence aucune.

- Vous croyez qu'il n'est pas temps de pardonner à votre partenaire parce vous ne voyez pas, dans ses actes, de traces manifestes de repentir.

- Vous pensez qu'il n'est pas temps de pardonner à votre partenaire parce qu'il (ou elle) ne s'est pas assez amendé(e) vis-à-vis de vous.

- Vous préférez contrôler votre partenaire par la honte plutôt que de chercher à lui inspirer une autre attitude.

Vous avez le pouvoir de pardonner. Vous avez le pouvoir de dire à votre partenaire : « Tu ne peux pas me blesser pour mieux me contrôler. C'est moi qui fais les choix. Je ne me lierai pas à toi par la colère, la haine ou le ressentiment. Encore moins par la peur. Je ne me laisserai pas entraîner dans le monde obscur des émotions négatives. En te pardonnant, c'est moi que je libère. » Vous tenez là un des éléments majeurs à retenir de ce livre. En développant assez de considération vous-même, vous pouvez vous libérer des chaînes de la colère. Vous pouvez enfin vous évader de la prison de la rage et du désespoir.

Car votre salut repose sur le pardon. Vous devez vous élever moralement et pardonner à la personne qui vous a blessé. En définitive, ce n'est pas à elle que ce pardon s'adresse. ce pardon est pour vous. Comprenez bien ceci : si vous permettez à ceux qui vous ont blessé de vous tenir captif (captive), ils ont gagné. Si au contraire, vous devenez maître de vos émotions et donc des émotions au sein du couple, je peux vous promettre que vous obtiendrez enfin ce que vous souhaitez. Malgré toutes les attaques et les blessures encourues au sein du couple, le pardon est toujours possible. Il n'est trop tard que si vous le voulez bien. Choisissez de tenir le cap et vous réaliserez qu'il est possible d'écrire les pages de sa propre vie.

Profil n° 8

Vous êtes un puits sans fond

Abordons maintenant une autre forme de tendance négative : le sentiment d'insécurité. Ce sentiment vous rend insatiable. En fait, vous êtes tellement en demande que vous compromettez constamment vos chances de succès. Rien n'est jamais suffisant pour vous. Vous n'êtes jamais satisfait. Vous ne recevez jamais assez d'amour. Ni d'attention. Vous n'êtes jamais apprécié ni soutenu comme il le faudrait. Vous n'êtes jamais satisfait de votre apparence ni de vos performances. Vous êtes toujours tendu, vous ne jouissez pas de la vie et vous ne reconnaissez jamais rien à sa juste valeur.

Étrangement, vous ne percevez pas votre propre valeur, vous vous sentez indigne du bonheur et incapable de réaliser vos rêves les plus chers. Vous vous dites que vous n'avez pas ce qu'il faut pour être heureux, pour obtenir des résultats et pour progresser dans la vie. Vous vous dites que vous n'en avez pas le temps. Vous vous persuadez que vous n'êtes pas assez brillant. De plus, vous doutez tellement de vos capacités que vous interprétez de travers les réflexions de votre partenaire à votre sujet, et ces erreurs d'interprétation vous conduisent toujours à une vision négative de vous-même. Vous vous faites des réflexions comme : « Mon conjoint s'est fâché contre moi, peut-être suis-je vraiment trop déraisonnable ? », ou bien « Peut-être vaudrait-il mieux que je me taise » ou encore « D'après ce qu'il (elle) dit de moi, je ne dois pas avoir beaucoup de personnalité ; je ferais mieux de rentrer dans le rang ».

En plus de vous détruire, vous détruisez simultanément votre partenaire. Parce que vous adoptez cette attitude du « puits sans fond », il ou elle est frustré de ne pouvoir jamais vous combler. Il ou elle n'aura pas la moindre idée de ce que peut être une relation paisible et fonctionnelle. Et quand bien même les choses s'amélioreraient, vous vous direz quelque chose comme : « Cela ne peut pas durer », « C'est trop beau » ou « Ce doit être le calme avant la tempête ». Tout se passe comme si vous étiez attaché à l'idée que vous ne méritez pas d'être heureux, comme si vous évitiez d'avoir l'air heureux de peur que cela ne vous porte la poisse et « détraque » le cours de votre vie. L'affirmation fataliste stipulant qu'on crée ce que l'on craint semble devoir s'appliquer parfaitement à la relation de couple.

Il est stupéfiant de constater à quel point les gens souffrant d'insécurité sont persuadés d'être indulgents et ouverts au compromis dans leur couple. Ils se croient plein de mansuétude pour leur conjoint, et déterminés à faire de leur mieux pour s'adapter et pour que le couple tienne bon. Ils se trompent ! C'est une immense méprise. Par votre appétit insatiable de réconfort et d'affection, vous ne laissez pas une minute de répit à l'autre. il peut aussi vous arriver de vous consumer de jalousie pour votre conjoint à l'idée que tôt ou tard il va découvrir l'étendue de vos défauts et de vos échecs et vous abandonner. Vous entretenez donc une menace extérieure imaginaire qui vous donne l'occasion de manifester votre jalousie en exigeant de votre conjoint qu'il renonce pour vous à fréquenter autrui. Vous avez un besoin constant de tester l'engagement de votre partenaire. Parfois, vous tentez inconsciemment de l'éloigner juste pour obtenir une nouvelle dose de réconfort, tandis qu'il se met en peine de vous assurer une fois encore son désir d'être à vos côtés. Manipulateur et exigeant, vous entraînez votre partenaire dans un mouvement perpétuel de réassurance, dans l'espoir d'un apaisement hypothétique.

Nous avons tous besoin du soutien et de l'adhésion de notre partenaire. C'est tout à fait normal et sain. Mais ce besoin naturel devient « toxique » au moment où il se mue en dépendance maladive. Vous souffrez d'un sérieux problème d'estime personnelle lorsque vous êtes constamment en demande de compliments et de réassurance sur votre apparence et votre valeur. Le cas de la femme qui interroge sans cesse son mari à propos de sa cuisine ou de sa tenue constitue un grand classique du genre. « Oh, c'est trop cuit, non ? », demande-t-elle à propos de son rôti ; elle sait, bien sûr, qu'il est cuit à point. Mais elle a besoin de l'entendre dire. Lorsqu'elle prétend : « Cette robe me grossit, non ? », ce qu'elle veut dire, c'est : « Dis-moi que je n'ai pas l'air grosse. »

Les hommes font de même en adoptant d'autres tactiques : « Tu ne trouves pas que je perds mes cheveux ? » ou dans, un registre plus intime, « Tu as aimé… ? » sont autant de messages qui signifient « Dis moi que ça va, parce que je n'en suis pas convaincu. » Dans cette perspective, quatre-vingts pour cent des questions posées sont en réalité des déclarations maquillées. Qui plus est, ce sont des demandes maquillées. Si vous êtes sous l'emprise d'un sentiment d'insécurité, vous déclinez fort confortablement votre part de responsabilité dans la bonne marche du couple : comment pourrait-on attendre de vous que vous soyez mature, opérationnel et coopératif alors que vous n'êtes ni assez intelligent ni assez compétent pour cela ?

Voici quelques indices qui vous révéleront à coup sûr si vous subissez ou non de cette tendance négative.

- Vous vous excluez de vos relations amicales ou amoureuses sous prétexte que vous n'êtes pas de la trempe de votre ami(e) ou de votre partenaire.

- Vous craignez d'être rejeté(e) en exprimant vos opinions. Vous préférez vous taire plutôt que d'encourir la désapprobation des autres et lorsque vous prenez la parole, vous vous demandez toujours si vous faites bonne impression.

- Vous vous surprenez souvent à dire « Merci » et « Excusez-moi », à tout bout de champ.

- Vous refusez de vous lancer dans de nouvelles activités avec votre partenaire – qu'il s'agisse d'équitation ou de thérapie conjugale – de peur de ne pas être à la hauteur.

- Lorsqu'on vous fait un compliment, vous minimisez immédiatement l'importance de ce qui vous l'a obtenu.

- Lorsque vous faites des présents aux autres, vous vous inquiétez de savoir s'ils sont assez « bien » choisis.

• Vous exprimez vos convictions sous forme de questions, en demandant à votre conjoint ce qu'il ressent à propos tel ou tel sujet important à vos yeux au lieu d'affirmer votre position d'entrée de jeu.

• Au lieu de vous mettre en colère, vous affichez vos larmes et jouez les victimes.

• Vous êtes si sensible à la critique que vous mettez votre partenaire dans l'impossibilité de vous taquiner ; il lui est même impossible de vous dire la vérité quand vous en auriez besoin.

• Quels que soient la question ou le projet en débat, votre réponse est invariablement la même : « Je ne sais pas », « Cela m'est égal », « Fais comme tu l'entends ».

Si votre partenaire se lasse de remplir votre puits sans fond et vous en fait part, vous adoptez une posture offensée et tentez de le culpabiliser en prétendant que vous vouliez seulement entendre ce qu'il ou elle avait à dire, respectueux (respectueuse) que vous êtes de son opinion. Votre contrition feinte ne profitera aucunement à votre relation. Vous arborez une mine chagrinée dans l'espoir de récupérer au plus vite votre statut dans le couple. Une fois de plus, vous vous excusez et vous offrez une de ces petites scènes dont vous avez le secret. Plus vous affichez votre peine et votre culpabilité, plus vous pouvez manipuler votre conjoint à votre convenance. Il ne faut pas longtemps pour le (la) voir revenir vers vous et dire : « Bon, allez, tout va bien... » Et c'est gagné ! Vous avez obtenu votre gratification.

Si vous êtes sous l'emprise de cette tendance particulière, soyez honnêtes avec vous-même et cessez de nourrir le monstre en vivant sous la dépendance continuelle de votre dose de réconfort. Faites le premier pas maintenant. Commencez à vous affranchir de votre système d'inhibitions et de votre sentiment d'incompétence et n'écoutez plus la voix intérieure qui vous accuse d'être trop exigeant(e) et indigne d'en obtenir davantage. C'est alors seulement que vous serez engagé(e) sur la voie d'une transformation. D'ailleurs, au fil de cette lecture, je suis persuadé que vous trouverez d'autres moyens de combler votre besoin de réconfort et de confiance.

Profil nº 9

Vous vous laissez vivre

Cette nouvelle tendance est l'antithèse de la critique compulsive, de l'esprit de compétition, du bon droit moral et de l'agression… mais elle est tout aussi destructrice. Dans ce cas précis, vous devenez si passif que vous vous pelotonnez dans ce que j'appelle une « zone de confort » où la règle du jeu serait en gros : sécurité, pas de vagues et maintien du statu quo. La routine, dans votre relation de couple, ressemble à un ami sans grand intérêt – à peu près aussi tranquille et confortable que ce vieux pantalon de jogging que vous portez à la maison quand vous êtes seul(e). Vous ne vous lancez pas de défi, vous ne courez pas après l'excellence : bref, vous vous endormez. Et si vous ne faites pas attention, vos jours de confort vont se transformer en semaines puis en années, et avant que vous ne vous en rendiez compte, il sera bien trop tard pour réagir.

Nous connaissons tous quelqu'un dans notre entourage qui, voulant obtenir un diplôme l'université, a quand même décidé de faire une pause dans son parcours scolaire pour travailler pendant une année. Le délai passa à deux, puis trois années, et en fin de compte, cette personne ne retourna jamais à l'université pour y passer son diplôme. Il en va de même, si vous n'y prenez pas garde, dans votre relation de couple. Vous vous habituez à la situation. Vous vous accoutumez à un certain style de vie et à un modèle d'interaction avec votre conjoint que vous finissez par accepter bien qu'il ne vous convienne pas vraiment. Vous vous dites que c'est comme cela pour le moment. Ce n'est pas ce que vous vouliez ni ce dont vous aviez rêvé mais cela vous est devenu est devenu familier et peu contraignant.

Vivre dans une zone de confort n'est pas l'enjeu essentiel d'une vie amoureuse en couple. Vous savez pertinemment que vous n'allez pas en profondeur. Vous savez que vous ne communiquez qu'à moitié avec votre partenaire et que votre vie sexuelle est banale. Vous savez aussi que vos journées sont ennuyeuses, que vous vous sentez à la fois énervé et blasé. Mais vous avez décidé qu'il vaut mieux s'en contenter. Au lieu de penser « Qui ne tente rien n'a rien », vous vous dites « Qui ne tente rien ne perd rien ». Vous pouvez donner l'apparence de maîtriser la situation, à travers l'étalage du bien-être matériel et du succès, voire du pouvoir et de la popularité. Mais au fond, vous savez bien que vous vous trahissez vous-même et que vous trompez votre partenaire.

Je sais que vous êtes nombreux à ressentir ce dilemme. Des études ont été menées sur des milliers et des milliers d'Américains typiques possédant une maison, un travail, 2,2 enfants, sans oublier le chien. Lorsqu'on leur a demandé s'ils étaient vraiment satisfaits de leur vie, ils ne répondaient pas simplement « Non » mais « Mon Dieu, non ». Et lorsqu'on leur a demandé pourquoi ils n'en changeaient pas, les réponses furent à peu près toutes les mêmes. L'un des participants à l'enquête en a parfaitement résumé la teneur : « Je fais ce que je fais aujourd'hui parce que c'est ce que je faisais hier. »

Je ne vous dis pas que vous avez complètement perdu espoir et pris une position fœtale – nous en apprendrons plus sur cette tendance un peu plus loin. Le problème, dans votre situation, est que rien n'est sûr et que vous êtes allergique au mot « risque ». Au fond de vous-même demeure cette idée que vous pourriez ne pas être capable de changer. Qu'arriverait-il si vous exprimiez votre désir d'obtenir davantage et que vous ne soyez pas en mesure d'y parvenir? En reconnaissant que votre vie ne vous convient pas, vous en prenez la responsabilité. Et si vous êtes un grand habitué de la zone de confort, vous anticiperez probablement ce qu'une existence meilleure demande d'énergie à maintenir.

Croyez-moi, je conçois très bien que pour certains d'entre vous le simple fait de reconnaître que votre relation de couple ne vous satisfait pas pleinement est lourd de menaces. Affirmer que ce que vous avez n'est pas suffisant comporte un risque réel. Il est en effet plus prudent de ne pas admettre qu'il puisse exister mieux.

Votre zone de confort peut vous sembler sécurisante, mais elle repose sur le compromis. En y demeurant, vous ne prenez pas vos responsabilités vis-à-vis de votre couple. Vous n'y contribuez pas, vous ne le stimulez pas, vous n'y apportez aucun souffle. Vous n'honorez tout simplement pas votre part du contrat. Selon toutes probabilités, votre partenaire doit tenter de vous entraîner dans son sillage. Mais vous vous laissez aller à votre confort. Vous êtes dépendant de la morne prévisibilité de votre vie. Vous vous enlisez dans la routine quotidienne : aller au travail, en revenir, dîner rapidement, puis vous emparer de la télécommande ou d'un livre. Quelle que soit cette routine, vous avez développé avec elle une relation plus intime qu'avec votre conjoint. Vous en prisez sans doute plus la compagnie que celle de votre partenaire. Si vous restez dans cette zone de confort, vous avez sans doute perdu contact avec votre conscience intime. Pour vivre, vous ne vous fondez plus sur vos instincts les plus sûrs, sur votre sagesse et sur vos valeurs. Je vous invite à examiner cette nouvelle série d'énoncés qui vous permettront d'évaluer si l'inertie s'est installée dans votre relation de couple.

- Vous n'abordez jamais ensemble des sujets tels que l'avenir de votre couple, la nature de vos désirs les plus profonds, ce qui vous fait rêver ou ce qui vous passionne.

- Vous demeurez fatigué(e) même après une bonne nuit de sommeil, et vous avez du mal à rester éveillé(e) après le dîner.

- Vous passez pal mal de temps à regarder la télévision.

- Vous vous dites que vous ne pouvez pas faire les choses parce que vous n'en avez pas la volonté.

- Quelle que soit la suggestion de votre partenaire, votre première réponse sera toujours non. Vous n'éprouvez pas le désir d'aller vers ce qui est nouveau, d'essayer quelque chose qui échappe à votre routine.

- Tout ce qui peut présenter un risque pour votre mode de vie actuel est soigneusement écarté. De ce fait, votre quotidien est vide de stimulation et d'enjeux.

- Exprimer vos émotions vous paraît à la fois ennuyeux et un peu bête. Vous prenez une mine agacée quand vous entendez quelqu'un dire : « Pourquoi n'exprimes-tu pas tes sentiments ? »

- Vous répondez « Je ne sais pas » à trop de questions. « Je ne sais pas pourquoi cela m'est arrivé » ou « J'aimerais savoir pourquoi j'ai agi ainsi ». Ce que vous entendez par là, en réalité, c'est que vous avez mis votre capacité de raisonnement en vacances, et décidé que ça ne vaut plus le coup de savoir ce qui vous arrive.

Je ne suis probablement pas le premier à vous faire remarquer que la vie n'est pas un livreur de pizza. Elle ne vous livrera jamais rien à domicile. C'est à vous de bouger. Et si vous ne le faites pas maintenant, si vous laissez votre vie s'enliser dans l'inertie, il vous sera de plus en plus facile de stagner. Pour dire les choses autrement, si vous continuez à croire en ce à quoi vous avez cru, vous continuerez à obtenir les mêmes résultats. En vous réfugiant dans votre zone de confort, vous êtes assuré(e) de ne jamais atteindre un réel succès. Oui, la différence entre les gagnants et les perdants est que les gagnants font des choses que les perdants se refusent à accomplir. Ceux qui réussissent sont prêts à prendre un risque raisonnable, et ils sont prêts à laisser leurs rêves s'accomplir.

Pour neutraliser le mauvais génie de l'inertie, vous devez sortir du déni, cesser de justifier votre propre passivité et relever le défi du changement. Cela va vous demander un certain courage et un certain engagement – mais comme vous le verrez bientôt, il n'est pas si difficile d'abandonner une fois pour toutes une vie de complaisance et d'ennuyeuse inaction.

Profil nº 10

Vous avez laissé tomber

Ceux d'entre vous qui sont adeptes de la stratégie du laisser tomber manifestent ce que les psychologues appellent «l'impuissance acquise». C'est un état d'esprit dans lequel vous vous croyez systématiquement captif (captive) de la situation. Vous êtes persuadé(e) que les circonstances que vous vivez sont si immuables que vous n'y pouvez rien changer. C'est ce qui arrive lorsque vous avez subi les influences conjuguées de tous les autres poisons dont nous venons de parler et que vous ne voyez plus de moyen de vous en sortir. Vous vous sentez si malheureux (malheureuse) et esseulé(e), si incompris(e), si déconnecté(e), si négatif (négative) et cynique, bref, si loin de vous-même, que vous avez fait taire une bonne fois pour toutes la partie de votre cerveau qui vous dit qu'il y a encore de l'espoir, aussi mince soit-il. À ce stade, vous avez décidé de nier l'existence de votre for intérieur ou de ce qui peut bien en subsister.

L'impuissance acquise est une notion mise au point dans les années soixante-dix par le brillant chercheur Martin E. P. Seligman, et définie comme un phénomène distinct de la dépression. Alors que la dépression est un trouble d'ordre émotionnel, l'impuissance acquise touche aussi bien au domaine émotionnel que psychologique. Si vous souffrez de cette forme de perception du réel, vous en arrivez à croire si fermement que vous êtes prisonnier que vous en perdez non seulement la volonté mais la capacité d'apprendre.

L'impuissance acquise a été mise en évidence par une série de tests réalisés sur des animaux par le Dr Seligman et son équipe. Ne sautez pas les prochains paragraphes au prétexte que ces expériences animales n'ont rien à voir avec vous. Bien au contraire, ces tests ont tout à voir avec le comportement humain dans une relation de couple.

Dans le cadre de ces tests, un chien avait été placé dans une pièce de seize mètres carrés dont une moitié du plancher était peinte en blanc et l'autre moitié, rayée rouge et blanc. Lors de la première étape de l'expérience, on infligeait au chien des décharges électriques douloureuses mais sans gravité à chaque fois qu'il s'aventurait du côté rayé de la pièce. Comme prévu, l'animal ne fut pas long à comprendre que la zone blanche représentait la sécurité et la zone rayée, le danger. Il évitait d'y entrer, même si on l'appâtait avec de la nourriture. Puis, dans la seconde partie de l'expérience, on inversa les conditions : c'est dans la partie blanche que le chien recevait des chocs électriques, et la partie rayée étant devenue sans danger. L'animal fit preuve de sa capacité à désapprendre ce qu'il venait d'assimiler en demeurant dans la partie rayée de la pièce.

Dans la troisième partie de l'expérience, on supprima la zone de sûreté. Qu'il aille du côté blanc ou du côté rayé, le chien subissait des décharges électriques. Durant un bon moment, il se livra à de nombreuses tentatives effrénées pour remédier à cette fâcheuse situation, mais il comprit bien vite qu'il était impuissant à la fuir. Il finit par abandonner, roula sur le dos et encaissa les chocs sans se défendre ni chercher à les esquiver.

À la quatrième phase du processus, la partie blanche était redevenue la zone de sécurité et la partie rayée, celle du danger. Le chien avait de nouveau une marge de manœuvre, un choix possible. Il démontra malheureusement son incapacité ou son refus d'apprendre qu'il y avait de nouveau une zone de sécurité. Même si on le traînait dans la zone blanche, le chien ne pouvait ou ne voulait pas assimiler cette nouvelle information et comprendre qu'il disposait de nouveau d'un espace où échapper aux chocs.

L'animal avait abandonné. Il subissait un état d'impuissance acquise. Il comprenait seulement qu'il ne pouvait rien faire pour échapper à la douleur et il avait coupé le contact. Il avait cessé d'assimiler de nouvelles informations, même si elles lui étaient présentées de façon évidente. Il s'était résigné à son sort et sa volonté d'apprendre avait été complètement annihilée.

Ce chien ne souffrait pas d'une dépression passagère. Il ne parvenait même plus à reconnaître le comportement qui lui aurait permis d'améliorer son bien-être.

Beaucoup d'entre vous sont précisément dans le même état vis-à-vis de leur relation de couple. Vous avez abandonné. Au moins, en étant passif, agressif ou anxieux pensiez-vous encore que votre relation de couple pouvait s'améliorer. Mais dans l'état d'esprit que vous subissez aujourd'hui, vous avez oublié jusqu'à la notion même d'amélioration. Vous avez cessé d'apprendre et d'emmagasiner de nouvelles informations. Du reste, ayant renoncé à votre capacité d'analyse, vous ne parvenez pas à saisir les occasions, fussent-elles particulièrement évidentes, de régénérer votre relation. Vous refusez de prendre en compte la moindre évolution dans le comportement de votre partenaire et vous refusez de constater les changements intervenus dans votre propre vie. Vous ressemblez à un oiseau en cage qui ne chante plus, complètement inconscient du fait que la porte en est de nouveau grande ouverte.

Voici une série d'indicateurs concrets qui vous révéleront si vous êtes ou non enfermés dans ce syndrome.

- Vous avez consciemment accepté qu'une douloureuse routine vous tienne lieu de mode de vie.

- Vous éprouvez régulièrement sentiment de malaise et manque d'énergie.

- Vous vous contentez de vivre machinalement une relation de couple qui a arrêté d'évoluer.

- Vous pensez ou dites souvent : « À quoi bon ? De toute façon ça ne changera rien. »

- Vous ne protestez même plus quand votre conjoint vous attaque ou dépasse les bornes.

- Vous croyez qu'il ne sert à rien de changer parce que cela aura pour seul résultat de faire enrager votre partenaire.

- Vous vous sentez seul(e).

- Vous commencez à vous tourner vers d'autres personnes ou d'autres activités pour trouver à vous épanouir.

- Vous exprimez votre déception dans le couple de manière insidieuse : vous êtes par exemple fréquemment patraque et alité(e), vous prenez des médicaments, vous buvez ou bien encore vous vous réfugiez dans la thérapie.

Ce problème prend une ampleur d'épidémie. C'est un modèle comportemental que l'on observe beaucoup au sein de relations de couple déséquilibrées, où l'un des partenaires pense qu'il n'y a plus d'autre solution que de subir les mauvais traitements que lui inflige l'autre. En lisant ces lignes, vous vous dites peut-être : « Tout ceci ne me concerne pas. » Mais si vous êtes aux prises avec des humeurs défaitistes – « J'ai déjà trop donné et je suis trop fatigué(e) pour changer », « Mon partenaire ne changera jamais », « Rien ne peut faire évoluer notre relation de couple » –, vous autorisez déjà votre profonde déception de se muer en pessimisme, puis en désespoir. Vous vivez un état émotionnel comparable à la position fœtale, acceptant de souffrir parce que vous êtes persuadé(e) d'être incapable de changer quoi que ce soit à votre sort.

Écoutez-moi très attentivement : vous vous tuez à petit feu. Tout le monde change. Vous le pouvez et votre conjoint aussi. Contrairement aux animaux qui ne peuvent comprendre que demain est un autre jour et qu'ils maîtrisent leur destinée, vous êtes capable d'entendre ce message et de reconsidérer votre situation. Dans ce livre, vous disposerez des outils nécessaires pour renouer avec vous-même, pour entamer une démarche constructive en vous fondant sur des concepts efficaces et pour restaurer votre état d'esprit le plus positif, celui qui vous encourage à croire en vous-même et en votre partenaire.

J'ai vu beaucoup, beaucoup de relations de couple échapper à une fin certaine simplement parce que l'un des partenaires avait pris la décision de changer d'attitude et de reprendre espoir. Comme je l'ai dit en préambule, il vous suffit de vouloir que votre couple fonctionne. Si tel n'est pas le cas, la force d'inertie et le sentiment d'impuissance qui le caractérisent actuellement finiront par dévaster votre vie.

Je reconnais que la lecture de ce chapitre n'a pas été follement agréable. Elle avait pour but de vous permettre de cerner l'ensemble des poisons et autres « côtés noirs » tapis dans les profondeurs du couple, et de comprendre comment une relation pouvait littéralement se désintégrer. Car le plus grand danger vient de notre ignorance à dépister ces fameuses tendances négatives. Car alors nous ne détectons pas sa présence et nous ne sommes pas prêts à nous en délivrer.

Vous êtes désormais décidé(e) à aller de l'avant et à proclamer : « Maintenant, j'arrête. Je ne laisserai plus mon esprit de compétition creuser un fossé entre mon partenaire et moi. Je ne croirai plus être toujours dans mon bon droit. Je ne me laisserai plus aller à dissimuler mes sentiments et mes pensées. J'éviterai les attitudes agressives qui aliènent mon (ma) partenaire. Je ne perdrai plus confiance en moi et je surmonterai mon sentiment d'impuissance. »

Les plus beaux aspects de votre personnalité et de votre vie émotionnelle ont peut-être souffert, mais ils peuvent être régénérés. Vous avez le pouvoir de changer. Vous ne vous voyez peut-être pas toujours comme un leader, et peut-être n'en avez vous pas la position au sein de votre couple mais désormais vous l'avez. Parce que vous détenez à présent un savoir précieux et que vous êtes en passe d'en savoir bien plus encore, il vous est enfin possible d'imprimer une direction à votre couple. N'espérez pas laisser passer cette chance. Vous avez fait tout un chemin pour en arriver là, alors allons-y!

Renouez avec le meilleur de vous-même : *de nouvelles valeurs à adopter en couple*

Gardez les yeux bien ouverts durant la lecture de ce chapitre, car vous ne pouvez pas vous permettre de le survoler. Il est grand temps de cesser d'être un élément perturbateur pour votre couple pour en devenir le fervent soutien. Il n'y a pas de place ici pour le compromis. Si vous n'adoptez pas une attitude constructive dans le couple, c'est que vous en sapez les bases. En tant que coach, dans ce processus de reprise de contact avec vous-même, je veux réactiver tous les éléments positifs qui sont en vous, ou pourraient l'être. Vous devez *maintenant* vous ressaisir et rectifier votre attitude et votre façon de penser. Il ne s'agit pas seulement de vous débarrasser de vos fausses conceptions et de vos vieux démons. Vous devez sonder votre cœur et votre âme pour atteindre votre intime conscience, car vous et vous seul(e) pouvez décider de la qualité de votre vie future. Vous avez la force et la détermination mener votre vie à un tout autre niveau. Mais l'élimination de vos côtés négatifs n'y suffira pas. Il vous faut à présent lancer votre « cavalerie » dans la bataille : c'est-à-dire faire appel à la personne que vous êtes réellement – le meilleur de vous-même.

N'allez pas croire une seconde que je fasse allusion ici à quelque état intérieur d'ordre mystique qui vous délivrerait de tous les maux. Je suis loin de ces conceptions « avant-garde » d'inspiration cosmique. Je fais simplement référence à une série d'attitudes saines qui prennent racine au plus profond de vous-même et à une qualité d'engagement qui deviendra la toile de fond de tout ce qui pourra advenir dans votre couple. Je vous parle de renouer avec ce for intérieur qui peut vous donner accès à un niveau d'intimité et d'affection réciproque que vous n'auriez jamais cru possible. Toutes choses à votre portée, si vous décidez de croire en vous-même.

Mes propos sont à prendre au pied de la lettre et ne souffrent pas d'exception. Dans une relation de couple, comme dans tout autre aspect de la vie, la disposition d'esprit et l'attitude à partir desquelles on agit sont au moins aussi importantes que nos actions réelles. Je pourrais vous présenter sur le champ une liste de comportements plus créatifs et astucieusement romantiques les uns que les autres, qui ne seraient pourtant d'aucun secours pour votre couple si vous les abordiez dans un mauvais état d'esprit. Pour entamer un processus de reconnexion avec votre partenaire, vous devez, sans réserve, adopter la bonne attitude. Les fausses croyances à propos du couple, tout comme les poisons intérieurs que nous venons d'évoquer, sont aussi ravageurs pour votre relation que ne l'est un ouragan qui dévaste une ville. Mais sachez que l'inverse est vrai. Si vous adoptez une nouvelle façon de penser et de ressentir, votre couple, votre partenaire et vous-même en bénéficieront pleinement. Pour réussir, ne visez rien d'autre, et rien de moins.

J'admets qu'à ce stade, il serait bon que votre partenaire soit à vos côtés pour lire ce livre. Par ailleurs, je sais que nous avons tous tendance à nous concentrer sur les agissements de l'autre. Ne vous inquiétez pas, nous en viendrons assez tôt à ce que fait ou ne fait pas votre partenaire, mais rappelez-vous ce que je vous ai dit au tout début de ce livre : je m'intéresse d'abord à vous. Ce chapitre a pour objet de vous permettre de renouer profondément avec vous-même. Il s'agit de se dire : « Je peux renouer avec moi-même et m'en servir comme point de départ. Je peux faire sortir le meilleur de moi-même, le meilleur de mon cœur et de mon esprit – j'en ai le pouvoir et le désir. »

Les dix nouvelles valeurs que vous êtes sur le point de découvrir vont vous amener à un moment-clé de votre relation. Elles engendreront d'ailleurs une véritable révolution dans votre couple, car vous serez en mesure d'y effectuer sur-le-champ des changements positifs. Le fait de renouer consciemment avec le meilleur de vous-même va vous permettre de commencer à vivre avec plus d'intégrité, de compassion et d'honnêteté, porté par un enthousiasme rafraîchissant. Par définition, ces dix nouvelles valeurs ont pour fonction de vous réorienter vers le succès. Vous vous aimerez plus que par le passé et je suis convaincu que tout le monde autour de vous, y compris l'être cher, en fera de même.

Qui plus est, ces nouvelles valeurs vous sont d'autant plus accessibles qu'elles ont toujours fait partie de vous. Votre conjoint ne peut pas vous les donner et il ne peut pas non plus vous les retirer. Une brise fraîche et nouvelle va s'établir du simple fait de votre changement de point de vue au sein du couple. En sortant de l'impasse qui consiste à attendre que l'autre bouge le premier, en prenant la décision de ne plus être la victime passive de votre relation, vous créerez une dynamique, un mystère, une nouveauté et une inspiration. Votre ligne de pensée saine et constructive influencera tous ceux qui vous entourent et tout spécialement votre conjoint.

Lorsque *vous* changez, vous modifiez l'équilibre entier de votre couple. À tout le moins et quoi qu'il arrive, vous jouirez d'une paix intérieure provenant de votre certitude de faire tout ce qu'il faut pour insuffler de la vie à votre relation de couple. Adoptez sans réserve et assimilez cette nouvelle échelle de valeurs personnelles. Ce sont des valeurs gagnantes, elles ont fait leurs preuves. Et vous voulez gagner.

Première valeur à adopter en couple :
Prendre sa relation en charge

Vous êtes entièrement responsable de votre relation de couple. Cette notion va peut-être à l'encontre de la conception que vous vous faites de votre relation mais elle est pourtant vraie. Je crois déjà vous entendre : « Comment puis-je être tenu(e) pour responsable de mon couple, alors que mon conjoint est un parfait crétin ? Quelle idée saugrenue ! » Je ne le répéterai décidément jamais assez : prendre en charge votre relation de couple implique que vous preniez la responsabilité de créer votre expérience. Vous êtes l'architecte de vos pensées. Vous choisissez les attitudes qui vont nourrir la relation. Vous choisissez les émotions et les sentiments qui contrôlent votre réflexion. Vous choisissez comment agir et comment réagir au comportement de votre partenaire. Vous êtes en charge de vote couple. Vous en êtes responsable à cent pour cent.

Ce qui signifie que vous ne pourrez jamais plus vous prendre pour un martyr souffrant à cause d'un partenaire indigne. Soyez honnête : vous avez sans doute la manie de vous plaindre et de jouer les victimes. Moi je vous dis : « Stop ! Dites adieu à cette vieille manie, redressez-vous, coûte que coûte, et prenez possession de ce qui est vôtre. »

Je sais que j'ai l'air de faire des pieds et des mains, mais c'est uniquement parce que je veux que vous réalisiez quelle puissante influence vous êtes en mesure d'exercer dans votre couple, par votre attitude. Si vous laissez tomber cette déprimante mentalité de victime et la remplacez par un état d'esprit constructif, positif et dynamique, vous verrez immédiatement les changements s'opérer. Oui, il vous est possible de créer un dialogue sain et optimiste au sein du couple.

Prendre en charge votre relation ne signifie pas que vous deveniez brusquement fataliste. Il ne s'agit pas de dire : « Bon, d'accord, je me suis lancé dans cette relation et elle s'est avérée un fiasco complet. J'admets avoir commis des erreurs. » Ce n'est pas ce que j'entends par *prise en charge*. Cela, c'est de la plainte, tournée vers le passé.

Il s'agit au contraire de faire face à sa vie avec un esprit neuf, ici, maintenant. Il s'agit de vous forger un nouveau mode de vie qui accroisse le bien-être de votre couple. De vous réveiller chaque matin avec la certitude rafraîchissante que vous manœuvrez et conduisez votre propre canot. Il n'est plus question de vous blâmer vous-même de ce qui est arrivé, mais de prendre une direction pour le futur. Je vous le dis tout de go : cette attitude est la pièce maîtresse de votre nouvelle vie. Ce n'est qu'en cessant de vous considérer comme ne victime que vous commencerez à réaliser votre compétence et votre puissance au sein du couple. Votre couple imparfait ne sera plus source de désespoir mais une opportunité d'exercer vos forces. En réalité, les problèmes ne sont rien d'autre que des opportunités de vous distinguer. Et il est grand temps pour vous de le faire.

Laissez-moi vous donner un exemple de l'expression de cette valeur dans le couple. Lorsqu'un aspect de votre relation ne vous satisfait pas, votre réaction première ne devrait pas être la critique ou le jugement – vous aurez bien des occasions de les exercer en temps utile. Non, votre première réaction devrait être d'évaluer dans quelle mesure *vous* êtes en cause dans cette situation d'insatisfaction.

En adoptant cette nouvelle attitude dans votre couple, vous ne vous fâchez plus d'emblée si votre conjoint est systématiquement en retard à des rendez-vous ou pour dîner. Vous devriez au contraire évaluer en toute franchise ce qui, dans votre comportement, le conduit à agir de la sorte. Quelle gratification en retire-t-il ? Votre léger manque d'assurance lui laisse-t-il penser qu'il peut profiter de vous ? Comment faites-vous en sorte d'éviter d'en discuter avec lui ? Que faites-vous pour encourager cette attitude chez votre partenaire, et que pouvez-vous faire pour qu'il (elle) en change réellement ? En analysant *votre* comportement avant celui de l'autre, vous concentrez vos efforts sur quelque chose que vous contrôlez et non sur quelque chose qui vous échappe.

Lorsque vous prenez en charge votre relation, vous devez commencer par vous regarder dans le miroir. Vous en viendrez à réaliser que, quoi que votre conjoint fasse, soit vous le provoquez, soit vous l'entretenez, soit vous l'autorisez. Votre partenaire n'est pas seulement actif. Il est aussi *réactif* à ce que vous faites ou ne faites pas. Il réagit à votre ton de voix, ainsi qu'à votre humeur. En reconnaissant que vous avez une responsabilité dans ce qui arrive, vous allez fatalement devoir regarder en face des aspects de vous-même dont vous n'êtes pas forcément fier. Il vous faudra assumer honnêtement vos actes sans vous les cacher et vous résoudre à changer ces réalités, ces décisions et ces comportements néfastes. Devenir responsable peut être pénible de prime abord. Mais je vous garantis qu'en fin de compte, vous allez purifier votre relation de ses maux inutiles.

Il est temps pour vous de vous impliquer, de faire usage d'un nouveau pouvoir. Quand vous serez en mesure de le faire, vous aurez atteint un niveau de maturité qui laissera loin derrière vous ceux qui, sourds à mon avertissement, se perdent dans la plainte et jouent les victimes. Laissez-les donc à leur triste sort, impuissants qu'ils sont à contrôler ce qui leur échappe, et concentrez-vous sur votre propre champ d'influence et d'action.

Voilà ce que signifie prendre son couple en charge. Quand vous en êtes responsable, vous ne vous cachez plus derrière la colère et la frustration. Vous décidez d'envoyer des stimuli qui inspirent à votre partenaire des réactions positives et constructives. Vous envoyez un nouveau message : vous n'êtes pas une victime, au contraire vous êtes quelqu'un de capable et de compétent, déterminé à se battre pour le bien de son couple.

En étant responsable, vous provoquez le changement. Je suis prêt à parier que c'est exactement ce dont votre relation de couple a besoin. Comme vous allez le découvrir dans ce parcours de nouvelles valeurs à adopter et à adapter dans votre couple, tout ce que je vous proposerai de faire à partir de maintenant aura pour but d'amplifier votre pouvoir d'influence dans la relation, en vous fondant sur la plus grande honnêteté.

Cette nouvelle attitude vous conduira, vous et votre couple, à des changements sains et durables.

Deuxième valeur à adopter en couple :
Prendre le risque d'être vulnérable

Comme je l'ai souligné dans le précédent chapitre, notre résistance aux risques, comme aux changements qui y mènent tout droit, n'est ni surprenante ni illogique. À chaque fois qu'il s'agit d'adopter de nouvelles idées ou un nouveau comportement, comme de rester ouvert à un partenaire qui vous a déjà fait souffrir, il est courant de voir réapparaître nos peurs enfouies et notre anxiété. Cette tendance est naturelle, mais elle ne vous sera ici d'aucune utilité. Vous devez prendre ce risque et vous souvenir que vous n'êtes pas seul(e) ; je suis votre partenaire, et nous allons avancer ensemble, pas à pas.

Quelque rassurant que soit mon propos, j'entends déjà la litanie des « Et si… ». *Et si* j'étais de nouveau trahi, *Et si* je me remettais à souffrir ? *Et si* ce renouveau de mon optimisme allait se retourner contre moi ?…

Il est tout à fait normal de se poser de telles questions. Quiconque a été blessé ou déçu veut naturellement éviter de renouveler l'expérience. De même que vous restez éloigné d'un poêle trop chaud qui vous a brûlé la main, de même, vous tentez de vous protéger de la souffrance émotionnelle.

Mais si vous entendez suivre votre logique du « Et si… », il faut la suivre jusqu'au bout. Ce qui veut dire que si vous vous posez la question : « Et si… », vous devez obligatoirement y répondre. Et si votre partenaire réagit mal et vous fait de la peine ? La réponse réaliste à cette question n'est vraiment pas aussi désastreuse que votre imagination fertile – mais pessimiste – peut vous le laisser croire. Les monstres vivent dans l'obscurité. En « allumant la lumière », en allant au bout de la réponse, ce monstre qu'est votre peur s'avère souvent être une petite souris. En affrontant vos peurs, vous découvrirez que vous êtes beaucoup plus fort que vous ne pensiez l'être et que si les événements ne se déroulent pas aussi bien que prévu, vous n'en mourrez pas pour autant. Vous découvrirez également que la douleur ressentie en anticipant une peur redoutée est toujours plus intense que celle attachée à l'événement réel – à supposer qu'il ait vraiment lieu.

D'ailleurs, la véritable réponse à la question est : « Et si mon partenaire réagit mal ou me blesse quand je fais un pas vers lui, ce sera désagréable mais j'y survivrai. Je ramasserai mes billes et je poursuivrai mon chemin, ou bien je les relancerai encore et encore jusqu'à ce que je gagne. »

Cela ne fait aucun doute. Revenir à une position d'ouverture, d'affection et de partage vous rend vulnérable. Vous laisser aller à rêver et à espérer de nouveau vous rendra vulnérable. Vouloir le contact avec l'autre vous rend vulnérable. Mais nous savons vous et moi que la situation que vous vivez n'est pas sans douleur non plus. Au moins avez-vous une chance, en agissant, d'obtenir ce que vous voulez, au lieu de souffrir sans la moindre chance d'obtenir quoi que ce soit. Ne pas prendre ce risque, c'est vous perdre. Et je ne vous laisserai pas faire cette erreur.

Je ne plaide pas pour que vous encaissiez tout bravement. Je ne prétends pas vous exposer sans répit à un odieux partenaire qui a démérité de votre confiance. Je sais qu'à un certain niveau ce que je vous demande peut paraître ardu. Je sais que vous avez peut-être été blessé, déçu ou trahi à plusieurs reprises. Mais ce que je vous demande de croire que vous êtes capable de gérer quoi qu'il arrive le comportement de votre partenaire au sein du couple. Vous devez être prêt(e) à ressentir de nouveau des émotions et à croire que votre relation peut s'améliorer. Prenez une seconde pour considérer à quel point votre système de protection est efficace. Vivre retranché(e) derrière un mur à l'abri de vos émotions ne va certainement pas sans douleur. Vous croyez peut-être cette souffrance moins dangereuse, parce qu'elle vous est devenue familière. Et parce que vous avez le sentiment d'en avoir le contrôle. Mais cela reste une souffrance. L'équation est simple : vous pouvez rester derrière le mur, sans espoir de jamais résoudre ou améliorer la situation de votre couple, ou vous pouvez sortir de derrière ce mur, risquer d'être atteint, mais vous donner au moins une chance de modifier la donne.

De grâce ne laissez pas la peur paralyser votre existence. Si vous vous sentez trop vulnérable, dites-vous simplement et tout de suite que ces nouvelles valeurs à adopter dans votre couple et ce processus de reconnexion avec vous-même représentent juste une expérience que vous aller tenter durant les semaines à venir. J'ai la conviction qu'à l'issue de cette « expérience », vous aurez tellement amélioré votre compréhension de vous-même et de l'autre que vous ne voudrez plus jamais retomber sous la coupe de vos anciennes peurs. Vous pouvez voir les choses de cette façon : vos peurs ont été un puissant catalyseur par le passé – probablement la plus importante force à l'œuvre dans votre existence. Elles vous ont déjà empêché de faire beaucoup de choses. Vous qui êtes déjà parvenu(e) si loin en obéissant à vos peurs, imaginez quel sera votre horizon en vous passant d'elles…

Troisième valeur à adopter au sein du couple : *Accepter votre partenaire*

Le plus grand besoin de tout un chacun, vous et votre partenaire compris, est celui d'être accepté(e). La peur la plus forte – et elle vous concerne aussi – est celle du rejet. Ce besoin d'être accepté est si fondamental que j'irai jusqu'à dire que la plupart, sinon tous les conflits naissant dans une relation de couple, trouvent leur origine dans le sentiment de rejet de l'un ou des deux conjoints, donc de leur désir d'être accepté.

Le message paraît ici évident. Votre but principal devrait être de combler le besoin d'acceptation de votre partenaire. Si vous désirez vivre dans un climat de paix et de tranquillité, vous devez aborder votre interaction intime dans un esprit d'ouverture. Quoi de plus simple, n'est-ce pas?

Mais le problème est que lorsque les difficultés surviennent dans un couple, le désir d'accepter l'autre passe immédiatement à la trappe. Vous vous fâchez sur le champ, vous vous mettez en colère, vous éprouvez une frustration. Ce qui a pour résultat de faire sentir à votre partenaire que vous le rejetez. Et une fois que le message de rejet est lancé, votre conjoint se sent tellement exclu qu'il ou elle réagit par le retrait ou les représailles, et la guerre est ouverte.

L'esprit d'acceptation est à la base d'un processus de reconnexion avec votre conjoint. Lorsque vous manifestez un tel esprit, vous lui faites savoir que même si vous n'appréciez pas nécessairement tout ce qu'il fait, il n'y a pas péril en la demeure. Que vous avez envie de trouver un terrain d'entente avec lui et surtout, un terrain de confiance. Et enfin, qu'en dépit de vos caractères différents et malgré tout ce que vous aimeriez qu'il ne soit ou ne fasse pas, vous l'acceptez fondamentalement tel qu'il est et serez toujours là pour lui.

J'espère que vous commencez à comprendre pourquoi je parle d'un véritable pouvoir d'influence sur votre relation amoureuse. Vous avez le pouvoir de dire : « Je dois faire sentir à mon conjoint que je ne vais pas le rejeter juste parce que nous sommes en désaccord sur un point. Je peux lui témoigner ma bienveillance de sorte que même si notre désaccord est vif, je ne lui envoie pas un message de rejet. Je peux mettre de côté ma vieille habitude de jugement et de critique et choisir, au contraire, de l'accepter tel quel. »

Les choses ne changeront vraiment que quand vous aurez fait comprendre à votre conjoint que vous êtes capable d'oublier votre amertume, vos frustrations, colères et déceptions, et de mettre de côté votre perfectionnisme critique pour faire preuve bienveillance. Faites savoir à l'autre que vous représentez pour lui un point d'ancrage et une source d'amour. Si votre partenaire se sent complètement accepté, il est très probable qu'il se rapprochera de vous. Et quand deux partenaires font un pas l'un vers l'autre au lieu de se replier sur eux-mêmes pour ne pas souffrir, les chances de réconciliation s'élèvent considérablement.

Je me demande souvent ce qu'il adviendrait de relations à problèmes si les couples investissaient autant de temps et d'énergie émotionnelle à se concentrer sur ce qu'ils admirent chez l'autre au lieu de les dépenser à faire l'inventaire de ce qu'ils n'aiment pas. Ce qui se passe, lorsque vous faites preuve d'acceptation, est que vous allez automatiquement vous focaliser sur les qualités et les atouts de votre conjoint plutôt que sur ses défauts. Vous allez délibérément vous concentrer sur ce que vous appréciez chez lui et non plus sur ce qui vous dérange.

Lutter contre l'ordre naturel des choses ne vous apportera que des souffrances – et rien n'est plus naturel que de soutenir et d'accepter son (sa) partenaire. La souffrance que vous vous créez à lui résister plutôt qu'à l'accepter est probablement plus intense que celle que vous ressentez lorsqu'il ou elle agit d'une manière qui vous déplaît.

Je vous demande seulement de vous laisser vivre. Fichez la paix à votre conjoint. Il ne sera jamais parfait – le serez-vous ? Prenez la décision d'aller vers lui avec un esprit ouvert et accueillant. Et je crois que vous serez époustouflé de ce que vous recevrez en retour.

Quatrième valeur à adopter en couple :

Retrouver l'amitié

Outre l'acceptation de votre partenaire, une autre valeur fondatrice du couple tend disparaître en situation de crise : l'amitié. Pour dire les choses simplement, vous oubliez d'agir en ami(e) avec votre partenaire.

Cela s'est peut-être passé il y a un certain temps, mais vous et votre conjoint avez sans doute autrefois été liés par une amitié véritable. Vous êtes peu à avoir vécu le coup de foudre initial qui fait naître une relation. Vous étiez attiré l'un par l'autre, vous vous trouviez charmants et pensiez que votre lien était prometteur – mais tout cela a commencé par de l'amitié.

Vous faisiez ensemble ces petites choses toutes simples qui signent l'amitié entre deux êtres. Rien de plus, rien de moins.

En tant qu'amis, vous vous souteniez l'un l'autre et vous intéressiez aux goûts et aux activités de l'autre. Lorsqu'un désaccord survenait au fil de la conversation, vous lui accordiez le bénéfice du doute. Vous ne tentiez pas de découvrir un sens caché derrière ses propos. Vous riiez beaucoup ensemble et vous vous taquiniez. Vous ne parliez pas que de vos problèmes. Vous n'abordiez pas l'autre en pensant au fond de vous : « Que peux-tu m'apporter aujourd'hui ? »

Puis vous êtes passé de l'amitié à une relation de couple sérieuse – une transition de la camaraderie authentique, sans lourd bagage émotionnel, vers une relation intime chargée d'aspects bien plus complexes. Dans la réalité complexe d'une relation intime, les conflits les plus banals ont tendance à prendre une dimension exagérée. Plus vous aimez, et plus vous avez investi de vous-même dans la relation, plus vous souffrez lorsque les difficultés se présentent. Parfois, et surtout pour ceux qui ont un travail éprouvant et jonglent avec un emploi du temps familial plus que chargé, l'idée de passer un moment amical avec votre partenaire est probablement la dernière chose qui vous viendrait à l'esprit. Plus le temps a passé, plus vous avez espacé ces petits moments ensemble dont vous aviez l'habitude. Vous avez cessé de vous appeler au travail et oublié les petits détails charmants que trouviez chez l'autre quand la vie était si simple. Selon toute probabilité, tout ce qui faisait la richesse de votre lien d'amitié est désormais loin derrière vous.

Et je ne doute pas que votre amitié ait été carrément mise de côté quand les tensions et des problèmes sont apparus dans votre couple. Vous êtes devenu excessivement conscient d'avoir à combler des besoins plus profonds et vous vous êtes subitement retrouvé à une table de poker où les enjeux étaient devenus beaucoup trop élevés. Tout ce qui est advenu ensuite entre vous et votre conjoint est brusquement devenu lourd de sens.

Si votre couple rencontre des problèmes aujourd'hui, vous comprenez sûrement de quoi je parle. Vous devez traiter de parfaits inconnus – des personnes en qui vous n'avez jamais rien investi de vous-même – avec plus d'attention et d'énergie que vous n'en déployez à l'égard de votre conjoint. Les plus simples démonstrations de respect de gentillesse inhérentes à l'amitié sont probablement absentes aujourd'hui de votre relation de couple. Une fois que vous êtes saturé de disputes et de désaccords avec votre partenaire, vous avez tendance à oublier toutes les qualités qui vous avaient plu autrefois et que vous admiriez chez lui (elle), et ne voyez plus que ses côtés négatifs. Toutes ces qualités qui précisément vous avaient séduit(e) du temps de l'amitié se transforment en traits négatifs dans la relation amoureuse.

Je suis prêt à affirmer que vos conversations et vos échanges sont presque uniquement orientés vers la discussion ou la résolution de problèmes. Même dans les couples solides, l'essentiel des conversations tourne trop souvent autour des aspects négatifs, dans le souci précisément d'améliorer les choses. Mais en mettant le doigt sur ce qui ne va pas dans votre relation – autrement dit, l'oubli de l'amitié – il est facile de perdre de vue ce qui est bien et juste. J'insiste souvent là-dessus : si vous ne voyez que les problèmes dans votre relation, vous vous retrouverez avec une relation à problèmes. Si vous pouviez simplement retrouver le niveau d'énergie que vous investissiez dans la relation quand vous et votre partenaire n'étiez qu'amis, vous ne seriez plus en proie au stress accablant qui déclenche tant de vos réactions destructrices.

Ainsi, pour aborder de façon juste votre relation de couple, vous devez prendre du recul sur la gravité de vos problèmes et sur vos souffrances intimes et vous ouvrir de nouveau à la dimension de l'amitié. Vous savez bien que votre conjoint a de la valeur et qu'il est capable de se racheter, quel que soit le degré de frustration dans lequel vous vous trouvez actuellement. Vous ne devez considérer que ces qualités-là, même si cela vous demande de faire reculer les aiguilles et d'en revenir aux prémices de votre relation amoureuse – à l'époque où le caractère et les traits propres de votre conjoint vous séduisaient et vous inspiraient de l'admiration. Peut-être s'agissait-il d'une attraction physique ou d'un aspect de sa personnalité, de son comportement. Quoi qu'il en ait été, quelque chose ici vous a attiré vers lui, et lui vers vous. Acceptez de revenir à ces moments d'amitié qui vous ont conduit à aimer votre partenaire. Au besoin, replongez-vous dans vos albums de photos, regardez de vieilles vidéos et relisez quelques lettres d'amour. Revisitez votre histoire et retrouvez la trace de l'amitié qui a nourri votre amour et ne pensez à rien d'autre.

Si vous éprouvez de la difficulté à ressaisir ce sentiment amical dans son intégrité, inspirez-vous de votre attitude vis-à-vis de vos amis actuels. Considérez les conversations et les activités que vous partagez avec eux et tentez de vous remémorer les activités semblables que vous partagiez avec votre partenaire. Aviez-vous l'habitude de parler de votre carrière, des films ou d'émissions que vous préfériez ? Parliez-vous de personnes proches et de ce qui arrivait dans leur vie ? Vous retrouviez-vous pour déjeuner, pour une promenade matinale ou pour une balade du soir ? Quels étaient les pensées, les sentiments, les conversations et les actions qui définissaient votre amitié ?

L'amitié est d'essence plutôt simple. Les amis se traitent d'une manière positive et gratifiante qui les amène le plus souvent à se dire des choses comme : « Hé, c'était vraiment super. J'aimerais bien qu'on remette ça ! » En résumé : si les gens se sentent mieux après avoir passé un moment avec vous, ils apprécieront d'autant plus votre compagnie. En outre, les amis font preuve de loyauté et sont prêts à faire des sacrifices. Ils sont toujours là pour vous, y compris lorsqu'il serait plus facile de ne pas l'être. Un véritable ami est celui qui se précipite chez vous quand tous les autres se sauvent en courant. Un ami reste à vos côtés dans l'adversité et ne vous critiquera jamais en public. Un ami authentique aborde la relation dans un esprit de don et de partage, et non de profit.

Vous rappelez-vous l'époque où vous et votre conjoint n'aviez pas tant à perdre et où les enjeux étaient bien moins importants ? Ne soyez pas dupes : une relation amoureuse solide et harmonieuse repose sur une base d'amitié. Quand elle est construite sur une amitié solide et profonde, une relation amoureuse ne peut être que viable et heureuse. En réintroduisant l'amitié dans votre couple, vous restaurez les bases de relation future.

Cinquième valeur à adopter en couple : *Encourager votre partenaire dans son estime de soi*

Bon, vous avez décidé de prendre votre relation en charge, d'en prendre le risque, d'accepter votre conjoint pour ce qu'il est et de redevenir son ami. Pas de problème, jusque-là ? C'est dans vos cordes. « Alors, docteur McGraw, est-ce tout ce que j'ai à faire ? »

Je crains que non. Il y a encore une autre valeur que je souhaiterais vous voir adopter et qui va vous demander de faire évoluer de façon drastique le mode d'échange avec votre partenaire. Toutes les décisions que vous avez déjà prises vous honorent. Mais elles ne sont que les premières pierres d'un plus vaste édifice, si vous souhaitez vraiment devenir un soutien pour votre couple. Comme mon professeur d'algèbre avait coutume de le dire : « Ce sont des conditions nécessaires mais non suffisantes. »

Il vous faut maintenant vous résoudre à communiquer avec votre partenaire dans le but de renforcer et de protéger l'image qu'il se fait de lui-même. Il s'agit ici de donner corps à votre esprit d'acceptation par des actes concrets. Ce qui signifie que vous devez encourager et considérer l'estime de soi de votre conjoint

Le concept d'estime de soi est facile à appréhender en théorie mais difficile à comprendre réellement. Il est particulièrement difficile de l'aborder de front lorsque votre relation est contaminée par la colère, l'amertume, la frustration et le blâme. Comme vous l'avez compris en découvrant la précédente valeur à adopter dans le couple, il est possible d'accepter votre conjoint et de redevenir son ami. Mais pouvez-vous réellement vous empêcher de lui faire des critiques – fussent-elles justifiées – et trouver au contraire le moyen de rehausser sa capacité d'estime, peu importe ce qu'il a fait ou dit de blessant à votre sujet ?

Ce dont je parle ici va au-delà de l'esprit d'acceptation pur et simple. Échanger avec lui de manière à protéger ou rehausser son estime de soi est chose aisée quand tout se passe pour le mieux. Moi, je parle du courage et de la créativité qu'il fallut déployer pour communiquer avec lui ou elle lorsque son comportement vous est intolérable. Échanger avec lui dans ces conditions implique de trouver une manière de vous affirmer et de vous faire respecter sans blesser son ego et son sentiment de bien-être. Ce qui implique une forte détermination au dialogue et à l'optimisme.

Ce sera certainement un travail de longue haleine. Mais je vous affirme sans équivoque que c'est exactement ainsi que vous devez agir. Cette nouvelle attitude va devenir votre credo, au sens le plus littéral du terme. Vous devez faire en sorte de valoriser chez votre conjoint le sentiment de sa propre valeur et de ses capacités, son désir de se surpasser et de vaincre les aspects négatifs de son caractère afin de vivre une vie riche de satisfactions et d'épanouissement. Peu importe comment vous le percevez à ce moment précis, obligez-vous à communiquer avec lui de façon à ce qu'il se sente valorisé et capable d'assumer des responsabilités qui le rendront toujours plus confiant.

J'entends déjà vos protestations : « Dites voir, mon vieux, vous êtes loin d'imaginer les vacheries dont mon mari (ma femme) a été capable… » Eh bien, rassurez-vous, j'en ai quand même une petite idée. Il n'empêche qu'à partir d'aujourd'hui, je ne veux plus vous voir minimiser ou mépriser la valeur de votre partenaire au point de ne lui laisser d'autre choix que de vous rentrer dedans, voire de vous surpasser en méchanceté, dans un esprit de vengeance. Cela vous paraîtra peut-être vieux jeu, mais désormais votre conjoint doit se sentir *honoré*.

Si vous pensez que je vous invite à ignorer les défauts de votre partenaire ou à prendre la responsabilité de sa mauvaise conduite, vous n'y êtes pas du tout. Je ne vous demanderai jamais d'excuser le comportement de votre partenaire s'il vous blesse. Ni d'être aveugle à ses défauts. Et je ne vous rendrai jamais responsable des émotions de votre conjoint. Tant il est vrai que vous ne pouvez pas être à l'origine de ses émotions. Celles-ci lui appartiennent. Ce dont je parle ici, c'est de votre influence sur les émotions qui naissent en lui. Vous pouvez l'aider à mieux choisir ses émotions en mettant l'accent sur ses qualités plutôt que sur ses défauts.

Dans une relation de couple qui marche, nous ne pouvons qu'être responsables de nos actes. Nous devons faire face à la réalité, et quelquefois, il nous faut recevoir, c'est une image, un coup de pied aux fesses pour nous obliger à changer de comportement. Cependant, lorsque vous protégez et encouragez votre partenaire dans son estime de soi, celui-ci vit tout autrement les conflits et les critiques que nous sommes amenés à formuler à son encontre. Au lieu de vous éviter et de se venger, votre conjoint sera beaucoup plus enclin à rechercher votre compagnie, à substituer la confiance et le calme à l'irritation, et la coopération au conflit. Vous ne souhaitez pas qu'en cas de conflit, l'être aimé vous fuie de peur d'être violemment rejeté. Vous voulez au contraire qu'il sache que vous pouvez en discuter ensemble sans que l'un de vous deux ne soit réduit en miettes. Une fois que votre partenaire aura pris conscience de cela, la confiance se réinstallera de nouveau.

Et même si votre conjoint se comporte très mal – qu'il hurle, boive trop, jette l'argent par les fenêtres, délaisse les enfants ou brise de nombreux engagements, vous pouvez lui faire comprendre, d'une manière sereine et qui ne blesse pas son estime personnelle que son comportement n'est pas acceptable. Vous pouvez lui dire, par exemple : « Je ne pourrai pas et ne veux pas tolérer ton comportement parce que je sais que tu vaux beaucoup mieux que cela. Je ne peux approuver cette attitude parce que je sais qu'elle est indigne de toi. Je sais que tu peux réagir d'une manière plus positive et plus saine. Et je ne te laisserai pas te dévaloriser ainsi. J'exige que tu sois à la hauteur de ce que tu es. »

Je vous invite à viser très haut. Je vous demande d'échanger avec votre conjoint d'une manière dont vous puissiez être fier (fière) et qui ne le conduise pas, quelle que soit la situation et aussi négative qu'elle soit, à se vivre comme un citoyen de seconde zone. En adoptant cette valeur de l'estime de soi, vous installez un climat bien plus accueillant et sécurisant, que votre partenaire ne voudra plus quitter.

Sixième valeur à adopter en couple :
Savoir utiliser ses frustrations

Un proverbe cynique mais sage nous dit que les deux choses dont nous pouvons être sûrs dans la vie sont la mort et les impôts. Je crains que cette liste ne doive être allongée. Au minimum, on aurait dû y faire figurer le catalogue de nos frustrations. Que nous travaillions comme des forcenés ou que nous menions des vies formidables, nous rencontrerons toujours de profondes frustrations personnelles. Peut-être êtes-vous harcelé(e) ou n'êtes-vous pas apprécié(e) à votre juste valeur au travail, ce qui vous conduit à emmagasiner des émotions négatives. Ou bien êtes-vous passé(e) chez votre mère en allant à l'église le dimanche matin et elle n'a pas manqué de vous reprocher ci et çà. Ou encore vous êtes-vous pesé(e) au sortir de la douche et la balance penchait du mauvais côté.

Au cours d'une journée, vous accumulez probablement pas mal de frustrations, petites et grandes, et de toutes origines. Ces frustrations s'amoncellent et… devinez qui passe par là ? Votre conjoint. Le problème étant qu'il constitue pour vous une cible bien trop accessible et évidente, même s'il n'a strictement rien à voir avec vos frustrations.

Je n'insinue pas que vous lui faites subir consciemment, ou à dessein, le trop plein de vos tensions. Mais le fait que votre attitude ne soit pas intentionnelle ne diminue en rien son injustice et le dommage qu'elle cause. Votre agressivité peut provenir d'une irritabilité d'ordre général et sans motif particulier, et si vous êtes imaginatif, vous fabriquez de toutes pièces un motif rationnel qui vous permette de vous libérer de frustrations dues à votre travail, à votre mère ou à vos problèmes de poids. Dans tous les cas de figure, vous les entassez sur le dos de votre partenaire – et ce faisant, vous enfreignez le principe de la septième valeur à adopter en couple.

Mettre en pratique cette nouvelle valeur demande une grande vigilance. Vous devez vous appliquer à déterminer les causes de vos frustrations et résister à la tentation impulsive de vous en prendre à votre partenaire. Des recherches ont démontré depuis longtemps que la situation qui génère le plus de stress chez un individu est celle où on le tient pour responsable de quelque chose qu'il ne contrôle pas. Imaginez un instant qu'on vous tienne subitement responsable du temps qu'il fait. Qu'il change ou non, vous n'avez aucune influence sur la météo. Est-il moins injuste de tenir votre partenaire responsable de ce qui se passe dans votre vie ?

J'en suis sûr, votre partenaire et vous avez suffisamment de problèmes sans avoir à en chercher de supplémentaires à l'extérieur du couple. Inutile de donc greffer des frustrations externes à votre relation. Mais comme je l'ai dit de nombreuses fois, vous ne pouvez pas changer ce que vous ne reconnaissez pas. Et le moyen le plus puissant pour améliorer votre relation est de simplement reconnaître que vous cristallisez beaucoup de colère et de frustrations extérieures à l'endroit de votre conjoint. En canalisant vos frustrations de façon rationnelle, vous êtes sûr de ne pas stagner et ne pas vous faire croire que vous traitez réellement le problème. Ainsi, si vous avez un problème au travail, vous le résoudrez forcément au travail. S'il s'agit de votre mère, il est évident que c'est chez vous ou chez elle que vous trouverez la solution, et non pas chez votre conjoint.

Qui plus est, vous devez être particulièrement vigilant lorsque vous vous sentez envahi d'un vague sentiment de frustration. Il y a un vieil adage en psychologie que j'aime bien citer et qui dit : « Il y a quelque chose chez cette personne que je ne supporte pas chez moi. » Ainsi, lorsque vous êtes en colère contre vous-même et n'avez pas le courage de remédier de façon réaliste à ce qui vous déçoit tant chez vous, il est en effet très tentant d'en critiquer la manifestation chez votre partenaire. Dans les faits, vous accablez une personne qui n'y est pour rien en l'attaquant sur vos propres faiblesses.

Mais une fois que vous réalisez que les défauts que vous percevez chez votre partenaire – incompétence, dépression, etc. – vous renvoient toujours à vous-même, vous modifierez du tout au tout la nature de vos échanges au sein du couple. Vous commencerez à éliminer tous les bruits parasites qui perturbent la qualité de vos échanges. Non seulement vous résoudrez plus efficacement les problèmes en connaissance de leurs véritables causes, mais surtout, vous cesserez de vous aliéner votre soutien le plus puissant – j'ai nommé votre conjoint. La seule chose à faire est de prendre du recul, jeter un coup d'œil dans le miroir et vérifier si ce qui vous tracasse le plus actuellement chez votre partenaire ne mériterait pas d'être rectifié chez vous. Éluder cette question équivaut à un reniement subtil mais radical de votre responsabilité dans le couple.

En vous comportant honnêtement, sur la base d'émotions justes et sans ambiguïté – puisque vous allez désormais commencer par regarder attentivement en vous-même avant de formuler vos critiques –, vous cesserez de traiter votre conjoint comme le dépotoir de vos frustrations. Vous cesserez également de vous en faire un ennemi imaginaire. Vous ne pourrez plus nier la véritable cause de vos frustrations : vos propres côtés négatifs.

Je vous le promets, ce changement d'attitude modifiera fondamentalement la nature de vos interactions et votre aptitude à résoudre les problèmes – à présent, vous ne vous tromperez plus de cible.

Septième valeur à adopter en couple : *Être franc et direct*

Tout comme il s'avère désastreux pour le couple de décharger, à mauvais escient, vos frustrations sur votre partenaire, il n'est pas plus constructif de ne pas lui exprimer haut et fort vos sentiments les plus sincères. Car en ne les exprimant pas, vous trahissez carrément sa confiance. En brouillant la communication, en vous réfugiant derrière un écran de fumée, comme nous l'avons évoqué au chapitre précédent, vous causez bien plus de tort à votre couple que vous ne pouvez l'imaginer.

Rien ne peut être plus frustrant qu'un discours incohérent, tenu par quelqu'un dont les actes et la conduite démentent le contenu. J'ai personnellement vécu un incident de ce genre, il y a quelques années. Peu de temps après mon mariage, alors que j'étais encore à l'université, je rentrais rejoindre ma femme, Robin, dans notre appartement, et je la trouvai assise dans un coin, les jambes et les bras croisés, affichant un air renfrogné. Elle n'avait même pas daigné me jeter un regard ni m'adresser la parole. Étant jeune et ne sachant pas quoi faire, je passai à l'attaque et lui lançai : « Hé, qu'est-ce qui ne va pas ? » Sa réponse fusa, sèche et expéditive : « Rien du tout. »

Je n'étais encore à l'époque qu'un étudiant en psychologie, bien que néophyte, je savais qu'il ne s'agissait pas d'une réponse franche. Mon interprétation de sa réponse laconique était à peu près celle-ci : « Oui, j'ai un gros problème, mon grand, et tu en fais partie. » Nous passâmes les quarante-cinq minutes suivantes à prétendre que tout allait bien. Elles furent interminables. J'avais beau lui reposer encore et encore la question, j'obtenais invariablement la même réponse. Bien qu'étant dans la même pièce, nous aurions parfaitement pu nous trouver à des kilomètres l'un de l'autre. Ce qui n'allait pas c'est qu'elle et moi savions pertinemment que sa réponse n'était pas honnête, et insatisfaisante pour l'un comme pour l'autre.

Il se peut que vous pensiez : « Bon, docteur McGraw, votre épouse n'avait simplement pas envie de vous en parler à ce moment-là, voilà tout ; vous auriez dû la laisser tranquille. » C'est fort probablement ce que j'aurai dû faire, compte tenu des circonstances. Mais je suggère tout de même que sa réponse aurait été émotionnellement plus juste et plus honnête si elle m'avait dit : « Phil, je n'ai pas envie d'en parler maintenant, d'accord ? Je suis contrariée, et quand j'aurai fait le point sur ce que le ressens, je te le dirai. Pour l'instant, j'ai juste envie que tu me laisses seule. » Dans ces conditions j'aurai bien évidemment respecté son souhait et je lui aurais laissé l'espace qu'elle réclamait. Son attitude aurait été franche, et émotionnellement honnête. Et nous aurions trouvé pu résoudre le problème plus tôt.

Chacun d'entre nous a droit à ses sentiments et émotions respectifs et doit les vivre de manière responsable. Nous devons faire en sorte de les exprimer avec discernement et maturité. L'expression de ces émotions est précisément au cœur de la relation amoureuse et intime. Prendre votre relation en charge équivaut à prendre en charge vos émotions. En confiant honnêtement ce que vous ressentez à votre partenaire, vous lui donnez une belle occasion d'appréhender votre relation dans sa vérité et sa réalité.

C'est bien sûr à nous qu'il appartient de décider quand discuter de ce qui nous préoccupe. Il ne faut cependant pas tomber dans une attitude d'évitement. Il existe une différence entre prendre le temps d'un recul nécessaire et adopter simplement une attitude de fuite.

Si vous êtes contrarié(e), vous ne pouvez vous attendre à une quelconque réaction de votre conjoint si vous ne lui expliquez pas honnêtement ce qui se passe. En étant honnête quant à vos émotions, vous placez votre relation de couple sur le terrain de l'intégrité plutôt que sur celui du mensonge et la déception.

Je sais parfaitement qu'il est bien plus facile d'en parler que de le faire. Nous avons tous tendance à nous mettre sur la défensive dès qu'il s'agit d'aborder le domaine des émotions. Parfois, il nous arrive même de passer d'une émotion à une autre de peur d'exprimer ce que nous ressentons vraiment. L'usage que nous faisons de la colère – la plus sûre et la plus accessible de nos émotions – en est le meilleur exemple. Comme je l'ai dit plus haut, notre plus grande peur est celle du rejet. Mais au lieu d'être clair et direct et de confier à notre partenaire que nous en avons peur, nous nous mettons en colère. En réalité nous ne faisons qu'attaquer notre partenaire avant qu'il ne nous attaque. Nous le rejetons avant qu'il n'ait l'occasion de nous rejeter.

Je crois fermement que dans la grande majorité des cas, la colère n'est qu'une parade, la doublure superficielle d'un sentiment plus profond. Nous l'utilisons lorsque nous avons peur d'exprimer ce que nous ressentons vraiment, en général, un mélange de peine, de peur et de frustration.

Lorsque vous vous mettez en colère contre votre partenaire – tant la colère vous semble être un fidèle reflet émotionnel –, je tiens que vous vous dissimulez vos sentiments véritables et contrevenez donc à cette valeur de franchise. Ce n'est qu'en ayant le courage de considérer les émotions qui se cachent derrière votre colère que vous deviendrez intègre et honnête à propos de vos sentiments.

Pour parvenir à ce degré de franchise, il vous reste à accomplir un sérieux travail d'introspection. Vous devez reprendre contact avec vos sentiments et en comprendre l'origine. Si vous n'êtes pas prêts à cerner vos sentiments véritables et à les exprimer, vous courez le risque de polluer votre relation de couple en communiquant de fausses informations sur ce que vous ressentez. Ayez le courage d'être sincère avec vous-même afin de l'être avec votre conjoint. Ne restez pas sur vos gardes lorsque celui-ci tente de découvrir ce qui se cache derrière votre colère de façade et vous invite à lui confier ce que vous éprouvez vraiment. Ne gâchez pas vos chances. Faites l'expérience de l'introspection afin de cerner et d'admettre les émotions que vous gardez au fond de vous.

Pour nous résumer : autorisez-vous à vivre vos émotions, quelles qu'elles soient, et ayez le courage d'en tenir compte. Efforcez-vous d'éliminer de votre comportement toutes les attitudes indirectes et ambiguës comme la bouderie, le retrait, la critique et le pinaillage intempestif. Si la sincérité est bien le minimum que vous deviez à votre partenaire, la réciproque est de règle : vous ne devez pas lui permettre de vous dérouter, intentionnellement ou non, en ne vous montrant que la surface de ses émotions.

Huitième valeur à adopter en couple :
Être heureux plutôt qu'avoir raison

La nouvelle attitude que je vous propose d'adopter nécessite que vous changiez votre point de vue sur la vie en général et plus précisément votre approche du couple. Je voudrais que vous décidiez d'être heureux plutôt que d'avoir raison. Avoir raison et réussir sont deux concepts différents, en particulier lorsqu'ils s'appliquent à une relation de couple. En la matière, le seul critère d'évaluation valable du comportement n'est pas sa rectitude mais le fait qu'il « marche » ou pas.

Vous êtes peut-être persuadé que certaines des positions sur lesquelles vous campez au sein du couple sont irréfutablement correctes. Vous pouvez avoir raison à cent dix pour cent, mais ces jugements de valeur peuvent être strictement inopérants dans votre couple. Pour éclaircir ce point, je souhaiterais maintenant que vous fassiez une évaluation de votre comportement sur la base des résultats que vous obtenez en appliquant vos critères habituels de « justesse ». Vos pensées, vos actes et vos sentiments vous amènent-ils des satisfactions concrètes ? Si ce n'est pas le cas, changez-en. Faites *ce qui marche* – pas ce qui vous *paraît* juste.

J'ai eu à travailler en thérapie avec un père et son fils qui m'ont beaucoup appris sur les faux-semblants d'un comportement *correct.* J. B. était major sur une base militaire locale de l'armée de l'air et était d'un caractère à peu près aussi flexible qu'une pile de pont en granit. Son fils de seize ans, Darren, en était l'antithèse absolue. Il portait les cheveux longs, des vêtements amples et arborait une attitude des plus décontractées.

J. B. voulait que son fils se coupe les cheveux, porte des vêtements corrects et se comporte « bien ». Selon J. B., tant qu'il vivait sous son toit, mangeait à sa table et dépensait son argent, Darren était tenu de se conformer à ce qu'il lui dirait de faire. J. B. avait raison. Selon nos coutumes et les lois de la société, il avait effectivement le droit d'exiger un certain comportement de son fils. Mais ce qui était correct aux yeux de J. B. ne fonctionnait pas pour Darren. Il ne se sentait donc pas un bon père, et Darren n'était pas satisfait non plus. Tous deux mettaient en péril leur relation à cause d'une guerre de pouvoir.

J'aimerais pouvoir vous dire que j'ai eu là l'occasion d'accomplir un merveilleux travail de thérapie et que toute cette histoire s'est bien terminée. Mais environ deux semaines après une première rencontre avec J. B., Darren devait disputer un match de basket-ball – sport dans lequel il excellait depuis son plus jeune âge. Dans le dernier quart de jeu de cette partie extrêmement serrée, Darren, le meilleur pointeur de son équipe, était en train d'opérer une remontée effrénée vers le panier adverse quand il parut soudain trébucher et s'effondra inexplicablement, face contre sol. Une autopsie révéla qu'il était mort avant même d'avoir touché le sol. Elle révéla aussi que Darren souffrait d'une affection cardiaque congénitale qui n'avait jamais été diagnostiquée. Lors des funérailles, son père refusa qu'on lui coupe les cheveux ou qu'on lui fasse porter un costume. Le jeune homme fut enterré avec ses cheveux longs et ses vêtements amples.

J. B. ne se rend pas désespérément responsable de la mort de son fils. Mais je peux vous dire, pour avoir parlé fréquemment avec lui depuis cet événement, qu'il regrette tout ce temps et ce bonheur gâchés par son désir obsessionnel d'avoir raison. Ils auraient pu être heureux ensemble quelque temps, mais J. B. *devait* avoir raison. Je me demande s'il s'en soucierait aujourd'hui si Darren lui revenait aujourd'hui.

Pensez à toutes les circonstances et les situations dans lesquelles vous vous êtes attaché à avoir raison plutôt qu'à être heureux. Qu'il s'agisse de la meilleure stratégie pour éduquer les enfants, de comment dépenser l'argent ou de gérer un parent récalcitrant, soyez résolus à adopter cette nouvelle valeur dans votre comportement. Faites ce qui marche et vous amène des résultats au lieu de camper sur votre certitude d'avoir raison. En n'assimilant pas ce principe, vous gagnerez peut-être beaucoup de batailles, mais vous perdrez la guerre. Soyons sérieux un instant : que vous soyez un homme ou une femme, n'allez pas croire que vous fassiez du bien à votre couple en réduisant votre partenaire à la soumission. Souvenez-vous des moments de votre vie où *vous* étiez humilié. Pensiez-vous vraiment que vous alliez apprendre quelque chose de cette humiliation ? Non, bien sûr. Vous vous sentiez probablement amer et plein de ressentiment – et même pire.

Ne pensez pas que cela soit différent lorsque c'est vous qui paraissez mener l'échange. Plus vous luttez pour gagner, plus gros vous perdez.

Je crois déjà vous entendre : « Qu'en dites-vous au juste, docteur McGraw… Dois-je laisser mon conjoint se comporter comme un salaud – ou dois-je lui permettre de me sermonner alors que nous savons tous deux qu'il a tort ? »

Il est évident que je ne vous demande pas de devenir un agneau bêlant. Je ne vous demande pas d'éviter les discussions quand elles sont nécessaires, de ne pas affirmer clairement vos positions, et de ne pas relever chez votre conjoint les comportements qui nuisent à la relation.

Ce qui doit compter pour vous, en définitive, c'est de vous rendre heureux, vous et votre partenaire, en privilégiant ce qui marche et en laissant tomber votre obsession d'avoir raison à tout prix. Par exemple vous n'êtes pas obligé(e) non plus de vous mettre en colère à chaque fois que vous avez une bonne raison de le faire. Vous pouvez également vous abstenir de sermonner ou réprimander votre partenaire sous prétexte qu'il ou elle vous y autorise. Rien ne vous oblige à prouver inlassablement que vous savez mieux que lui de quoi vous parlez. Pourquoi ne pas opter, au contraire, pour la tolérance, la compréhension et la compassion, et toute forme d'attitude permettant d'éviter l'escalade des hostilités dans la relation ?

Supposons un instant que votre conjoint soit du genre à créer systématiquement des problèmes en voulant tout contrôler ou en se montrant trop peu raisonnable. Que se passerait-il si, au lieu de lui démontrer sèchement à quel point votre analyse de son comportement est pertinente, vous décidiez de changer radicalement d'approche ? Et si vous décidiez de mettre en avant votre côté affectueux et aimant au lieu de lui remettre sous le nez son comportement autodestructeur ? Et si vous tentiez une approche empathique en lui témoignant un tel enthousiasme et un tel bonheur d'être à ses côtés qu'il en arrive à réévaluer son propre comportement ? Attention, il ne s'agit pas de faire croire à votre partenaire que vous avez tort sous prétexte de changer l'atmosphère de la relation. Mais au lieu de le *confronter* à tout bout de champ, mettez-vous à lui *inspirer* d'autres attitudes, d'autres pensées.

Je peux vous garantir que lorsque cette lutte de pouvoir se nourrit de stratégies de confrontation et de domination de l'autre, vous et votre partenaire vous retrouvez coincés dans un scénario de perdants.

Je me souviens de m'être disputé avec mon épouse en croyant, à tort, avoir le dessus. Mes arguments étaient de loin les plus forts et j'étais sur le point de sortir victorieux de cet échange. Vive moi ! Et d'un seul coup, elle s'est tue. Puis, le souffle court, les yeux durs et froids, elle m'a jeté : « Tu as raison, tu as toujours raison. Comment ai-je pu l'oublier ? »

Comme je ne suis pas complètement stupide, j'avais compris que cela n'allait pas s'arranger comme ça. Je tentais de réparer au plus vite en lui disant : « Non, je voudrais entendre ce que tu as à me dire ; dis-moi ce que tu penses. » À quoi elle répondit : « Écoute, non. Tu as raison, vraiment. Je ne sais plus ce qui m'est passé par la tête. » Quand elle est sortie de la pièce, la tête haute, je savais que j'avais gagné cette bataille, mais j'étais tout sauf heureux. J'avais envie la rattraper pour lui dire : « Non, attends ! Je me fiche de gagner. Je voudrais qu'on reprenne cette discussion. Je n'ai plus envie d'avoir raison, j'ai juste envie d'être heureux. » Je me rappelle aussi avoir pensé que j'allais payer cher cette dispute.

Si vous n'adoptez pas cette nouvelle valeur dans votre couple, vous pourriez avoir à redouter la tyrannie d'une droiture arbitraire. Car pour vous, avoir raison, c'est vous protéger. Cela vous préserve des risques imposés par un changement de comportement. Vous n'avez qu'une corde à votre arc et êtes tellement persuadé(e) de vous suffire à vous-même que vous vous coupez de toute possibilité d'évolution.

Certains d'entre vous sont tellement sûrs de leur bon droit qu'ils ou elles en deviennent insupportables si leur conjoint rechigne à reconnaître la justesse de leur raisonnement et de leur comportement. Je veux parler de ces moments où vous avez *effectivement* raison. De ces moments où votre conjoint qui a pu être maladroit envers vous se voit dans l'impossibilité – à cause de votre attitude – de faire amende honorable.

Il arrive souvent que l'un des conjoints soit indélicat, et se retrouve pris sur le fait. Si vous êtes le conjoint blessé, vous préféreriez que l'autre fasse un pas vers vous avec les égards qui vous sont dus et vous demande de l'excuser et de le pardonner. Mais cette belle logique n'est peut-être pas celle du conjoint en cause. J'ai si souvent vu des partenaires fautifs s'en sortir avec une blague ou une remarque auto-dépréciative teintée d'humour, du style : « Eh bien, après ça, j'espère que le chien me fera une petite place dans sa niche ! » Ce à quoi, dans la plupart des cas, le conjoint offensé (qui ne comprend pas) répond : « Tout cela n'est qu'une plaisanterie pour toi, n'est-ce pas ? Tu te fiches complètement de ce que je ressens. Tu ne cherches qu'à te moquer, c'est tout. » Ce qui provoque chez le conjoint fautif, outre la culpabilité, un sentiment de rejet caractérisé. J'aimerais seulement voir une fois le partenaire incriminé répondre à l'autre en toute franchise : « Non, je ne pense pas que ce soit drôle. Mais je suis embarrassé de m'être conduit de façon stupide, j'essaie juste d'alléger un peu l'atmosphère pour m'en sortir à peu près dignement ; je voulais juste laisser passer la peine que t'a causée ma maladresse. Je suis désolé de ne pas avoir agi comme tu le souhaiterais. »

Comme je l'ai dit plus haut, ce n'est pas tant ce qui arrive entre les partenaires qui détermine la qualité d'une relation mais ce qu'ils en font. Si vous choisissez de cultiver l'indulgence et ne sautez pas sur la moindre occasion de marquer un but, tout ira bien mieux. Si, au contraire, vous vous accrochez mordicus à la satisfaction trompeuse d'avoir raison, aucune amélioration significative n'est à attendre.

En décidant d'être heureux plutôt que d'avoir raison à tout prix, vous serez plus ouverts aux efforts de l'autre pour minimiser les hostilités et rétablir un bon niveau d'échange.

Neuvième valeur à adopter en couple :
Transcender vos difficultés

Je sais que certains thérapeutes et auteurs d'ouvrages de psychologie affirment qu'une relation de couple saine est exempte de conflits. Soyons sérieux. Je ne crois pas qu'il y ait un seul couple qui échappe aux conflits et qu'aucun des partenaires ne blesse jamais l'autre, à un moment donné. La rencontre durable de deux êtres ne va pas sans l'apparition de problèmes au quotidien.

Quand il est question de relation de couple, la question n'est pas de savoir s'il y aura oui ou non des moments difficiles. Disputes et brouilles ne manqueront pas d'apparaître entre vous et votre conjoint et, d'une manière ou d'une autre, elles auront un impact sur la relation. La seule question est : lequel ?

Il n'existe pas d'exception à cette règle – je ne parle pas seulement des couples dont le quotidien est fait d'amertume et de ressentiment. Ceux d'entre vous qui se réveillent chaque matin avec le désir sincère de réussir leur couple peuvent de temps en temps perdre patience en présence de leur conjoint, être au bord de la crise de nerfs et même broyer du noir tant et plus. C'est une pulsion humaine des plus naturelles – et ne laissez aucun thérapeute prétendre le contraire. Pensez simplement au nombre de fois où un automobiliste vous coupe la route et où vous vous dites : « J'aimerais pouvoir éjecter ce type de mon chemin »... Eh bien, soyez franc, avouez que vous pensez à peu près la même chose de votre partenaire lorsqu'il ou elle vous tape sur les nerfs. Quelque part, une petite pensée vous trotte dans la tête : « J'aimerais éjecter cette personne de ma vie. »

Vous connaissez sans doute ces gens qui mettent leur couple sur la corde raide à chaque fois qu'un problème se présente. Dans cette situation, les ultimatums pleuvent, et la relation de couple elle-même est remise en jeu. Peut-être avez-vous entendu, ou vous est-il arrivé de prononcer les phrases suivantes.

« Je déteste que tu agisses ainsi. Je n'en peux plus. »

« Soit tu cesses immédiatement, soit je m'en vais. »

« Si tu es si mal avec moi, pourquoi ne me quittes-tu pas tout de suite ? »

« Ça ne va plus. Appelons nos avocats et réglons le problème. »

Bien sûr qu'à l'occasion, il vous est arrivé de dire ce genre de choses. Parce que vous aviez peur, parce que vous vous sentiez menacé(e) ou étiez inquiet(e) de ne pas être entendu(e). Quelquefois, cela va encore plus loin. Dans ces moments-là, le désespoir peut vous submerger d'un seul coup. Vous rentrez dans une logique de survie. Votre jugement s'altère, votre dignité aussi, et ce sont des menaces qui sortent de votre bouche. Vous vous ruez vers la porte d'entrée et hurlez : « C'est ça ! Eh bien moi, je te quitte. »

Laissez-moi vous dire tout net que ce genre d'épisodes peut tourner au carnage. Vous avez recours à une solution extrême, ce qui a pour résultat de causer ces dégâts irréparables à votre relation de couple à chaque fois que quelque chose ne va pas. Si vous n'y prenez pas garde, si vous ne placez pas votre relation au-delà des difficultés, des tourments et des ennuis de la vie quotidienne, vous allez la détruire.

Bien sûr, vous serez réconciliés le lendemain après moult excuses, et vous penserez que tout est réparé et que c'est du passé. Mais cet incident laissera des traces. Lors de votre prochaine dispute, elles se raviveront et vous vous remémorerez l'un et l'autre le dernier cataclysme en date. Il se pourrait même que votre partenaire lance la riposte avant vous, juste pour vous coiffer au poteau.

Adopter cette valeur de transcendance implique de faire le vœu de ne plus employer le levier de la menace pour faire plier ou pour contrôler votre partenaire. Ne mettez plus votre relation de couple en péril à chaque fois qu'un problème survient, quelle qu'en soit l'importance. Donnez-vous le droit de ne pas être d'accord. Donnez-vous le droit de l'exprimer avec ardeur, mais ne faites plus de votre relation de couple l'enjeu de vos désaccords. Faites en sorte que votre relation soit à l'abri de tous les dangers environnants – un peu, pour prendre une image, comme les plus hautes branches d'un arbre au bord d'une rivière. La rivière éclabousse ou déborde parfois cet arbre, mais ses plus hautes branches ne sont jamais atteintes par le flot.

Vous éprouverez un sentiment de libération intense en prenant la décision de traiter votre relation comme une chose précieuse et sacrée. Ce ne sera pas, loin s'en faut, un fardeau supplémentaire. En réalité, vous ne faites que vous débarrasser du poids inutile et trompeur de l'urgence. D'un seul coup, vous faites tomber la pression. Quand vous réalisez que votre compagnon peut se mettre en furie sans que cela ne soit la fin du monde, vous commencerez à aborder les choses plus calmement et plus sereinement.

Je ne cherche pas à vous imposer un mode d'emploi. Je sais qu'au fil des années, chaque couple développe son propre mode de confrontation. Je reconnais que nombre de couples ont recours aux disputes pour faire tomber les tensions ou raviver la passion. Fort bien. Cependant, je tiens à vous prévenir qu'il y a des limites à respecter. Dussiez-vous vous en mordre la langue, vous devez savoir quand sortir d'une confrontation, avant quelle ne tourne au drame et ne fasse planer une menace sur votre couple. Vous devez clairement repérer ces limites. Vous devez placer votre relation de couple hors d'atteinte des problèmes, pour éviter toute séquelle de ces disputes. En respectant cette valeur de transcendance – renoncer à mettre votre relation de couple en jeu – vous faites un énorme progrès dans la reconstruction de vos liens amoureux.

Dixième valeur à adopter en couple :

Passer de l'émotion à l'action

Il devrait, je l'espère, être clair pour vous à présent que qu'en travaillant sur ces nouvelles valeurs, vous allez commencer à voir votre relation de couple comme quelque chose de rare et de précieux qui mérite votre investissement et dont il faut prendre soin. Vous devez prendre l'initiative et vous engager à offrir à votre partenaire le stimulus le plus positif possible. Cette nouvelle perspective fait appel à la meilleure part de vous-même, dans l'espoir d'élever le niveau d'échange et de partage dans votre couple.

En refusant de vous laisser aller à des échanges basés sur la haine et le rejet, et de vous laisser dominer par des émotions dangereuses, vous allez créer un environnement qui incitera votre conjoint à se hisser au même niveau. En lui offrant ce que vous avez de meilleur, vous le mettez au défi et lui inspirez de nouveaux comportements. Vous abandonnez la médiocrité et aspirez à vivre une relation de première classe. Vous ne pouvez plus accepter une vie de couple de seconde classe. L'ambivalence ne doit plus faire partie de votre vocabulaire ni la passivité de votre registre comportemental ni le ressentiment de vos choix émotionnels. Vous devez placer la barre plus haut que jamais et tenter de la passer, sur la base d'une détermination tenace et nouvelle.

Il s'agit tout simplement de vous dépasser. Vos bonnes intentions n'y suffiront pas. Il faut donner vie à vos émotions, les transformer en énergie motrice. Chaque jour, dans toutes les étapes que vous franchissez dans votre relation, vous devez vous demander : « Mes actes, mes paroles, tendent-ils à nous rapprocher ou à nous éloigner l'un de l'autre ? » ou bien : « Mon comportement nous aide-t-il à installer un nouveau mode d'échange ou contribue-t-il au contraire à nous engluer dans nos anciens schémas ? »

Pour avoir travaillé avec des centaines de divorcés, j'ai observé un phénomène assez intéressant. Six à douze mois après leur divorce, tous, hommes et femmes confondus, paraissaient avoir complètement changé. Ils n'étaient plus les mêmes. Ces *réfugiés* du couple retrouvaient d'un seul coup leur énergie et leur appétit de vivre.

Vous avez sûrement dû remarquer aussi ce genre de métamorphoses et vous avez pensé, comme moi, que la raison de leur nouvelle attitude était qu'ils avaient mis fin à une relation débilitante. Mais avec le temps, j'ai commencé à voir les choses bien différemment. Ce que j'ai compris, c'est qu'après avoir perdu gros, ces gens se ressaisissent et décident de rafraîchir leur conduite. Ils ont commencé par stagner dans leur relation de couple, puis ont peu à peu cessé de donner le meilleur d'eux-mêmes. Pour finir, ils ont fait l'expérience de l'échec. C'est alors qu'ils reconnaissent le besoin urgent de changement dans leurs vies. Ils perdent cinq, dix ou quinze kilos, s'inscrivent à un club de gym et développent des nouvelles activités qui les rendent plus attirants. Mais ce qui m'attriste dans ce phénomène, c'est que si tous ces gens-là avaient pu apporter ces changements alors qu'ils étaient encore en couple, leur relation aurait probablement résisté. Il aurait suffi qu'ils remplacent l'inertie par l'action, et l'apathie par la curiosité. Ils n'auraient eu qu'à passer de l'émotion à l'action.

C'est ce que vous devez faire. Vous devez transformer la notion d'amour en un comportement pro-actif et donner vie à vos sentiments. Contrairement à tous ceux qui se laissent consumer par l'ambiance négative de leur relation et se contentent de peu, vous devez exiger davantage de vous-même et de votre couple.

Il n'est pas question ici de perfection. Il est question de fierté, de la grande fierté que vous pouvez retirer de la qualité d'échange avec votre partenaire. Ce vieux dicton : « La familiarité engendre le mépris » est malheureusement vrai. Lorsque nous devenons trop familiers avec quelqu'un, nous sommes plus enclins à la négligence et faisons moins grand cas de la relation. Souvenez-vous, lorsque vous commenciez à fréquenter votre partenaire actuel(le), vous vouliez l'impressionner de toutes les manières possibles, non pas d'une façon superficielle mais par votre personnalité propre. Non seulement votre apparence et vos vêtements étaient recherchés mais vous aviez le sourire aux lèvres et teniez à vous présenter sous votre jour le plus positif. Vous vous exprimiez également de manière à mettre en valeur, du moins vous l'espériez, tous vos bons côtés.

Ayant grandi parmi mes trois sœurs, j'ai souvent eu l'occasion d'observer ce rituel de la séduction durant mes jeunes années. Par exemple, celles-ci n'auraient jamais envisagé de manger sous le nez de leur prétendant, même affamées. Pourquoi ? Parce que d'après elles, cela n'aurait pas été seyant. Mes sœurs, aujourd'hui toutes mariées et visiblement moins préoccupées de leur apparence, batailleraient à présent bec et ongles avec leur époux pour la dernière cuisse de poulet.

Comparez la sensibilité des premiers temps de votre idylle avec ce qu'est devenu votre comportement actuel. Je suis sûr que vous dites et faites aujourd'hui des choses que vous n'auriez pas envisagées au tout début de votre relation. Je suis à peu près sûr que vous laissez voir à votre conjoint des aspects de votre personnalité que vous n'auriez jamais accepté – *plutôt mourir!* – de lui montrer à l'époque. Bien sûr, il est dans la nature humaine de moins se surveiller, une fois qu'on est à l'aise dans une situation – ce qui, dans une certaine mesure, est une attitude saine. Il n'est pas normal de vous sentir en représentation lorsque vous êtes chez vous. Mais au fur et à mesure que cette détente s'installe et s'établit, nous avons tendance à exiger de moins en moins de nous-même. Pour dire les choses autrement, nous nous laissons aller parce qu'en somme nous n'avons plus *personne* à impressionner. Après tout, notre relation de couple est sur les rails et les jeux de la séduction n'ont plus lieu d'être...

Il vous arrive d'être souriant, chaleureux et cordial avec votre partenaire lorsque vous avez de la visite. Mais la nature de votre lien amoureux, une fois les portes refermées, reflète votre personnalité dans sa profondeur et sa vérité. Je vous l'accorde, ce relâchement des exigences dans l'intimité peut paraître inoffensif au premier abord. Mais il peut fort bien tourner au désastre : une altération des critères d'exigence sur un plan comportemental finit par modifier le mental comme le champ émotionnel. Car, hélas, lorsque l'on devient trop confiant, d'une certaine manière trop à l'aise dans une relation de couple, on commence à donner prise à des émotions assez peu contrôlables et au manque de discernement. Au lieu de vous comporter de façon optimale, en contrôlant vos émotions, vous vous dites : « Et alors! J'en ai sérieusement ma claque et je veux qu'on me fiche la paix. »

Et voilà l'ironie de la chose : vous agissez probablement avec plus d'égards dans vos relations superficielles et sans importance que vous ne le faites dans votre relation amoureuse qui, elle, vous importe vraiment. Vous n'envisageriez pas d'arriver au bureau sans saluer vos collaborateurs, et pourtant, quand vous rentrez chez vous, vous grommelez à peine un bonsoir à votre partenaire. Vous n'imagineriez pas un instant vous rendre à une fête ou à un repas de bureau et répondre hargneusement aux gens – mais vous vous croyez autorisé à le faire avec votre partenaire. L'être que vous êtes censé aimer plus que tout autre au monde n'a pas droit au minimum de courtoisie dont vous usez avec de simples connaissances. Vous avez oublié la politesse – merci, s'il te plaît… Cela vous dit quelque chose ? À présent, vous ne prenez plus la peine de demander : « Comment ça va ? » ou « Comment te sens-tu ? ». Et lorsque vous rentrez dans une dispute, la colère monte vite. Et fusent vos remarques sèches et humiliantes.

Eh bien, dites-vous que c'est le moment de mettre fin à tout cela. Soyez résolu à ne plus jamais tomber dans l'une de ces altercations grossières qui ne laissent jamais les partenaires indemnes. En clair, même dans l'intimité, vous devez vous conduire comme si le monde entier vous observait, comme si tout ce que vous alliez faire ou dire était retransmis au journal de vingt heures. Si vous gardez ceci en tête, vous vous en tiendrez à niveau d'exigence qui vous fera invariablement grimper en première classe.

Votre conjoint sera, évidemment, le premier à en bénéficier. Et votre relation de couple pourra enfin se distancer de son bourbier émotionnel. Plus important encore, c'est vous qui profiterez le plus des bienfaits de cette nouvelle attitude. Vous serez certain d'être celui ou celle qui agit, à tous moments, avec la plus grande dignité, et animé(e) d'un esprit sincère et généreux.

Mon plus cher désir est qu'après avoir appliqué cette nouvelle échelle de valeur à votre couple, vous preniez ce que j'appelle des décisions ou des engagements de vie. Ces décisions, je les vois comme un élément essentiel pour définir *qui* vous êtes. Quand vous prenez une telle décision, le débat est clos. Elle ne peut être rediscutée ou remise en question. Une décision de vie vient du cœur et elle est empreinte d'une conviction inébranlable.

Parmi vos décisions de vie les plus évidentes peuvent figurer des choses comme : « Je ne tricherai pas et ne mentirai pas pour avoir le dessus », « Je ne volerai pas ce qui ne m'appartient pas ou ce que je n'ai pas mérité », « Je ne serai pas cruel ave mes enfants ou avec des animaux sans défense » ou « je respecterai les personnes âgées ».

Vous devez maintenant ajouter à cette liste de décisions celle des dix nouvelles valeurs à adopter en couple. Ces valeurs doivent devenir si naturellement vôtres qu'au fil du temps, vous n'ayez plus à faire l'effort de vous les remémorer.

En mettant ces valeurs en pratique, vous expérimenterez non seulement de grands changements dans votre relation aux autres, mais également dans votre relation avec vous-même.

Étudiez attentivement chacune d'entre elles, en les considérant comme de nouvelles bases sur lesquelles bâtir vos sentiments et vos pensées. À partir de ce moment-là, votre intime conscience deviendra la boussole de votre vie et vous guidera dans tout ce que vous aurez à accomplir.

Soyez heureux de ce qui est en train de se passer. Jusqu'à maintenant, vous avez probablement vécu votre vie et mené votre relation de couple comme si vous étiez enfermé dans un immeuble aux sombres vitres fumées. La couleur des vitres vous a empêché d'avoir une perception juste de votre environnement. À travers ce filtre, la vie vous paraissait toujours grise et chargée de lourds nuages peu engageants. Il est temps de vous aventurer au-dehors, d'abandonner une fois pour toutes votre pessimisme et d'adopter un nouvel art de vivre.

Vous êtes réellement sur le point de vous construire une relation de grande qualité qui vous offrira un abri serein, face aux vicissitudes de la vie. Vous vous apprêtez à vivre une nouvelle vie, qui honore la capacité d'amour présente au cœur de chacun d'entre nous. Prenez le temps de relire attentivement ce chapitre et de mettre sur papier chacune de ces nouvelles valeurs à adopter en couple. Affichez-les quelque part chez vous. Puis gravez-les dans votre cœur.

Chapitre 6

La formule du succès

Je ne suis pas de ceux qui pensent pouvoir faire tenir la réussite d'une vie à une simple petite phrase. Je ne pense pas non plus que la solution à vos problèmes tienne sur un autocollant ou sur une figurine aimantée à poser sur le réfrigérateur. En la matière, la solution miracle n'existe pas. Voilà encore un nouveau mythe à déraciner. Si vous voulez vraiment obtenir des résultats probants, vous allez devoir y consacrer de l'attention, de l'énergie et du temps.

Il existe cependant une formule simple et claire pour redonner un nouveau souffle à votre relation amoureuse et qui a donné toutes les preuves de son incroyable efficacité. Une formule aussi aisée à comprendre qu'elle peut être difficile à mettre en œuvre.

Mais avant de vous la livrer, je veux être très franc avec vous. Si vous n'avez fait que survoler les chapitres précédents et les avez lus sans approfondir les exercices proposés, vous ne serez pas en mesure de faire bon usage de cette formule du succès. Je peux comprendre votre anxiété à vouloir résoudre vos problèmes actuels. Mais je vous assure que le chemin le plus rapide n'est pas nécessairement celui de la précipitation. Si vous n'avez pas compris le propos de ce livre – si vous n'en ressentez pas profondément le message –, je crois pouvoir vous dire que cette formule vous sera inutile. Vous êtes-vous sérieusement préparé(e) à ce qui va suivre? Faites le test. Si l'un de ces énoncés ne vous parle pas, c'est que vous n'êtes pas encore prêt(e).

- J'ai pris conscience qu'il n'est pas trop tard.
- Je suis en droit d'aspirer à une relation de couple heureuse et épanouissante.
- Je mérite une relation de couple de qualité, faite de respect mutuel.
- J'ai identifié les idées erronées qui ont contribué à fragiliser ma relation de couple.
- J'ai également identifié les penchants négatifs qui ont miné ma relation.
- J'ai adopté les valeurs personnelles qui vont guider mon couple sur le chemin du succès.
- J'ai établi un diagnostic sérieux et réaliste des difficultés propres à mon couple.
- Je reconnais et accepte ma part de responsabilité dans la situation actuelle de mon couple.
- Je suis déterminé à renouer avec et à m'appuyer sur mon intime conscience.

Si vous adhérez sans réserve à chacun de ces énoncés, vous êtes prêt à découvrir la formule du succès en couple.

La voici :

La qualité d'une relation de couple est fonction, premièrement, de la solidité et de la force initiale de l'amitié unissant les deux partenaires, et deuxièmement, de leur capacité à combler leurs besoins respectifs.

Vous vous dites sûrement : « C'est tout ? C'est la fameuse formule que j'attendais ? » Eh oui, c'est la formule, et croyez-moi, son élégance n'a d'égale que sa simplicité. Souvenez-vous seulement qu'appliquer cette formule exigera de vous un engagement sans réserve et une intégrité sans faille.

Commençons par établir quelques définitions. Considérons d'abord les trois mots-clés de la formule : amitié, besoins et qualité. L'amitié dont je parle est celle qui fut à l'origine de votre relation de couple actuelle. L'amitié qui régnait entre vous et votre conjoint, avant que les complications de votre idylle n'en perturbent le cours. Je parle du temps où vous regardiez votre partenaire avec chaleur, indulgence et désir. Ce temps où vous plaisantiez ensemble, partagiez vos expériences et vous souteniez l'un l'autre, non par obligation mais par choix.

La notion de besoin, dans cette formule – les vôtres et ceux de votre partenaire –, recouvre nombre de catégories différentes. Exprimer un besoin en relation à un certain aspect de notre vie signifie que nous ressentons un vide à cet endroit – nous identifierons un peu plus tard quels sont les vôtres. Mais il vous suffit pour l'instant de constater que vous éprouvez des besoins dans certains domaines de votre vie et que certains d'entre eux ne peuvent être comblés que par un autre être humain. Outre le constat de vos besoins plus ou moins complexes, il est important de comprendre que le mot besoin n'est pas synonyme de faiblesse. Soyez assuré qu'il est tout à fait normal et sain d'avoir des besoins et que ceux-ci doivent être comblés par quelqu'un d'autre.

Abordons maintenant la notion de qualité. Si votre relation de couple vous apporte des joies, des passions et qu'elle revêt pour vous un sens profond, sa qualité en sera d'autant plus grande. Si au contraire, cette relation est source de solitude, de peur, de colère et d'aliénation, elle sera d'une qualité pauvre.

À lire les définitions des trois éléments essentiels de cette formule, il devrait vous paraître évident que les deux partenaires d'une relation de couple puissent avoir de celle-ci une perception différente et ne pas s'accorder sur ce qu'ils en retirent à titre individuel.

N'allez pas croire que cette formule fonctionne de façon occasionnelle. Elle fonctionne à chaque fois. Si vous êtes complètement satisfait(e) de votre relation et que votre partenaire ne l'est pas, vous pouvez être sûr(e) que ses besoins ne sont pas comblés. Si votre conjoint est heureux et que vous ne l'êtes pas, ce sont vos besoins qui ne le sont pas. Il peut même arriver que vous et votre partenaire perçoivent la relation comme étant de mauvaise qualité, parce que vous n'y trouvez votre compte ni l'un ni l'autre.

Pour que cette formule ait un quelconque impact sur votre vie, il vous faut viser deux objectifs essentiels et complexes, qui ne vont pas sans risques.

Votre premier objectif consiste à faire connaître vos besoins. Et pas seulement certains d'entre eux. Je ne distingue pas ici vos besoins superficiels de ceux que vous estimez plus importants. Vous devez ici laisser s'exprimer tous vos besoins, y compris les plus profonds.

Le deuxième sera d'identifier les besoins de votre partenaire. C'est une tâche qui n'est pas forcément facile, mais elle aussi importante à mener que la première. Il ne s'agit pas de porter un jugement sur la nature même de ses besoins, car tel n'est pas le but recherché. La seule chose que vous ayez à faire pour l'instant est de reconnaître les besoins de l'autre.

Il me semble vous entendre : « Attendez une petite minute. Je suis furieux contre mon (ma) partenaire. Que faites-vous de la colère, de l'amertume, du ressentiment et du conflit qui nous séparent actuellement ? Qu'est-ce que j'en fais, moi, de tout ça ? » Sachez que j'ai bien l'intention d'y pallier en vous fournissant une démarche à suivre, étape par étape, pour vous libérer de vos émotions négatives. Mais pour l'instant, je vous demande de passer outre.

Souvenez-vous de l'engagement que vous avez pris : avoir raison n'est plus une nécessité. Votre but n'est plus de gagner la bataille. Et la seule façon de gagner, de gagner vraiment, est de renouer avec votre partenaire d'une manière affectueuse et aimante. C'est ce que j'entends par passer outre votre ressentiment. Engagez toute votre détermination et votre énergie à reconsolider les bases de votre couple, et oubliez le reste. Nous parlerons plus tard de vos griefs. Rappelez-vous que vous n'êtes pas obligé de vous mettre en colère à chaque fois que l'occasion se présente. La colère est loin d'être une nécessité, c'est juste une option – à vous de ne pas la retenir.

Objectif nº 1

Faire connaître vos besoins

Faire état de vos besoins peut s'avérer plus difficile que vous ne le pensez. Je ne parle pas ici de vous laisser délirer à propos de tout ce qui vous passe par la tête. Halte aux réponses superficielles et faciles. Je me souviens avoir donné cet exercice d'introspection à une patiente il y a quelques années. Elle m'avait répondu sans ciller : « Je vais vous dire de quoi j'ai besoin. J'ai besoin qu'il la boucle et qu'il me fiche la paix ! » Ce n'était vraiment pas ce à quoi je voulais en venir, vous vous en doutez. Et certainement pas le genre de réponses que j'attends de vous, eu égard à vos engagements et à au système de valeur particulier que nous sommes en train d'adopter ensemble.

La plupart des gens ont du mal à verbaliser leurs besoins. Ils sont conscients d'en avoir, et mesurent combien il est satisfaisant de les combler et pénible d'en être frustré. Mettre des mots sur nos besoins peut néanmoins s'avérer difficile.

Qui plus est, certains d'entre vous, conscients de leurs besoins mettront des années avant de les confier à leur partenaire. D'autres redoutent de provoquer un conflit en révélant ce qu'ils veulent. Vous vous direz, faute de mieux : « De toute façon, je n'obtiendrai jamais ce que je veux. Mon conjoint me trouvera stupide et irréaliste, et cela ne fera qu'envenimer les choses. À quoi bon ? » ou bien « Il va penser que je lui en veux de ne pas satisfaire mes besoins » ou encore « J'en ai déjà parlé. Et cela n'a servi à rien. Pourquoi cela changerait-il ? ». Et la meilleure excuse, pour la fin : « Pourquoi devrai-je lui demander ? Il devrait s'en rendre compte sans que j'aie à les lui rappeler. »

Si votre conjoint ne satisfait pas l'un de vos besoins, vous en êtes responsable. Et il est très injuste de lui reprocher de ne pas satisfaire vos besoins quand vous les ignorez vous-même. Votre conjoint ne peut lire dans vos pensées. Il n'est pas devin. Pour l'aider à se rapprocher de vous et qu'il ait une chance de répondre à vos besoins, vous devez lui apprendre ce qui vous motive vraiment. Vous devez développer une telle connaissance de vous-même pour être en mesure de la communiquer à votre conjoint. Si des aspects de votre personnalité vous étaient encore inconnus, il est temps d'aller les découvrir.

Avant que nous ne passions à l'étape d'identification de vos besoins, laissez-moi vous faire part du risque auquel vous vous exposez. Ce risque est celui de l'intimité. Une fois que vous relevez le défi de dévoiler et d'identifier vos besoins les plus profonds et communiquez ensuite cette information à votre partenaire, vous vous mettez volontairement en position de vulnérabilité. Vous lui donnez à connaître des éléments particulièrement intimes. Permettre a quelqu'un d'avoir accès à ce genre d'informations équivaut à baisser la garde et à partager avec lui des choses que vous auriez auparavant eu peur d'admettre. L'intimité, c'est partager vos rêves, ce pour quoi vous vous battez, c'est aussi partager vos faiblesses. En laissant l'autre mieux vous connaître, vous lui accordez une part de pouvoir sur vous.

Je n'essaierai pas de minimiser l'effort que je vous demande de faire. Le dévoilement intime est probablement l'acte le plus angoissant et le plus ardu que vous ayez jamais à tenter. C'est un fait : je vous demande de mener votre introspection intime pour en révéler le contenu à un autre être humain, au risque de voir celui-ci s'en servir contre vous. Mon espoir est que vous réalisiez que le jeu en vaut la chandelle. Que vous décidiez être assez fort pour prendre le risque et que, votre conjoint dût-il profiter lâchement de votre vulnérabilité et de votre confiance, vous saurez faire face.

Laissez-moi clarifier encore mon propos en l'abordant sous un autre angle. Si à votre tour vous recevez ce genre d'informations intimes de la part de votre partenaire, vous serez également investi d'une grande responsabilité. Son acte de dévoilement fait de vous le garant de la part la plus fragile de son être. Que vous devez traiter avec révérence, dignité et respect.

Il ne s'agit pas de baisser le son de la télévision. Il s'agit carrément de l'éteindre et de l'oublier si votre partenaire s'approche de vous pour dire : « Écoute, je voudrais te parler de moi. » Cela implique que vous cessiez de répondre au téléphone et refusiez d'être distrait par les enfants. Que vous lui laissiez tout le temps et la place nécessaire pour cet échange, sans limites d'aucune sorte. Vous devez recevoir ce qu'il ou elle va vous dire comme si c'était de la porcelaine de Chine, à manipuler avec la plus grande précaution.

Et là, vous devez vous interdire absolument d'utiliser ces confidences en cas de confrontation. Elles ne constituent en aucun cas un moyen de pression ou une arme pour prendre l'avantage sur l'autre. il n'est pas question d'en plaisanter, d'en faire état publiquement, ou de les caricaturer. Recevoir une telle information est une énorme responsabilité. Vous risquez de faire des ravages si vous en faites mauvais usage. Soyez-en bien conscient : partager l'intimité est un risque, en être dépositaire est un fardeau.

Résistez à la tentation de juger les confidences de votre conjoint, ou de tenter de les analyser. S'il vous confie par exemple une peur ou manque de confiance en soi dans un domaine particulier, il peut être tentant de lui dire : « Mais voyons, c'est idiot. Tu ne devrais pas t'en faire pour si peu » en croyant le soulager. Ce n'est pas idiot pour lui, et votre jugement ne va aucunement dissiper ses incertitudes. Cela le mettra encore plus mal à l'aise. Avancez sur l'extrême pointe des pieds. Ce n'est pas le moment de jouer les éléphants dans le magasin de porcelaine. Soyez à la hauteur de sa confiance.

Le respect auquel je fais référence fut un jour très bien cerné par un participant à l'un de mes séminaires sur le couple. Nous avions passé quelque temps à discuter de cette responsabilité dans l'accueil de la confidence intime et plusieurs des couples présents avaient fait une première tentative de révélation intime. Lors de l'exercice suivant, Bob, un homme assez peu disert, m'avait demandé s'il pouvait prendre quelques minutes pour parler d'un endroit qu'il avait découvert dans le sud des Rocheuses. Il s'y rendait sans faute tous les ans, faisant fi des trois heures de randonnée au-delà de la dernière route carrossable. À plus de trois mille cinq cents mètres au-dessus du niveau de la mer, dans une enclave située entre deux crêtes dentelées, se trouvait une clairière dont seul Bob connaissait l'existence. Il nous l'avait décrite comme son havre de paix secret – pas plus de trente mètres de diamètre, et entouré de trembles à l'écorce blanche. Une poignée de rochers couverts de mousse étaient clairsemés ça et là, et l'herbe, pourtant abondante, recevait si peu de lumière qu'elle ne poussait que de quelques millimètres par an. Il nous précisa que le gazon était si délicat qu'il y avait retrouvé ses propres empreintes, d'une année sur l'autre. en nous faisant découvrir son petit coin de paradis, Bob était animé d'une passion qui avait charmé toute l'assemblée. C'était comme si nous étions tous assis sur un de ces rochers moussus en tentant de ne pas troubler le calme de la scène. À l'évidence, cet endroit lui apportait plénitude et tranquillité d'esprit. Nous comprenions tous combien cette clairière était belle et fragile.

Bob nous annonça ensuite qu'il avait identifié un autre endroit, aussi fragile que précieux, dans son environnement proche. Il s'agissait, nous dit-il, du monde intime et secret de la femme qu'il aimait. Lorsqu'elle lui avait révélé certains aspects d'elle-même, il lui était apparu qu'il devait traiter ce monde intime avec le même respect et la même douceur que son paradis des Rocheuses. Il était déterminé à adopter cette attitude. À cette époque, Bob en était à son cinquième mariage. Je peux vous garantir que cette prise de conscience avait complètement modifié sa perception du couple ; ce mariage dure depuis maintenant douze ans, et avec son épouse, ils n'ont jamais été plus heureux. Allez savoir pourquoi…

Il est important de souligner que Bob était un milliardaire autodidacte qui avait travaillé très dur pour obtenir ce résultat. Avec sa haute stature, son physique en lame de couteau et sa forte personnalité, il lui avait été très difficile d'admettre qu'il avait besoin de quelqu'un dans sa vie. Mais au cours de ce séminaire, il avait découvert d'importantes vérités sur lui-même qu'il avait ensuite communiquées à son épouse. Il était enfin capable d'admettre qu'il avait besoin de son approbation et de son assentiment. Il avait besoin de sentir qu'elle était fière de lui. Bob nous révéla que ses deux parents avaient été tués alors qu'il était encore très jeune. Il en avait conçu le sentiment que personne au monde ne croirait en lui et serait là pour l'épauler dans les moments difficiles. Admettre qu'il avait besoin de l'approbation de sa femme avait une énorme signification pour lui. Il n'aurait jamais pu se faire cet aveu avant de découvrir que les gens pouvaient respecter son espace intime. Cet homme, qui avait si peur de sa propre vulnérabilité, avait pris un énorme risque.

Pour sa part, la femme de Bob n'avait jamais envisagé l'idée qu'il pût avoir besoin d'elle, encore moins de son approbation. Elle le voyait tel qu'il voulait bien se montrer : solide comme un roc. Lorsqu'il eut assez confiance pour lui avouer qu'il avait besoin d'elle et quelle importance il attachait à son soutien – en fait, qu'il souffrait lorsqu'il ne l'obtenait pas – leur vie en fut changée pour toujours. Cet aveu avait d'un seul coup donné à sa femme le sentiment de sa propre valeur. Elle en fut extrêmement rassérénée. Entre cet homme qui avait besoin d'approbation et cette femme désireuse de l'aimer, une confiance et une promesse de partage étaient nées.

Construire votre profil personnel

Abordez cet exercice de découverte personnelle avec un esprit ouvert. Autorisez-vous à penser qu'il est naturel et normal d'avoir des besoins, de manière générale et des exigences spécifiques, en particulier. Ne croyez pas qu'il soit nécessaire de vous en expliquer. Si vous ressentez un besoin, c'est qu'il existe. Vos besoins ne sont pas bons ou mauvais, justes ou infondés : ils sont là, c'est tout.

Afin de donner une structure à cette recherche personnelle, nous allons identifier cinq catégories de besoins : les besoins émotionnels, physiques, spirituels, sociaux et le besoin de sécurité. Vous pouvez même y ajouter d'autres catégories, si cela vous paraît pertinent, et même subdiviser ces catégories en autant de sous-catégories que vous le souhaitez. Comprenez bien que vos besoins vous appartiennent et que vous ne pouvez ni les partager ni les voir comblés par votre partenaire si vous les ignorez vous-même. Soyez honnête avec vous-même, c'est la garantie du succès de ce processus.

Pour chacune de ces cinq catégories, j'ai établi une liste des besoins les plus communément éprouvés, tant par les hommes que par les femmes. Ces listes ont pour fonction de stimuler votre réflexion, en vous permettant de mieux identi-

5. Le besoin d'un geste de bienvenue quand vous rencontrez votre partenaire.

6. Le besoin de sentir que vous formez un couple vis-à-vis du monde extérieur.

7. Le besoin de vous sentir encouragé(e) et accompagné(e) par le biais d'une communication non-verbale.

8. Le besoin de tendresse.

9. Le besoin d'une vie sexuelle satisfaisante.

Besoins spirituels

1. Le besoin de sentir que vos valeurs spirituelles propres sont acceptées et encouragées sans jugement.

2. Le besoin de sentir que votre partenaire respecte vos besoins spirituels.

3. Le besoin de partager une vie spirituelle, même si vous et votre partenaire la vivez différemment.

4. Le besoin de savoir et de sentir que vos croyances individuelles sont à tout le moins respectées, sinon partagées.

Besoins « sociaux »

1. Le besoin de savoir que votre partenaire pense à vous, et de recevoir des coups de fils ou autres messages de sa part, lorsque vous êtes séparés.

2. Le besoin de sentir que votre partenaire planifiera et construira ses activités de manière à vous y inclure.

3. Le besoin de sentir que vos activités sociales sont partagées, non pas seulement vécues individuellement.

4. Le besoin d'une expression de tendresse et d'un soutien appropriés en public.

5. Le besoin d'être soutenu émotionnellement et physiquement en public.

6. Le besoin d'entendre des mots doux dans un environnement social.

7. Le besoin d'être encouragé(e) et soutenu(e) dans diverses situations sociales.

8. Le besoin d'être traité(e) avec politesse et respect dans ces mêmes situations.

9. Le besoin de partager plaisirs et joies dans ces mêmes situations.

10. Le besoin de partager une connivence sensible et consciente avec votre partenaire.

11. Le besoin de partager vos rires et vos bonheurs.

12. Le besoin de sentir que vous êtes la personne la plus importante dans la vie de votre partenaire, et qu'il (elle) en reste conscient(e) y compris dans un environnement social surchargé et animé.

Besoin de sécurité

1. Le besoin de sentir que vous pourrez compter sur votre partenaire dans les moments de détresse et de conflit.

2. Le besoin de sentir que votre partenaire volera à votre secours en cas de problème.

3. Le besoin de sentir que votre partenaire contribue à votre bien-être et contrôle son comportement au sein du couple.

4. Le besoin d'être épaulé par votre partenaire.

5. Le besoin de savoir que votre partenaire est loyal(e) et dévoué(e).

6. Le besoin de savoir que votre relation ne sera pas mise en danger lors d'un désaccord ou d'une confrontation.

7. Le besoin de savoir que votre partenaire est toujours là pour vous.

8. Le besoin de savoir que votre partenaire sera à vos côtés dans tout conflit ou problème vous opposant à des tiers.

9. Le besoin de savoir que votre partenaire est pour vous un refuge, sûr et stable.

Encore une fois, les énoncés proposés dans chaque catégorie ne sont que qu'un stimulant à la réflexion, d'ordre général. C'est le point de départ d'une exploration personnelle et d'une identification précise et complète de vos besoins profonds. Je vous encourage une fois encore à vous donner la permission d'exprimer ces besoins et de les revendiquer, qu'ils soient raisonnables, rationnels ou non. Nous prendrons le temps plus tard d'examiner votre travail ; pour l'instant, pêchez plutôt par exhaustivité que par omission, sans laisser de côté certains besoins pouvant s'avérer déterminants dans votre expérience de couple.

Exercice. Ouvrez une nouvelle page de votre journal personnel et inscrivez-y la première catégorie de besoins de ma liste. Sous ce titre générique, décrivez vos besoins dans cette catégorie. Soyez aussi exhaustif que possible. Si les besoins émotionnels ont une plus grande importance pour vous, inscrivez cette catégorie en haut de la page et sous cet en-tête, listez vos besoins à combler. Décrivez chacun de ces besoins avec les « mots du cœur » : vous ne pouvez partager avec l'autre, ou lui apprendre, ce que vous ignorez vous-même ; en conséquence, soyez aussi sincère et simple que possible.

Il n'est pas question ici que quelqu'un jette un œil sur ce que vous êtes en train d'écrire et de formuler. Ce matériau de travail ne concerne que vous et vous servira de guide pour choisir ce que vous voudrez partager avec votre partenaire, par oral ou par écrit. Faites en sorte de pouvoir écrire sans aucune gêne, sans peur d'être jugé(e) ou ridiculisé(e).

Découvrez-vous des besoins trop longtemps réprimés ou étouffés ? Peut-être avez-vous identifié des besoins si profondément enfouis que vous en aviez totalement oublié qu'ils faisaient partie de vos rêves. Recherchez ceux qui faisaient partie de votre vision idéale d'une relation intime. Pour vous aider, vous pouvez vous reporter au travail que vous avez effectué au deuxième chapitre, à propos de votre vision d'une relation de couple romantique et intime.

Souvenez-vous qu'il est normal d'avoir des désirs et des attentes. La prudence n'est pas de mise. Ne vous bridez pas dans l'expression de vos besoins. Exposez-les au grand jour. Ceux-ci ont été enterrés, bafoués et frustrés depuis trop longtemps.

Et ne vous laissez pas vos peurs prendre le dessus pendant cet exercice. Trop souvent, nous souffrons silencieusement sous le fardeau de nos peurs au lieu d'admettre nos vulnérabilités. Mais si vous vous donnez vraiment la permission d'ouvrir votre cœur et de prétendre au bien-être dans votre couple en particulier, et dans la vie en général, vous devez identifier vos peurs. Elles font aussi partie de vous. Ces quelques exemples de peur peuvent stimuler votre réflexion :

- La peur immense du rejet

- La peur de l'incompétence – physique, mentale, émotionnelle, sexuelle, sociale, et relative à tout autre domaine dans lequel vous ne vous sentez pas à la hauteur

- La peur de l'abandon
- La peur de décevoir, de laisser tomber votre partenaire

Encore une fois, ces catégories demeurent très générales. Elles retracent les informations que j'ai pu recueillir auprès de nombreux couples. Ce ne sont que des stimuli. J'aborde cette question des peurs dans le couple parce qu'il est raisonnable d'avoir besoin de votre partenaire pour vous aider à les gérer et les surmonter. Ici encore, ne vous sentez pas intimidé, ne vous censurez pas. Vous peurs ne sont ni insensées, ni ridicules.

> **Exercice.** Dans votre journal, ouvrez une liste de vos peurs. Avec autant de détails que possible, décrivez toutes les peurs qui ne seraient pas comprises dans les cinq catégories de besoins précédentes. Creusez bien la question de vos peurs personnelles. Il peut s'agir de peurs déclarées ou de situations auxquelles vous êtes sensible, de peurs rationnelles ou non. Si elles font partie de vous, celles-ci n'ont pas à être justifiées. Soyez assez honnête pour les identifier.

Le processus d'identification des besoins et des peurs auquel vous venez de vous prêter devrait vous influencer de bien des façons. Vous devriez désormais vous sentir plus en phase avec vous-même que vous ne l'avez jamais été. Cela devrait vous procurer un sentiment très positif. Il se peut pourtant que vous ressentiez simultanément de la tristesse, de la colère, et de la frustration. En reconnaissant vos besoins les plus profonds, vous ne pouvez plus ignorer que ce que vous chérissiez et teniez pour très important a été complètement mis de côté. Dès lors, est-il surprenant que votre expérience de couple soit si peu satisfaisante ?

Que votre sentiment actuel soit la joie, la tristesse, la colère ou l'enthousiasme, accommodez-vous en quelques instants encore. Parce que nous nous dirigeons maintenant vers le changement. Mais pour le moment, il faut nous acquitter de notre deuxième objectif.

Objectif nº 2

Découvrir les besoins de votre partenaire

S'il est bien fait, cet exercice sera amusant, excitant et, pour le moins, stimulant.

Il est crucial que votre approche, dans l'élaboration du profil de votre partenaire soit exempte de tout jugement. Entreprenez cette tâche avec passion, comme si vous étiez un journaliste ou un biographe enquêtant sur un personnage mystérieux et complexe. Il se peut que vous ne considériez pas votre partenaire de la sorte, mais je peux vous garantir qu'il s'en rapproche fortement.

Attention! Le défi que constitue cette découverte de l'autre peut être rempli de dangers et d'obstacles. Il se peut que votre partenaire, ayant pris part à l'exercice, ait déjà élaboré son profil. Ce qui vous facilitera grandement la tâche. Si ce n'est pas le cas, il vous incombera de compléter ce processus sans sa coopération. Cela vous rendra la tâche un peu plus ardue, mais ce n'est pas grave.

Le plus grand obstacle à ce travail réside dans vos convictions «figées». Il devrait vous paraître clair que votre perception de l'autre résulte des interactions et expériences que vous avez vécues dans le couple jusqu'à présent. Certaines de ces croyances peuvent s'avérer absolument justes et d'autres complètement déformées par votre vécu émotionnel, par la souffrance et le conflit. Si vous permettez à ces convictions «fixes» d'altérer votre vision de l'être aimé et de ses besoins, vous permettez à votre vécu passé – qu'il soit juste ou non – de contrôler vos émotions présentes. Il est fondamental que vous puissiez résister à cette tendance naturelle.

Entraînez-vous à considérer votre partenaire avec un regard actuel. Abandonnez un peu vos vieilles convictions « figées », potentiellement datées et obsolètes.

Un deuxième danger, tout aussi sérieux, est de verser dans un excès de suppositions quant à la nature des pensées et des intentions de votre partenaire. Bien entendu, si votre partenaire ne prend pas une part active à cet exercice, vous êtes obligé(e) d'en passer par des suppositions. Néanmoins, mettez en œuvre vos qualités d'investigation et assurez-vous de détenir les informations qui étaieront vos conclusions sur ce que votre partenaire désire. C'est preuves à l'appui que vous devez identifier ses besoins, ses peurs et ses motifs de fierté.

Si vous êtes attentifs à ces deux dangers, la qualité et l'objectivité de votre approche en profiteront grandement.

En dernier lieu, avant de vous lancer dans ce processus, je vous recommande d'en faire un défi que vous placerez en état de projet. Cela signifie que vous en faites une haute priorité. Cela veut dire que vous n'allez pas vous contenter de vouloir en savoir plus sur votre partenaire mais que vous allez faire des efforts constants et poser un certain nombre d'actes pour y arriver. Cela signifie que vous fournissiez des efforts réguliers pour atteindre et objectif.

Pour finir, ce n'est pas parce que votre conjoint ne participe pas à l'exercice qu'il vous faut être par trop subtil et discret. Au contraire, il est bien possible celui-ci se trouve flatté de l'attention et des efforts que vous portez à mieux le connaître. Commençons.

Élaborer le profil de votre partenaire

Les commerçants savent bien que « l'étude du client » est un atout essentiel pour conclure une vente. Il est certain que le vendeur de la supérette du coin n'a pas forcément besoin d'une longue enquête pur vous vendre une brosse à dents ou une paire de lacets. Mais plus la transaction s'avère complexe et importante, plus sérieuse sera l'enquête menée par le vendeur chargé de la faire aboutir. Plus ils en sauront sur leur client, meilleur sera le contact avec lui, et plus la négociation sera susceptible de se conclure par une vente.

Prenons l'exemple d'une courtière en immobilier. Elle tentera d'obtenir le plus d'informations sur vous avant de vous laisser franchir le seuil de l'appartement ou de la maison que vous désirez acheter. Elle vous demandera combien d'enfants vous avez, où vous travaillez et depuis combien de temps vous êtes à la recherche d'un domicile. Si vous avez juste besoin d'une pièce supplémentaire pour le chien, elle voudra également connaître ce détail. Sans avoir même passé deux heures en votre compagnie, cette femme en saura long sur ce qui est important à vos yeux : vos priorités, ce qui vous déplaît dans votre domicile actuel et ce que vous faites de votre temps libre.

Toute transaction suppose le développement d'une relation. Et toute relation comporte des transactions. Les meilleures relations de couple impliquent une compréhension profonde de l'autre, permettant des transactions constructives. En affaires, la devise est l'argent. En amour, l'échange est basé sur les sentiments et les expériences. Dans le commerce des relations intimes, vous ne récompensez pas votre partenaire avec de l'argent mais avec des sentiments d'amour, d'acceptation, d'appartenance et de sécurité. Et vous l'êtes de la même manière. Vous ne pouvez donner à votre partenaire ce dont il a besoin si vous n'en avez pas une idée précise. Si vous étiez la personne à la recherche d'un domicile dans le scénario décrit plus haut, en toute hypothèse, vous apprécierez les efforts de votre courtière pour vous connaître davantage. Vous reconnaîtriez qu'elle identifie vos besoins personnels afin de vous amener à ce qui se rapproche le plus de vos attentes. À long terme, le profil qu'elle aura su élaborer sert autant vos intérêts que les siens.

Supposons que vous deviez élaborer un semblable profil, à ceci près qu'il ne s'agit plus d'un partenaire en affaires, mais de votre partenaire en amour. Comme vous ne pouvez pas aborder ou réagir à ce que vous ne connaissez pas, il va devenir important pour vous de combler votre vide d'informations. Connaissez-vous vraiment votre conjoint ? Peut-être croyez-vous le connaître comme le fond de votre poche. Mais, j'en suis presque certain, les découvertes que vous avez faites sur vos propres besoins au chapitre précédent ont dû vous surprendre. Certains d'entre eux vous étaient sans doute inconnus, ou n'avaient encore jamais été formulés.

De la même façon, je pense que les découvertes que vous vous apprêtez à faire sur votre conjoint ne laisseront pas de vous étonner. Vous serez probablement surpris de ce que vous ignorez encore de lui.

Voici un premier exercice d'évaluation auquel répondre par « vrai » ou « faux ». Il est entendu que vous ne gagneriez rien à répondre à ce test en présence de votre partenaire – ce serait de la triche. Considérez-le plutôt comme une honnête « photographie » de l'état de vos connaissances actuelles sur la personnalité de votre conjoint.

Ce que je sais de mon conjoint

Lisez chaque énoncé puis entourez la mention « vrai » ou « faux ».

1. Je peux nommer les trois meilleurs amis de mon conjoint. **vrai faux**

2. Je connais l'accomplissement dont il est le plus fier. **vrai faux**

3. Je sais quels ont été les moments les plus heureux de sa vie. **vrai faux**

4. Je peux nommer ce que mon conjoint considère être comme la plus grande perte dans sa vie.
vrai faux

5. Je peux décrire ce que mon conjoint considère comme étant le plus difficile dans sa relation à chacun de ses parents. **vrai faux**

6. Je sais ce que mon conjoint va écouter à la radio lors de ses trajets en voiture. **vrai faux**

7. Je peux nommer les parents proches que mon conjoint cherchera à éviter lors de réunion familiales.
vrai faux

8. Je peux décrire le traumatisme le plus important survenu pendant son enfance. **vrai faux**

9. Mon conjoint m'a clairement expliqué ce qu'il attendait de la vie. **vrai faux**

10. Je connais les obstacles qui, selon lui, l'empêchent d'obtenir ce qu'il désire. **vrai faux**

11. Je sais quelles parties de sa physionomie mon conjoint aime le moins. **vrai faux**

12. J'ai encore en mémoire la première impression qu'il m'a faite. **vrai faux**

13. Je sais par quelle rubrique du journal dominical il va commencer sa lecture. **vrai faux**

14. Je suis en mesure de décrire, dans le détail, l'environnement dans lequel mon conjoint a grandi.
vrai faux

15. Je sais ce qui le fait rire. **vrai faux**

16. Je peux nommer le trait de caractère dont ses parents sont le plus fiers. **vrai faux**

17. Je peux citer deux ou trois décisions prises par mon conjoint avant notre rencontre, qu'il regrette aujourd'hui – lui pouvant faire de même à mon propos.
vrai faux

18. Au restaurant, je sais quelle partie du menu aura tout de suite les faveurs de mon conjoint.
vrai faux

19. Je peux citer deux ou trois mots ou expressions qu'il ne dit qu'à moi. **vrai faux**

20. Je suis très au fait des convictions spirituelles de mon conjoint. **vrai faux**

Accordez-vous un point pour chaque réponse à laquelle vous avez répondu « vrai ». Si votre score est supérieur à 10, on peut dire que vous avez déjà obtenu un profil assez précis de votre partenaire. Mais il n'est pas encore temps de crier victoire – l'exploration ne fait que commencer. En revanche, un résultat inférieur ou égal à 10 laisse penser que cette opportunité de dresser un profil de votre partenaire en profondeur arrive à point nommé dans votre relation. Quoi qu'il en soit, il n'y a pas de sentiment conjugal plus louable que de concentrer son attention sur l'être aimé. Savoir que notre partenaire comprend et apprécie du fond du cœur nos besoins spécifiques apporte une énergie et une force irremplaçables à la relation de couple.

Le profil que vous vous apprêtez à établir repose sur ces deux vérités fondamentales du couple :

Vous ne pouvez combler les besoins de votre conjoint tant que vous ne les connaissez pas.

Vous ne pouvez connaître ses besoins si que vous ne le connaissez pas en profondeur.

Considérez ceci : votre conjoint a une histoire, tout comme vous. Il y eut un temps où sa mère l'a bercé dans ses bras, un temps où il a appris à s'amuser et s'émerveillait de chacune des découvertes de la vie. Tout comme vous, il a eu peur, il a eu mal, il a connu la déception et à d'autres moments, la victoire. Vous devez être en train de vous dire : « Mais je sais tout cela… » Or depuis quand n'avez-vous pas pris le temps de vous pencher sur ces aspects de la vie de l'être aimé ? À quand remonte la dernière fois où vous l'avez considéré comme un être humain intelligent et sensible, une personne avec sa propre histoire, ses espoirs et ses rêves ? Une personne pour de vrai, avec ses besoins, sa fierté et ses intérêts, une personne qui tout comme vous, fait de son mieux pour vivre dans ce monde ? Il est temps de le traiter ainsi. Pour renouer avec lui ou renforcer vos liens, vous devez apprendre à le connaître de fond en comble. Le profil que nous nous apprêtons à construire vous guidera dans ce processus de découverte, voire de redécouverte de votre partenaire qui, à mon avis, vous sera incommensurablement bénéfique – à l'un comme à l'autre.

Lorsque vous aurez commencé à établir le profil de votre conjoint, vous trouverez peut-être certaines questions trop élémentaires, parce que vous en connaissez trop bien la réponse. Pas de problème. L'un des buts premiers de cet exercice est de vous aider à définir ce que vous savez réellement de votre partenaire, par opposition à ce qui découle de vos convictions « figées » : un lot de suppositions enracinées de longue date dans votre expérience du couple, et qui sont aujourd'hui fausses ou obsolètes. Utilisez ce profil comme un premier pas pour vous débarrasser de ces convictions souvent infondées et considérez-le comme une opportunité de vous concentrer sur ce qui fait votre partenaire un être unique.

Modifier votre regard sur quelqu'un peut provoquer de profonds changements dans votre attitude et vos réactions à son égard. Lorsque vous remettez en question ces convictions et les remplacez par des connaissances fraîches, vous diminuez considérablement la distance qui vous sépare de votre partenaire. Je compare ce phénomène à la différence de perspective existant entre un pilote de bombardier et un fantassin. Le fantassin doit parfois regarder son ennemi dans les yeux et appuyer sur la détente en étant parfaitement conscient qu'il est en train d'ôter la vie à une autre personne. De son côté, le pilote survolant sa cible à dix mille mètres et à une vitesse de plus de mille km/h n'a absolument aucun contact avec ceux dont il s'apprête à supprimer les vies. Le pilote n'a pas de sang sur les mains, il n'entend pas les cris de terreur ; il ne peut voir l'étincelle de vie s'éteindre dans le regard de son ennemi. Il ne bombarde qu'une cible – un point sur une carte.

Je pense que la guerre à distance, la guerre menée derrière des murs froids et impersonnels, prolonge et déshumanise le conflit. Imaginez ce qui arriverait si des combattants étaient forcés, à la veille d'une bataille, de vivre parmi leurs ennemis sur un laps de temps prolongé. Supposez qu'ils aient l'occasion de voir leurs ennemis mettre leurs enfants au lit, leur lire une histoire et les embrasser avant d'éteindre la lumière. Chercheraient-ils encore à les éliminer sans merci ?

Les croyances figées et les stéréotypes obsolètes fonctionnent comme des lentilles déformantes. Celles-ci ont pour effet d'accroître la distance entre vous et votre partenaire, et de vous empêcher d'en voir le vrai visage, celui d'un être humain unique. Bien entendu, si votre objectif est de poursuivre le conflit, alors ne vous privez surtout pas des convictions qui ont dépersonnalisé votre partenaire. Accrochez-vous aux idées préconçues qui ont fait de votre partenaire une cible – au mépris de sa qualité d'être humain.

En conclusion, quelque chose me dit que vous êtes prêt(e) à réviser votre conception du couple. Prenez le travail qui va suivre comme une chance de voir votre partenaire autrement. Fixez-vous, ici et maintenant, l'objectif de mieux comprendre la personne que vous aimez. Si vous trouvez normal qu'un courtière en immobilier s'efforce d'identifier vos besoins pour vous vendre la maison ou l'appartement qui vous convient, comment pourrait-il être moins important pour vous de connaître les besoins de la personne avec qui vous partagez votre vie ? Combien d'efforts mérite une relation de couple épanouissante et durable ?

La construction de ce profil a été pensée pour stimuler votre travail d'investigation. En vous servant de votre journal, répondez aux questions relatives à votre partenaire de la manière la plus complète possible. Considérez les questions auxquelles vous ne pouvez pas répondre comme autant d'objectifs de recherche (en font également partie tous les énoncés auxquels vous avez répondu « faux », dans le questionnaire que nous avons précédemment rempli). Dans la première partie du questionnaire, relatif à l'histoire familiale de votre partenaire, vous indiquerez si, selon vous, les interactions avec telle ou telle personne étaient de bonne ou de mauvaise qualité. Vous évaluerez le degré de satisfaction ou d'insatisfaction des besoins de votre partenaire, en relation avec la personne concernée, dans les cinq catégories que nous connaissons :

- Les besoins émotionnels
- Les besoins physiques
- les besoins spirituels
- les besoins sociaux
- le besoin de sécurité

Par exemple, ce qui concerne la relation maternelle de votre conjoint, si vous estimez que cette relation a été de mauvaise qualité du point de vue de la mère de celui-ci, laquelle de ces catégories de besoins a posé problème selon vous ?

Et soyez gentils de ne pas appeler votre partenaire à la rescousse pour y répondre. Pour le moment, faites du mieux que vous pouvez par vous-même.

En travaillant au profil de votre partenaire, vous allez vous rendre compte que certaines questions ne nécessitent qu'une réponse binaire – oui ou non – alors que d'autres exigent une réponse en deux ou trois phrases, et d'autres encore, un paragraphe entier. En choisissant les détails que vous apporterez à vos réponses, gardez bien en tête que l'efficacité de notre stratégie de sauvetage, repose sur votre habilité à formuler clairement vos besoins et ceux de votre partenaire.

Il vous faut développer cette stratégie sur des décisions fondées, adaptées à la situation – et non sur des demi-vérités et des suppositions. Ayez le courage d'être exhaustif et honnête dans vos réponses. Ce travail est l'occasion pour vous de reconsidérer en profondeur ce que vous croyez connaître de votre partenaire. Profitez-en pour déraciner vos conceptions figées et autres préjugés entretenus à son égard. Je vous le redis : plus votre profil sera précis et fidèle, plus vite vous parviendrez à rétablir vos liens amoureux.

Dernière information avant de vous mettre au travail : certaines questions peuvent faire référence à des personnes ayant occupé une place très importante dans la vie de votre conjoint, et qui ne sont plus en vie aujourd'hui. Je vous demande de faire de votre mieux pour traiter ces questions avec la plus grande justesse. Formulez vos réponses comme si ces personnes étaient encore de ce monde. Et dans ce cas, comme pour toutes les autres questions, évitez de faire appel à votre partenaire pour combler vos lacunes.

I. Histoire familiale

Faites des réponses courtes, en une ou deux phrases.

A. Le prénom de votre conjoint

1. Pour quelles raisons l'a-t-on prénommé ainsi ?

2. A-t-il hérité du nom de quelqu'un d'autre ? Si oui, de qui s'agit-il ? Et quelle signification cela prend-il dans la vie de votre conjoint et dans celle de ses parents ?

3. Ce prénom prend-il une autre signification ? Expliquez.

4. Votre conjoint aime-t-il ou non son prénom ? Pourquoi ?

B. Son âge

1. L'âge est-il une question importante pour votre conjoint ?

2. Se sent-il trop jeune, trop vieux ?

3. Désirerait-il changer son âge ? Expliquez.

4. Y a-t-il entre vous une différence d'âge ? Est-ce important ?

C. Relation avec la mère

1. La mère de votre conjoint est-elle encore en vie ?
oui non

2. Si elle est décédée, cela pose-t-il un problème selon vous ? **oui non**

3. Votre conjoint considère-t-il ce lien maternel comme un atout ou un handicap ? **oui non**

4. Trouvez-vous saine la relation entretenue par votre conjoint avec sa mère ? **oui non**

5. Votre conjoint ressent-il que sa mère est fière de lui ?
oui non

6. Votre conjoint la traite-t-il respect et dignité ?
oui non

7. Par ailleurs, diriez-vous que votre conjoint tend à profiter ou à exploiter ce membre de la famille?
oui non

8. Leur relation est-elle ouvertement affectueuse et chaleureuse? **oui non**

9. La culpabilité prend-elle une part importante dans cette relation? **oui non**

D. Exercice écrit

Il est temps maintenant d'aborder la mécanique relationnelle propre au lien existant entre votre conjoint et sa mère. Utilisez votre journal de bord pour y inscrire vos réponses aux questions suivantes. (Je vous rappelle que ces questions ne sont que des stimuli, elles ont pour objet de vous inciter à la réflexion. Sentez-vous libre de noter tout autre information qui vous viendrait à l'esprit.) Si la mère de votre conjoint est décédée vous devez traiter ces questions au passé.

1. Comment la mère et l'enfant (votre conjoint) abordent-ils les problèmes? Comment gèrent-ils leurs frustrations? Expriment-ils librement leurs points de vue respectifs ou votre conjoint se range-t-il simplement aux idées de sa mère? Pouvez-vous décrire les stratégies auxquels tous deux recourent en cas de conflit? Quel comportement l'un et l'autre adoptent-ils dans cette situation?

2. Quel est selon vous l'aspect le plus positif de cette relation? Inversement, quel en est l'aspect le plus négatif?

3. Votre conjoint a-t-il senti à certains moments que sa mère outrepassait les limites de son intégrité psychologique et personnelle? Si tel est le cas, comment a-t-il réagi à cette violation de territoire? A-t-il clairement signifié à sa mère que cette effraction dans sa vie privée n'était pas acceptable? A-t-il trouvé d'autres réponses?

4. Selon vous, la relation entre votre conjoint et sa mère est-elle positive ou négative ? Trouvez des éléments à l'appui de votre conclusion.

E. Relation au père

Entourez un « oui » ou un « non »

1. Le père de votre conjoint est-il encore en vie ? **oui non**

2. S'il est décédé, cela pose-t-il un problème selon vous ? **oui non**

3. Votre conjoint considère-t-il ce lien paternel comme un atout ou un handicap ? **oui non**

4. Trouvez-vous saine la relation entretenue par votre conjoint avec son père ? **oui non**

5. Votre conjoint ressent-il que son père est fier de lui ? **oui non**

6. Votre conjoint le traite-t-il respect et dignité ? **oui non**

7. Par ailleurs, diriez-vous que votre conjoint tend à tirer parti ou à exploiter ce membre de la famille ? **oui non**

8. Leur relation est-elle ouvertement affectueuse et chaleureuse ? **oui non**

9. La culpabilité prend-elle une part importante dans cette relation ? **oui non**

D. Exercice écrit

Il est temps maintenant d'aborder la mécanique relationnelle caractérisant le lien existant entre votre partenaire et son père. Utilisez votre journal de bord pour y inscrire vos réponses aux questions suivantes. (Je vous rappelle que ces questions ne sont que des stimuli. Sentez-vous libre de noter tout autre information.) Si le père de votre partenaire est décédé vous devez traiter ces questions au passé.

1. Comment le père et l'enfant (votre conjoint) abordent-ils les problèmes ? Comment gèrent-ils leurs frustrations ? Expriment-ils librement leurs points de vue respectifs ou votre conjoint se range-t-il simplement aux idées de son père ? Pouvez-vous décrire les stratégies auxquels tous deux ont recours en cas de conflit ? Quel comportement l'un et l'autre adoptent-ils dans cette situation ?

2. Quel est selon vous l'aspect le plus positif de cette relation ? Inversement, quel en est l'aspect le plus négatif ?

3. Votre conjoint a-t-il senti à certains moments que son père outrepassait les limites de son intégrité psychologique et personnelle ? Si tel est le cas, comment a-t-il réagi à cette violation de territoire ? A-t-il clairement signifié à son père que cette effraction dans sa vie privée n'était pas acceptable ou a-t-il trouvé d'autres réponses ?

4. Selon vous, la relation entre votre conjoint et sa mère est-elle positive ou négative ? Trouvez des éléments à l'appui de votre conclusion.

G. Relation aux frères et sœurs

Répondez pour chaque membre de la fratrie.

1. Le frère (ou la sœur) de votre conjoint est-il toujours en vie ? **oui non**

2. S'il (elle) est décédé, cela pose-t-il un problème selon vous ? **oui non**

3. Votre conjoint considère-t-il cette relation comme un atout ou un handicap ? **oui non**

4. Trouvez-vous saine la relation entretenue par votre conjoint avec son frère (sa sœur) ? **oui non**

5. Votre conjoint ressent-il que son frère (sa sœur) est fier (fière) de lui ? **oui non**

6. Votre conjoint le (la) traite-t-il respect et dignité ? **oui non**

7. Par ailleurs, diriez-vous que votre conjoint tend à profiter de lui (d'elle) ou à exploiter ce membre de la famille ? **oui non**

8. Leur relation est-elle ouvertement affectueuse et chaleureuse ? **oui non**

9. La culpabilité prend-elle une part importante dans cette relation ? **oui non**

D. Exercice écrit

Il est temps maintenant d'aborder la mécanique relationnelle caractérisant le lien existant entre votre partenaire et son frère (sa sœur). Utilisez votre journal de bord pour y inscrire vos réponses aux questions suivantes. Lesquelles ne sont que des stimuli. Sentez-vous libre de noter tout autre information qui vous viendrait à l'esprit sur les relations entre votre conjoint et sa fratrie. Si ce frère ou cette sœur sont décédés, vous devez traiter ces questions au passé.

1. Comment ce frère (cette sœur) et votre conjoint abordent-ils les problèmes ? Comment gèrent-ils leurs frustrations ? Expriment-ils librement leurs opinions, ou votre conjoint se contente-t-il de faire de l'humour avec son frère (sa sœur) ? Pouvez-vous décrire les stratégies auxquels tous deux ont recours en cas de conflit ?

2. Quel est selon vous la plus grande force de cette relation? Inversement, quel en est la plus grande faiblesse?

3. Votre conjoint et son frère (sa sœur) respectent-ils leurs territoires respectifs? Quand l'un trouve que l'autre a dépassé la ligne jaune, comment réagit-il? Sinon, quelles autres réponses a-t-il trouvées?

4. Diriez-vous que leur relation est globalement positive ou négative? Trouvez des éléments à l'appui de votre conclusion.

Faites une pause. Avant de passer à la prochaine étape du processus, je vous propose de poser un instant votre journal. Reposez-vous un petit moment, mettez-vous à l'aise et rafraîchissez-vous les idées, afin d'avoir l'esprit vif, concentré et extrêmement attentif au prochain exercice.

II. Schéma relationnel

Vous venez de répondre à un ensemble de questions très précises sur les membres de la famille de votre partenaire, dont ses parents. Je vais vous demander à présent de brosser une sorte de mini-portrait, une sorte d'étude sommaire de la relation de couple des parents de votre conjoint.

Pour ce faire, il vous sera très utile de les visualiser mentalement, en vous appuyant sur une série de questions qui vous les rendront plus présents, et ajouteront force détails concrets à l'exercice.

Encore une fois, si l'un deux ou les deux ne sont plus de ce monde, tentez de visualiser leur couple comme vous l'avez connu, ou du moins, au mieux de ce que vous en savez. Les questions sont formulées au présent, mais vous pouvez faire appel à des éléments d'un lointain passé. S'il s'agit des beaux-parents de votre conjoint (au sens d'un remariage ou d'un décès pendant l'enfance), traitez-les comme une figure parentale si vous estimez qu'ils ont eu une grande influence sur sa vie. Mettons-nous bien d'accord : là aussi, vous vous efforcerez de répondre à ces questions par vous-même, du mieux que vous pourrez. Évitez de chercher chez votre partenaire les éléments qui vous manquent.

On dit souvent qu'il vaut mieux lire la recette jusqu'au bout avant de se lancer dans la confection d'un gâteau. Dans le cas présent, mettez ce conseil en pratique. Étudiez attentivement toutes les questions de cette liste, une par une, et jusqu'au bout avant de commencer à écrire quoi que ce soit.

1. Représentez-vous mentalement, côte à côte, les parents de votre conjoint : dans votre imagination, où les voyez-vous ? Si vous les voyez à l'intérieur de la maison, dans quelle pièce sont-ils ? Que font-ils ?

2. Leur relation est-elle empreinte d'une grande affection ? Est-elle au contraire plus froide et distante ? Comment s'expriment-ils réciproquement leur affection ? Celle-ci se traduit-elle des gestes particuliers ? Ont-ils des expressions affectueuses, se donnent-ils de tendres surnoms ?

3. Essayez à présent de les imaginer en train de se disputer. Le ton monte-t-il très vite pour culminer à la guerre totale ? Ou considèrent-ils tout conflit comme embarrassant et inacceptable au point d'étouffer rapidement le moindre désaccord ? Comment définiriez-vous leur type de conflits ? À quelles stratégies l'un et l'autre ont-ils recours pour en sortir ? Chacun défend-il son point de vue librement pour en faire part à l'autre ? L'un des deux quitte-t-il brusquement la pièce en refusant de négocier ?

4. Les parents de votre conjoint sont-ils resté fidèles l'un à l'autre ?

5. Se font-ils rire mutuellement ? Comment ?

6. Sont-ils des amis l'un pour l'autre ? Se considèrent-ils comme le meilleur ami de l'autre ? Si tel n'est pas le cas, quel besoin n'a pas été pris en compte, de sorte que l'un des deux ait à le combler en dehors du couple ? Sur un autre plan, chacun des deux a-t-il un groupe d'amis proches avec qui il aime particulièrement se détendre ?

7. Quel type d'environnement familial ont-ils créé ? Est-il porteur de tensions ? Quand ils reçoivent de la visite, les invités se sentent-ils tout de suite bienvenus dans la maison ? Ou restent-ils plutôt posés sur le bout de leur chaise en ayant hâte de déguerpir ?

8. Quels défauts de comportement ou attitudes inadaptées pouvez-vous déceler chez les parents de votre partenaire ? Peut-être existe-t-il une situation de stress ou de crise que l'un des deux, voire les deux parents, ne parviennent pas à gérer convenablement. Pensez à ces situations, et imaginez comment l'un et l'autre y réagissent.

Revenez maintenant à votre journal. En vous basant sur les questions précédentes, faites une description écrite de la relation existant les parents de votre partenaire. Parlez de ce que vous connaissez d'eux, non pas sur un plan individuel, mais du point de vue de leur interaction de couple.

III. Les autres relations de votre partenaire

Maintenant que nous avons exploré assez en profondeur les relations familiales de votre conjoint, il est temps de s'intéresser à ses autres relations. Répondez de façon succincte, en deux phrases, aux questions suivantes. Là encore, évitez de faire appel à votre partenaire pour obtenir vos informations.

1. Qui sont les meilleurs amis de votre conjoint ? Pourquoi le sont-ils ? Qu'est-ce qui le pousse à passer du temps en leur compagnie, et comment le traitent-ils ?

2. D'une manière générale, quelle est l'attitude de votre conjoint vis-à-vis du sexe opposé?

3. Votre conjoint avait-il un (des) meilleur(s) ami(s) durant l'enfance, et qui était-il (étaient-ils)?

4. Quel genre de personnes déplaît à votre partenaire?

5. Comment votre conjoint considère-t-il et traite-t-il les personnes âgées?

6. Comment considère-t-il et traite-t-il les animaux?

7. Mis à part vous, vers qui votre conjoint se tourne-t-il pour trouver chaleur humaine et camaraderie?

8. Votre conjoint a-t-il déjà été trompé ou trahi? A-t-il déjà eu le cœur brisé? Par qui? Dans quelles circonstances? Comment a-t-il réagi?

9. Comment s'est déroulée la précédente relation amoureuse de votre conjoint? Que savez-vous de ses précédentes relations amoureuses?

10. Quelle genre de vie sociale votre conjoint préfère-t-il? Les soirées et les fins de semaine doivent-elles être remplies d'activités et de nouvelles rencontres, ou a-t-il plutôt tendance à en en profiter pour rester à la maison? Quelle est, pour votre conjoint, l'activité sociale idéale?

11. A-t-il des amis au travail? Qu'apprécie-t-il chez eux?

12. Est-il apprécié par ses pairs? Pourquoi?

13. Votre conjoint attache-t-il de l'importance à ce que les autres pensent de lui?

14. Voyez-vous votre conjoint comme une personne loyale?

15. Votre conjoint est-il fidèle?

16. Que pense votre conjoint de votre famille : vos parents, vos frères et sœurs et vos parents proches?

17. Quelles personnes et quel genre de personnes intimident votre conjoint?

18. Comment votre conjoint perçoit-il sa situation sociale? Se sent-il au bas de l'échelle ou est-il content de sa position?

19. Quel rapport entretient-il avec l'autorité?

IV. Le mode d'approche de votre partenaire

Voici une expression propre à définir la manière dont les gens abordent et «approchent» le monde. Par exemple, lorsqu'elles pénètrent un endroit bondé, rempli de têtes inconnues, certaines personnes viseront le coin le plus noir de monde – et ne sentent à l'aise que lorsqu'elles sont au milieu de l'action. D'autres préfèrent se couler dans la pièce, comme un parfum léger. Elles se sentiront à l'aise au bout de quelques minutes – leur mode d'approche est simplement différent. Tout le monde – et votre partenaire ne fait pas exception – développe un mode d'approche, un mode d'être au monde.

Questions à choix multiples : Pensez à la façon spécifique dont votre conjoint réagit au monde qui l'entoure, puis répondez aux questions suivantes, en entourant la réponse a ou b.

1. Lorsque mon conjoint et moi arrivons à une soirée, une réception ou un dîner, il aura tendance :

a. à rester à l'écart en attendant que quelqu'un vienne engager la conversation

b. à se diriger sur le groupe de convives qui a l'air de s'amuser le plus

2. Je décrirais mon conjoint comme étant une personne :

a. davantage active

b. davantage passive

3. Je décrirai mon conjoint plutôt comme :

a. un meneur de jeu

b. un équipier

4. Il est plutôt :

a. une personne courageuse

b. très anxieux de la vie

5. De manière générale, mon conjoint est quelqu'un de :

a. travailleur

b. paresseux

6. Mon conjoint est :

a. généralement content et satisfait de sa vie

b. agité et frustré

7. Mon conjoint :

a. reste dans sa zone de confort et refuse d'abandonner ses repères familiers

b. a l'esprit aventureux et accueille avec plaisir les nouveaux défis

8. Mon conjoint tend à être :

a. souple et compréhensif

b. rigide et fermé

Questions nécessitant des réponses courtes. Répondez à présent aux questions suivantes dans votre journal. Une ou deux phrases suffisent.

1. Qu'est-ce que votre conjoint trouve drôle?

2. Qu'est-ce qui l'agresse?

3. Lui arrive-t-il de parler du passé? Si c'est le cas, de quoi parle-t-il?

4. Que ressent votre conjoint par rapport à son enfance?

5. Diriez-vous que votre conjoint exprime facilement ses émotions?

6. Comment votre conjoint réagit-il quand il y a de l'émotion dans l'air?

V. Les frustrations de votre conjoint

Tout comme vous l'avez fait pour les parents de votre conjoint, il vous sera très utile de brosser un tableau des frustrations de votre partenaire. J'entends par frustration, tout ce qui peut être facteur de stress et de difficulté pour lui, de même que les réponses qu'il y apporte. Avant d'écrire quoi que ce soit, prenez le temps de lire la prochaine série de questions. Pour chacune d'entre elles, essayez de vous forger une image mentale du sujet évoqué, de visualiser la scène.

Quelles sont ses plus grandes frustrations?

En vous appuyant sur cette question, identifiez les domaines de sa vie où elles sont susceptibles de jouer et d'apparaître.

1. Au travail

2. À la maison

3. En présence d'un membre de la famille

4. Lorsqu'on aborde certains sujets

5. Sa frustration obéit-elle à un schéma particulier : certains moments, certaines circonstances favorisent-ils cet état ?

6. Êtes-vous à même de prédire comment votre conjoint exprimera ses frustrations ? Comment se comporte-t-il lorsqu'il est frustré ?

7. Votre conjoint conserve-t-il une attitude positive, même lorsque les choses ne tournent pas rond ?

8. Que fait votre conjoint lorsqu'il est en colère ?

9. Nommez les deux ou trois bêtes noires de votre conjoint.

10. Quelle importance accorde votre conjoint aux notions de paix et d'harmonie ?

11. Le trouvez-vous indulgent ou vindicatif ?

12. Goûte-t-il la compétition ?

13. Comment aborde-t-il la confrontation ?

14. Votre conjoint est-il un bon joueur ?

15. Est-il coutumier des reproches et des plaintes ou accepte-t-il au contraire les faits pour aller de l'avant ?

16. Souffre-t-il d'insécurité ? Si oui, sous quelles formes ?

17. Que fait votre conjoint quand il est blessé ?

18. Se sent-il apprécié ?

Revenez à présent à votre journal et entreprenez de décrire dans quel contexte votre partenaire éprouve ces frustrations, sans oublier d'y inclure ses réactions prévisibles ou probables.

VI. Succès, échecs et pertes

Faites des réponses courtes, en une ou deux phrases.

1. Comment votre partenaire définit-il la réussite ? Par exemple, l'argent est-il pour lui synonyme de succès ? Ou est-ce plutôt l'absence de conflits ? Votre partenaire considère-t-il comme un réussite que l'harmonie règne dans la famille et que tout tourne rond à la maison ? Quelle est sa conception du succès ?

2. Quels ont été les plus grands succès de sa vie ? Quelles ont été jusqu'ici ses plus remarquables victoires ?

3. Quelles ont été ses plus grands échecs ? Ses défaites les plus cuisantes ?

4. Quelles sont les limites de votre conjoint ? En est-il conscient ?

5. La vie de votre conjoint a-t-elle été marquée par une ou plusieurs tragédies ? Si oui, quelles sont-elles ?

6. Votre conjoint est-il en mesure de s'excuser lorsqu'il a eu tort ?

VII. Aspects professionnels et financiers

Formulez des réponses courtes.

1. À quel point son travail satisfait-il votre conjoint ?

2. S'il devait choisir un autre métier, quel serait-il ?

Quelles satisfactions en retirerait-il, qui sont absentes de son travail actuel ?

3. Comment votre conjoint ressent-il sa situation financière actuelle ?

4. Votre partenaire fait-il preuve d'une attitude responsable vis-à-vis de l'argent ?

VIII. Aspects intellectuels et physiques

Faites des réponses courtes.

1. De quelle nature est l'héritage parental de votre conjoint ?

médical ?

psychologique ?

relationnel (dans ses aptitudes à entretenir une relation) ?

2. Votre conjoint est-il intelligent ? À quel point ?

3. Votre conjoint se perçoit-il comme intelligent ? À quel point ?

4. Comment se trouve-t-il physiquement ?

5. Quel est son sport favori ?

6. Quelles sont ses attentes sexuelles ?

7. Quels sont ses plats préférés ?

8. Quelle style de musique préfère-t-il ?

9. Quel est son art préféré ?

10. Quels sont ses goûts et intérêts particuliers ?

11. Quels sont ses hobbies ?

IX. Principes et priorités

1. Votre conjoint respecte-t-il certains principes ? Lesquels ? Quelles convictions ont le pouvoir de l'amener à poser des actes conscients qui les reflètent ?

2. Ses convictions se vérifient-elles de façon éclatante dans certains domaines de sa vie ?

3. Votre conjoint fait-il preuve d'excellence dans certains domaines ?

4. Quelles sont ses convictions politiques ?

5. Quelles sont actuellement ses cinq priorités les plus importantes ? Faites-en la liste.

6. Votre conjoint est-il optimiste pour le futur ?

7. Quelle est sa plus grande passion ?

8. De quel fait, événement ou aspect de sa vie est-il le plus fier ?

9. Quelles sont ses plus grandes peurs ?

10. Que fait-il lorsqu'il a peur ?

11. En quoi consiste sa vie spirituelle ?

12. Quelles sont ses convictions spirituelles et / ou religieuses relatives à la vie et la mort ?

Faisons une pause. Les prochaines questions vous demanderont la plus grande attention et quelques efforts. Alors je vous suggère de prendre du recul sur le travail effectué jusqu'à présent. Faites en sorte d'être prêt(e) pour ce qui va suivre. Comme précédemment, prenez le temps de lire ce questionnaire à fond avant d'essayer d'y répondre. J'espère qu'à ce point de notre travail d'enquête, vous saisissez la nature délicate de votre tâche. Vous détenez de précieuses informations. Aussi précieuses que la fameuse clairière perdue dans les Rocheuses que nous avons évoquée au chapitre précédent. Les questions suivantes traitent de points sensibles qui vous apporteront des informations d'une importance cruciale pour la suite. Par conséquent, je vous en conjure, donnez-leur toute l'attention qu'elles méritent et gardez vos réponses exclusivement pour vous.

Première question

Si votre conjoint pouvait se trouver là où il le désire, avec qui il désire, à faire ce qu'il désire, que ferait-il ?

Deuxième question

Quel a été le moment le plus heureux dans la vie de votre conjoint ? Si ce temps est révolu, pourquoi a-t-il pris fin ? Qu'est-il arrivé de nature à ternir ce bonheur passé : est-ce lui ou le monde qui a changé ?

Troisième question

Que désire votre conjoint ?

Pour répondre à cette question, appuyez-vous sur ce que vous croyez qu'il désire le plus dans la vie et développez. Après y avoir répondu, passez à la question suivante :

Quels obstacles l'empêchent d'obtenir ce qu'il désire ?

Quatrième question

Pour quelle raison votre conjoint vous a-t-il choisi(e) pour partager une relation intime ? En vous fondant sur les informations recueillies au sujet de son histoire familiale, de son univers relationnel et de son tempérament en général, quels sont d'après vous les points majeurs qui l'ont attiré vers vous et l'ont poussé à vous faire entrer dans son monde intime ?

Cinquième question

Quels sont les défauts majeurs de votre conjoint?

Rassemblons toutes les informations

En élaborant le profil de votre partenaire, je suis sûr que vous avez consacré beaucoup d'attention aux différentes étapes du questionnaire et y avez répondu aussi sincèrement et honnêtement que possible. Peut-être avez-vous découvert certaines lacunes dans la connaissance que vous aviez de votre conjoint. Certaines questions vous ont laissé sans réponse. Ce n'est pas grave. Il est beaucoup plus important, à ce stade, d'avoir clairement cerner les contours de ce que vous savez de votre conjoint plutôt que de vous inquiéter de tous les éléments qui vous échappent encore.

Il vous reste encore à franchir une étape cruciale. Repenchez-vous à présent sur votre profil personnel et rappelez-vous que nous avions abordé, de votre point de vue, cinq différentes catégories de besoins : émotionnels, physiques, spirituels, sociaux, et le besoin de sécurité. Pour que le profil de votre conjoint soit complet, il vous faut élaborer une liste similaire à la vôtre, mais du point de vue de votre partenaire.

Pour bien faire, vous devrez revoir les réponses que vous avez données à la série de questions des pages précédentes. En relisant ce que vous avez écrit, mettez-vous dans la peau d'un détective. Passez vos réponses au crible pour déterminer, du point de vue spécifique de votre conjoint, tel que vous le connaissez maintenant, quels sont :

- ses besoins émotionnels
- ses besoins physiques
- ses besoins spirituels

- ses besoins dans la sphère sociale
- ses besoins de sécurité

Prenez le temps à présent de définir ce que sont, d'après vous, les besoins de votre partenaire dans ces cinq domaines. Par exemple, en examinant son profil, vous constatez peut-être qu'on ne lui a jamais dit qu'il était particulier, que personne ne l'a jamais soutenu de cette façon jusqu'ici. Vous noteriez donc dans la catégorie « émotionnelle » : « Mon conjoint a besoin de savoir qu'il est spécial, unique. »

Deux ou trois autres lacunes émotionnelles vous sauteront peut-être aux yeux dans la suite de votre lecture. Passez toutes ces informations au « scanner » de votre vigilance et de votre attention jusqu'à avoir repéré, dans chacune des cinq catégories, les besoins les plus immédiats de votre conjoint, sans exception.

Une fois que vous aurez terminé vos listes pour chaque catégorie, retournez à la première d'entre elles. Mettons qu'il s'agisse des besoins émotionnels. Examinez le premier besoin identifié dans la liste et posez-vous la question suivante :

Quelles sont les trois choses que je peux faire, maintenant et régulièrement à l'avenir, pour combler le besoin de mon conjoint dans ce domaine ?

Ne vous contentez pas de peser la question, répondez-y. Faites une liste des trois actes spécifiques que vous pourriez poser pour y répondre. Si le premier besoin que vous ayez noté était : « Il a vraiment besoin de savoir que quelqu'un dans ce monde pense qu'il est spécial », vous pourriez alors y répondre par les trois propositions suivantes :

« Je peux lui dire qu'il est spécial. Je peux lui glisser incidemment que nos enfants sont vraiment contents d'avoir un parent comme lui. »

« Lorsque nous lisons un livre ou regardons un film à la télévision et que nous tombons sur le portrait-type d'un couple à problèmes, je peux lui faire remarquer combien j'ai de la chance d'être marié(e) à un conjoint comme lui. »

« Lorsque nous nous retrouvons pour le déjeuner, je peux lui dire combien je l'aime, peu importe le métier qu'il exerce. »

Il est vital que vous poursuiviez et complétiez ces propositions pour chacun des besoins identifiés dans chacune des cinq catégories. Vous noterez en revanche que je ne vous demande pas de passer à l'acte immédiatement ; cela, c'est l'objet du prochain chapitre.

Pour le moment, votre objectif est de gagner une compréhension fine et exhaustive de la situation. Vous ne devez pas passer au prochain chapitre avant d'être en mesure de vous dire clairement : « Voilà quel est le besoin de mon conjoint, et voici les trois actes que je peux poser pour y répondre. »

Dites-vous qu'après avoir accompli cette tâche véritablement éprouvante, vous avez fait un pas gigantesque en direction de votre partenaire. Mettez à profit et savourez cette précieuse étape. Vous êtes en train de découvrir ou de redécouvrir la personne au monde avec qui vous partagez la relation la plus intime. Soyez heureux (heureuse), plein(e) d'espoir. Vous voici sur la bonne voie.

Chapitre 7

Retisser les liens avec votre partenaire

Jusqu'ici, vous avez accompli un travail intérieur et strictement personnel. Il est temps, à présent, d'agir de façon interactive, de faire participer votre partenaire. Vous allez devenir un guide pour votre couple, car, comme vous le savez déjà : savoir, c'est pouvoir. Que vous ayez l'habitude ou non d'endosser ce rôle au sein de votre couple, vous détenez maintenant un savoir. Vous êtes à même de retisser les liens avec votre partenaire. Vous n'avez jamais été aussi bien préparé(e), et à moins que vous ayez progressé ensemble pas à pas tout au long de ces chapitres, il est clair que vous êtes plus à même d'occuper cette position. Vous avez reconnu la vérité, renoncé à nier l'évidence, développé un esprit constructif, cerné vos besoins ainsi que ceux de votre partenaire ; enfin, vous avez déterminé quels actes devaient être posés pour aller vers les désirs de l'autre.

Pourquoi vouloir impliquer votre partenaire dans cette démarche ? Vous êtes prêt(e) à agir avec détermination pour obtenir ce que vous voulez et que votre partenaire en profite. Je ne veux pas vous entendre dire, une fois ce livre terminé : « Eh bien, au moins j'aurais appris quelque chose ! » La connaissance n'est rien sans l'action. Il ne s'agit de rien moins que de changer vos vies et la nature de votre relation affective. Cela fait trop longtemps que vous vous contentez de peu et que vous vivez en acceptant ce que vous n'avez jamais voulu.

Désormais, les résultats que vous obtiendrez seront la preuve de votre réussite. Où en sera votre couple dans un mois, six mois, un an ou cinq ans ? Faites-en votre seul critère. Si à ce moment-là, la situation est la même ou n'a fait qu'empirer, c'est que vous n'avez pas fait votre travail, et moi non plus.

Comprenez bien ce que signifie réussir dans ce contexte. En général, ce mot évoque argent, beauté, performance, biens matériels. Ici, c'est différent. Réussir dans le cadre d'un couple, c'est connaître la paix et l'harmonie, c'est vivre tous les deux ce que vous espériez, ce dont vous rêviez quand vous étiez plus jeunes. Mais je vous le rappelle : il n'en tient qu'à vous. Il n'y a pas de compromis possible, ni d'excuses. Jusqu'à présent vos pensées et vos attitudes négatives ont empoisonné votre couple, mais vous ne saviez que faire. Maintenant vous avez la possibilité de contrôler la situation et de donner un vrai souffle à votre relation. Il vous suffit de vous redresser, d'agir et d'exiger des résultats.

Petite précision sur ce que j'entends par exiger. Je ne vous propose pas de contrôler la situation à vos propres fins. Votre but est de créer un état où tout le monde est gagnant. Souvenez-vous du deuxième critère de notre formule du succès en couple : « Leur capacité à combler leurs besoins respectifs. » Bien sûr, chacun de nous envisage l'existence selon ses expériences personnelles et désire tourner les événements en sa faveur. Mais je préfère vous prévenir, Dans un couple, on ne peut réussir sans l'autre. Si vous désirez simplement satisfaire vos rêves et être heureux (heureuse) tout(e) seul(e), vous échouerez. Vous tomberez dans l'égoïsme et le bonheur vous fuira.

Il est temps maintenant de reprendre les négociations et de redéfinir votre relation, avec des conseils éclairés et un esprit plus positif que jamais. Vous avez entrepris le sauvetage de votre couple en choisissant ce livre, et vous avez poursuivi en travaillant sur vous-même. En décidant de l'entraîner dans ce processus, vous donnez une chance à votre conjoint d'y contribuer. Peut-être sera-t-il tout de suite d'accord, peut-être non. Mais de toute façon, il est temps pour vous d'avancer d'un cran dans la réalisation de votre projet. Vous allez commencer à vous lever chaque matin en vous posant la question : « Que puis-je faire aujourd'hui pour améliorer ma relation de couple ? »

Je ne prétends pas qu'il soit aisé de répondre à cette question ni de mettre en pratique vos projets. Je sais aussi que vous avez encore peur, que vous hésitez. Ne vous laissez pas envahir par ces sentiments négatifs. Ne vous laissez pas gagner par le doute. Inutile de vous demander si cela va être dur, la réponse est oui. Mais je peux aussi vous dire que vous êtes en possession des outils dont vous aurez besoin, et que votre couple en vaut la peine. Refusez de vivre plus longtemps dans votre enfer intime, figé(e) dans l'amertume et le ressentiment, assis(e) dans votre living-room et séparé(e) de votre conjoint par une table d'un mètre de large. Une table qui est devenue un précipice qu'aucun de vous deux ne peut ni ne veut plus traverser. Refusez de confirmer des statistiques tendant à comparer le mode relationnel des Américains à celui de navires se croisant dans la nuit.

Ayez le courage d'être celui ou celle qui fait fi du précipice, prend la main de l'autre dans la sienne et lui demande : « Et si nous retombions amoureux ? » Si, à vos yeux, votre partenaire ne le mérite pas, tant pis. Inutile de penser non plus que ce serait à lui d'entreprendre la démarche. C'est vous maintenant qui prenez les choses en main. Vous avez acquis des connaissances, accompli un travail et préparé votre mental. Servez-vous de cette énergie pour laisser le passé derrière vous, tendre la main et franchir le fossé qui vous sépare de votre partenaire. Le but de ce livre n'est pas de vous amener à vous retrouver seul chez vous, à ruminer l'échec de votre couple sur le mode « ce n'était pas de ma faute… ». Je l'ai écrit pour que vous rencontriez le bonheur, même si la plupart d'entre vous êtes très tentés de prendre vos jambes à votre cou.

Avant de commencer le programme quotidien, je veux vous préparer doucement à entamer un nouveau dialogue avec votre partenaire. Vous allez avoir à faire face à l'un des trois scénarios suivants. Première possibilité, la plus enviable, votre conjoint est prêt à s'engager, il a lu le livre en même temps que vous et a participé aux exercices. Si c'est le cas, vous avez vraiment de la chance. Deuxième possibilité, votre conjoint n'était pas aussi proche de vous pendant la lecture de ce livre, mais il est prêt à tenter l'expérience. Dans ce cas, il sera très flatté et stimulé de voir le temps et l'énergie que vous consacrez à votre couple. Vous avez tous les deux de la chance et vous trouvez au carrefour de grands changements.

Dans le troisième scénario, le conjoint ne veut rien entendre. Et soyons honnêtes, c'est le cas de figure le plus fréquent. Pour un certain nombre de raisons, il n'a pas lu le livre, il n'a aucune envie d'entreprendre un travail sur votre relation et vous dira peut-être : « Tu sais ce qui se passe ? Tu as lu quelques pages de ce bouquin et maintenant tu crois tout savoir ! » Ou encore : « Qu'est-ce que ce psy à moitié chauve connaît de moi et de ma vie ? Encore un imbécile qui ne pense qu'à se faire de la pub ! »

Il peut même aller jusqu'à vous dire que tout ce bavardage autour de « la relation » ne fera que l'envenimer. Il risque d'être particulièrement effrayé en vous entendant parler de vos besoins profonds parce qu'il doute de pouvoir les satisfaire. Ou encore, il ne voudra pas s'engager dans ce programme par refus de déterrer des souvenirs douloureux ou certains épisodes passés. Il pensera peut-être inutile de faire ce travail parce qu'un de ses amis vient de sortir à la fois furieux et effondré d'une thérapie conjugale. Enfin et surtout, il peut très bien penser que tous les problèmes viennent de vous, et se montrera de plus en plus agacé des efforts que vous déploierez. Si votre couple ne marche pas et que, de son point de vue, « le cœur n'y est plus », il sera complètement démotivé. Peut-être est-il déprimé, replié sur lui-même et sur la défensive. Cela ne correspond peut-être pas à ce dont vous rêvez, mais c'est votre réalité.

Soyez patient et continuez votre chemin. Vous pouvez malgré tout, en agissant seul, transformer considérablement la situation, exercer une influence bénéfique sur la colère ou la frustration de l'autre. N'oubliez pas que vous allez vous exprimer de façon complètement différente. Il ne vous aura sans doute jamais vu sous ce jour-là. Jusque-là, vous n'étiez jamais arrivé à définir vos attentes ni à entendre celles de votre conjoint. Vous ne réussissiez pas à échapper à votre esprit négatif quand vous communiquiez avec lui. Vous étiez incapable de vous ouvrir, alors que maintenant vous avez appris quelles sont les valeurs importantes dans une relation personnelle. Au lieu de le harceler avec vos problèmes ou de l'ignorer et lui tourner le dos, vous êtes maintenant en mesure de communiquer plus clairement et plus efficacement aussi.

Certes, vous n'aurez pas la tâche aisée si votre partenaire ne vous suit pas. Mais rien n'est impossible. La vie vous a enseigné combien il était difficile d'aller à contre-courant. Si vous refusez de laisser tomber, de considérer une réponse négative comme définitive, si vous continuez à penser, à sentir et à vous comporter de façon constructive, vous en ressentirez les effets positifs. N'hésitez pas à relire ces lignes chaque jour. Je sais que vous vous sentirez parfois seul(e), que vous aurez l'impression de gravir des sommets invincibles. Ne renoncez pas. Ayez confiance en vos capacités et n'oubliez pas que les plus infimes changements de cap peuvent conduire votre couple dans la bonne direction.

Même si vous êtes seul(e) à agir, la situation doit commencer à s'améliorer, et à partir de là votre conjoint témoignera sans doute d'un meilleur esprit de coopération. Il commencera à apprécier vos efforts. Peut-être vous faudra-t-il enclencher patiemment le processus avant qu'il n'accepte de voir qu'il est lui aussi blessé, meurtri, perdu et dans l'incapacité d'agir. Mais montrez-lui déjà que vous essayez sincèrement de comprendre et de combler ses désirs. En agissant simplement dans l'intérêt de votre couple, vous allez faire l'expérience d'une force intérieure libératrice.

Quelle que soit la relation que vous entretenez avec votre conjoint, vous pouvez appliquer cette stratégie, le but étant que chacun des deux y trouve son compte. C'est pourquoi que je vais vous indiquer un processus à observer étape par étape, dans les moindres détails. Jetez déjà un œil sur la charte que je vous propose, je vous préciserai ensuite ses articulations. Quand vous aurez donc lu les dix points qui indiquent la marche à suivre, je vous donnerai quelques instructions pour communiquer avec votre partenaire et minimiser les effets de résistance.

Charte du dialogue et de la réconciliation

Étape 1 : Ouvrir le dialogue

Étape 2 : Exposer votre démarche

Étape 3 : Parler de votre travail sur la conscience intime

Étape 4 : Parler des dix mythes sur le couple

Étape 5 : Parler des tendances négatives inhérentes au couple

Étape 6 : Définir les différentes valeurs à adopter en couple.

Étape 7 : Exposer la formule du succès en couple

Étape 8 : Discuter du profil de votre partenaire

Étape 9 : Clarifier les besoins de votre partenaire

Étape 10 : Discuter de votre profil

Étape n° 1

Ouvrez le dialogue

En commençant à dialoguer différemment avec votre partenaire, il se pourrait que vous tendiez à être légèrement manipulateur (manipulatrice). Je ne pense pas qu'en soi, la manipulation, soit une mauvaise chose, lorsqu'elle n'aboutit pas à l'égoïsme et à la destruction. Pourquoi ne pas utiliser vos connaissances et votre force de persuasion pour amener l'autre à construire quelque chose de positif? Ici, Je veux que votre partenaire soit dès le début impressionné positivement et qu'il voie clairement qu'il aurait tout à gagner à participer à ce processus.

C'est pourquoi je pense qu'il serait bon que vous imaginiez pour lui un petit discours d'introduction où vous lui exposerez ses peurs et ses points de résistance, mais aussi, très clairement, les effets bénéfiques immédiats auxquels s'attendre. Ainsi, sa résistance faiblira. Faites de votre mieux. Prenez ce qui vous correspond parmi ces quelques idées qui ne sont que des exemples. Je vous les propose juste pour que vous commenciez à réfléchir à ce que vous souhaiteriez dire.

«J'ai une proposition qui va te plaire. Elle concerne notre couple. Arrête de regarder ta montre, de penser au chien qu'il faut sortir ou à ta mère chez qui tu dois passer. S'il te plaît, assieds-toi et écoute-moi un instant. Nous sommes dans une impasse. Tu le sais aussi bien que moi. Notre couple ne marche pas, ni pour toi, ni pour moi. Mes attentes restent insatisfaites et je sais que je ne comble pas les tiennes. Nous sommes tous les deux frustrés. Et j'enrage parce que nous avons été heureux et que je sais que nous pouvons l'être encore.»

«Je suis ici pour te dire que j'ai l'intention de changer tout ça et de nous donner la possibilité d'être heureux. Ce couple, je l'ai voulu. Tant de choses me plaisaient en toi, qui me plaisent toujours. Mais le problème, mon problème, c'est que nous avons cessé d'être attentifs à ce qui nous a réunis. Je reconnais avoir fait l'erreur d'oublier les raisons pour lesquelles je t'ai aimé si fort, et m'être attaché à des détails sans importance. Je me suis attardé sur les aspects négatifs, les problèmes, les sujets de contrariété. La vérité, c'est que j'ai manqué de bienveillance, que ce soit à ton égard ou au mien, parce que j'ai cessé d'être enjoué et que nous ne sommes plus présents l'un pour l'autre.»

«J'aimerais prendre un engagement envers toi. Je m'engage à rendre notre relation harmonieuse. Je m'engage à privilégier mon amour pour toi, plutôt que les reproches. Je m'engage à t'accepter tel que tu es et à t'épauler dans tes objectifs. Je veux prouver le bien-fondé de notre engagement. Je veux que notre relation comble tes désirs et tes attentes, et qu'il en soit de même pour moi.»

«Je veux prendre un nouveau départ. Je me pardonne les stupidités que j'ai pu commettre, et je pardonne aussi les tiennes. Jusqu'à présent je n'y étais pas prêt, mais maintenant je le suis. Je suis persuadée que notre couple est viable. Simplement j'avais oublié l'essentiel. Je renonce à toutes les critiques que j'ai pu te faire, aux frustrations que j'ai ressenties, c'est du passé. Quoi que tu fasses à l'avenir, tu n'es plus dans ma ligne de mire. Ce n'est pas de ta faute si j'ai été malheureux. Je suis responsable de ma vie et je n'en ferai plus le reproche à personne.»

«Je suis responsable à cent pour cent de mon attitude dans notre couple. Ce n'est pas un contrat à torts partagés. Je suis totalement responsable de ma vie. Je crois qu'il en va de même pour toi, mais cela ne me regarde pas. Ce que je veux te dire, c'est que mes sentiments m'appartiennent, que je peux les choisir, et que te critiquer équivaut par conséquent à m'insulter moi-même. Car cela signifie que je suis incapable de décider et d'avoir prise sur mon destin. Or c'est faux. Je peux décider de ce qui m'arrive, et je le ferai désormais.»

« Je ne te demande qu'une chose, c'est de me permettre de t'aider. Peut-être n'éprouves-tu aucun enthousiasme à l'idée de travailler à notre relation. Très bien ! Je ne peux pas te dicter tes pensées, il me suffit que tu aies envie d'essayer. Va à ton rythme, mais si tu t'y mets, si tu participes au travail difficile que j'ai entamé, je te promets que nous sortirons transformés de ce processus. »

Ça y est, c'est fait. Vous avez terminé votre discours d'introduction. Surtout ne croyez pas qu'il doive être aussi long, mais je voulais vous donner le plus d'idées possibles. Maintenant la parole est à votre conjoint. S'il semble dubitatif, méfiant ou réfractaire, restez détendu et patient. Il est parfaitement naturel qu'il se sente menacé. S'il dit : « Alors, à qui ai-je affaire maintenant, au docteur Freud ? » ne mordez pas à l'hameçon. Répondez de façon aussi neutre que possible, par exemple : « Mais pas du tout. Je ne connais rien aux relations et aux comportements humains, mais je sais que je veux que nous soyons heureux. J'espère que tu apprécieras mon travail et que tu te joindras à moi, mais je comprendrai que tu ne le fasses pas. Peut-être qu'un jour, tu changeras d'avis. » Quoi que vous disiez, restez concentré sur votre objectif, suivez ce que vous avez appris et soyez patient.

Au moins votre partenaire a-t-il consenti à vous écouter le temps que vous lui fassiez partager votre expérience. Passons maintenant à l'étape 2. À vous de décider si vous préférez l'aborder tout de suite, ou faire une pause et reprendre plus tard.

Étape n° 2

Exposez votre démarche

Il s'avérera utile de présenter sommairement le travail déjà accompli pour enclencher le processus de réconciliation. Mais comment le faire sans montrer trop d'arrogance ? Faites-moi confiance à ce moment critique, il serait fatal de jouer les je-sais-tout. Vous devez ménager l'ego de votre conjoint. Il est donc essentiel de vous montrer rassurant. Vous pourriez commencer en disant simplement : « Écoute, je suis en train de lire le livre d'un psychologue américain qui, je crois, t'intéressera. C'est un ouvrage direct, sensé, qui met l'accent sur les actes, rien à voir avec le genre "Quelles relations avec ta mère?". »

Plutôt que de vous proposer un texte comme à l'étape 1, je vais vous donner quelques points de discussion à approfondir. Même s'ils se recroisent, ils devront tous être abordés d'une façon ou d'une autre durant cette étape.

Dites à votre partenaire, sans trop entrer dans les détails, que vous avez été amenés, au terme d'un processus très intéressant développé dans ce livre, à déterminer ce qui allait et ce qui n'allait pas dans votre couple.

« L'auteur, le Dr McGraw, t'invite à mesurer ta réussite en fonction des résultats tangibles que tu obtiens. Les intentions n'ont guère d'importance, il nous encourage à examiner les faits. La culpabilité, la faute, les reproches, et la honte appartiennent au passé. Ce livre dit qu'il faut aller de l'avant, sans se retourner. Le message est relativement simple : "Si ce que vous faites ne marche pas, changez d'attitude". »

Racontez à votre conjoint comment vous avez recensé vos pensées négatives et comment vous essayez d'adopter une attitude constructive. Encore une fois, ne vous perdez pas dans les détails. Il faut que votre description soit assez alléchante pour que votre conjoint puisse vous dire : « Ah oui? Dis-m'en un peu plus. »

Expliquez-lui que vous vous êtes efforcé de cerner les comportements autodestructeurs que vous avez pu manifester dans la relation. Expliquez-lui aussi que vous avez commencé à découvrir vos propres désirs et vos propres peurs, et ceux que vous devinez chez lui.

Confiez-lui que cet auteur vous a proposé une formule, pleine de bon sens, pour vivre une relation satisfaisante. Encore une fois, dites-lui bien que vous ne pensez pas pour autant être devenu un spécialiste du couple, mais que vous avez appris et que vous continuez à glaner des éléments qui vous semblent particulièrement importants.

S'il vous demande davantage d'explications ou de lui citer des exemples de pensées ou d'attitudes négatives qui ont été les vôtres, donnez-les lui. Mais s'il veut connaître les désirs et les peurs que vous avez identifiés chez lui, faites en sorte d'avoir franchi cette étape avant de lui répondre. Il vaudrait mieux préciser maintenant ensemble les quelques concepts-clés que vous connaissez avant d'entamer des discussions plus approfondies sur votre relation. Les échanges, par la suite, n'en seront que plus fructueux.

N'oubliez pas : adaptez-vous à votre conjoint. Ne forcez rien. Il n'y a pas si longtemps, vous aussi vous sentiez perdu. Imaginez comme il pourrait se sentir déboussolé si vous le rudoyiez un peu trop. Soyez patient. Quand vous sentirez qu'il est prêt, passez à l'étape suivante.

Étape n° 3

Parlez de vos efforts pour renouer avec votre conscience intime, et des résultats bénéfiques de cette démarche

C'est le moment de préciser ce que vous avez appris. Exposez le concept de conscience intime et votre intention de renouer avec elle. Voici un exemple de ce que vous pourriez dire : « J'ai vraiment travaillé d'arrache-pied, je me suis battu(e) avec ce que ce bouquin appelle “conscience intime”. Contrairement à ce que l'on pourrait penser, ceci n'a rien d'une invention fantaisiste. Il n'y a rien de plus terre-à-terre. Si ce concept est très concret, c'est qu'il parle de ce point où nous retrouvons ce que nous sommes vraiment. Il parle de ce lieu où notre estime personnelle, notre confiance et notre dignité se tiennent intactes et disponibles. Je sais qu'il existe en toi un lieu semblable. Mais, tout comme chez moi, cette conscience intime a été assombrie par les aléas de ton existence et les problèmes que tu as rencontrés. Maintenant que je renoue avec cette partie de moi, je me sens mieux et, du coup, je me sens mieux avec toi. Je sais que si tu fais de même, nous pourrons communiquer sur un autre plan, ce qui ne peut qu'être bénéfique pour notre couple. »

Si tout va bien, poursuivez. Si vous avez besoin d'une pause, reprenez demain. Comme vous voudrez. Mais souvenez-vous : faites en sorte que votre conjoint prenne part à la conversation le plus possible, encouragez-le à poser des questions, à apporter des réponses. S'il veut discuter d'un sujet, c'est formidable, mais n'oubliez pas d'aborder toute discussion en observant les règles de notre programme. Chacun doit y trouver son compte, dans un couple, il n'y a pas de perdant.

Étape nº 4

Parlez des dix croyances les plus répandues sur le couple

Vous n'avez pas à les exposer de façon exhaustive, mais une description de l'un ou de l'autre pourrait bien piquer son intérêt. Vous voudrez sans doute lui expliquer ce que j'entends par mythe. Rappelez-vous, que votre conjoint est vraisemblablement aussi frustré que vous ne l'étiez. Il se sent aussi stupide que vous, en constatant son incapacité à améliorer sa relation de couple. Dites-lui que selon moi personne ne vous a jamais appris à gérer une relation de couple, à défaut de quoi vivre en couple équivaut à une partie de colin-maillard. Dites-lui qu'il n'est pas étonnant que vous vous retrouviez dans une impasse, puisque votre union souffrait des bases erronées. Voici un exemple de ce que vous pourriez lui dire :

« J'ai été très étonné d'apprendre qu'un certain nombre de mes convictions sur le couple étaient tout simplement fausses. Certaines semblaient si pleines de bon sens que je les avais prises pour argent comptant. Le quatrième mythe est un excellent exemple. J'ai toujours cru que pour entretenir une bonne relation, nous devions résoudre tous nos problèmes et devenir les champions de l'absence de conflit. Le Dr McGraw dit carrément que nous n'arriverons jamais à résoudre les problèmes majeurs de notre couple, que même au bout de cinquante ans de mariage, nous serons encore en désaccord sur les points importants qui nous séparent aujourd'hui et, crois-le ou non, pour lui cela ne pose pas de problème. Il dit que cela fait partie des désagréments que rencontrent un homme et une femme qui veulent que leurs deux vies ne fassent qu'une. Cela m'a fait du bien d'entendre cela. J'étais tellement contrarié de ne pouvoir adopter ton point de vue, ou te rallier au mien. Il nous suffit simplement d'accepter nos différences et de choisir de vivre en paix.

Ces mythes peuvent susciter bien des discussions. Profitez-en tant que votre partenaire en a envie. Encore une fois, ne portez aucun jugement et, de grâce, évitez de prendre ses travers en exemple. Si tout se passe bien, visez à l'étape suivante.

Étape nº 5

Définissez les interactions négatives les plus courantes en couple

Expliquez à votre partenaire que vous portez à présent un regard fort critique sur votre approche passée du couple, et que, réalisant son caractère négatif, vous avez commencé à transformer votre vie. Encore une fois, soyez pragmatique. Expliquez comment cela vous a affecté. Voici un exemple :

« Le Dr McGraw prend souvent comme exemple de comportement négatif la technique de "l'écran de fumée". C'est lorsqu'on essaie de cacher la question essentielle en se montrant tatillon sur des détails insignifiants. J'ignore ce qu'il en est pour toi, mais je dois avouer que j'ai parfois été lâche dans nos échanges, alors qu'un minimum de courage aurait pu tout changer. Il y a des moments où je me suis attaché(e) à des minuscules événements, parce que je n'avais pas le courage ou l'énergie de parler de ce qui me souciait le plus. Je me rends compte maintenant que je t'ai privé de l'opportunité de communiquer réellement avec moi. Et pour tout te dire, cette petite perle de sagesse a réveillé ma conscience. »

Trouvez l'exemple d'un moment où vous avez laissé votre esprit négatif prendre le dessus, un événement dont votre conjoint pourra se souvenir. Précisez l'endroit, le moment et les personnes en cause. Discutez autant que votre conjoint le souhaite, dans les moindres détails. Mettez bien l'accent sur vous et non sur l'autre. Celui-ci aura de nombreuses occasions d'en faire autant, quand il sera prêt à mieux examiner son propre comportement.

Étape nº 6

Définissez les nouvelles valeurs sur lesquelles appuyer votre couple

Ici, je vous recommande de prendre tout votre temps, car les valeurs bienfaitrices que vous allez adopter sont à même de vous conduire vers des échanges de qualité à l'avenir. Parlez-en comme de buts à atteindre. Évitez de vous présenter comme un exemple à suivre, sous prétexte que vous auriez déjà adopté ce type de comportement. Voici ce que vous pourriez dire à votre conjoint :

« J'ai beaucoup aimé le passage où le Dr McGraw parle de "mettre l'accent sur l'amitié". Je me suis rappelé l'époque où nous étions de si bons amis. J'avais plaisir à discuter, à partager mes pensées et mes sentiments avec toi. Mais je dois t'avouer que je m'en suis laissé détourner. »

« Le Dr McGraw dit qu'il est essentiel, pour devenir amants et conjoints, d'avoir partagé tout d'abord une grande amitié. Cela m'a redonné force et espoir, parce que je sais que nous avons été amis, et que je suis convaincu que nous pouvons l'être à nouveau – de ceux qui ne peuvent imaginer leur vie l'un sans l'autre. »

Évoquer des souvenirs peut vous être très utile. Rappelez-vous ensemble vos activités communes, vos rendez-vous, vos promenades, les compétitions sportives auxquelles participait l'un et auxquelles l'autre venait assister. Si vous parvenez à évoquer ces souvenirs de votre amitié, vous en retirerez un élan positif pour la suite.

En continuant la discussion, efforcez-vous de multiplier les exemples pris dans votre histoire commune. Je parle de situations ou d'événements que vous avez vécus pour le plus grand bénéfice de votre couple, des moments ou tout marchait bien. En vous remémorant que ces attitudes positives furent un temps de règle dans votre quotidien, vous rétablirez une confiance sur laquelle vous bâtir votre futur. Si tout va bien jusqu'ici, vous pouvez passer à l'étape suivante. Sinon, faites une pause. Franchir ces différentes étapes peut prendre plusieurs heures, plusieurs jours, voire… plusieurs semaines.

Étape n°7

Faites-lui connaître la « formule du succès »

À ce stade, j'espère que vous avez mémorisé la formule du succès afin de pouvoir la faire partager à votre partenaire, en le regardant dans les yeux : « La qualité d'une relation de couple est fonction, premièrement, de la solidité et de la force initiale de l'amitié unissant les deux partenaires, et deuxièmement, de leur capacité à combler leurs besoins respectifs ». Puis vous survolerez les explications qui vous ont été données à ce propos. Voici ce que je vous suggère cette fois pour entamer le dialogue :

« Avec beaucoup de bon sens, le Dr McGraw m'a convaincu que si je désirais que nous ayons une relation des plus réussies, je devais apprendre à être à la hauteur de tes attentes, à combler tes désirs et à t'enseigner les miens, pour que tu aies la chance de pouvoir les satisfaire. Sur ce dernier point, je ne t'ai pas beaucoup aidé ce qui t'a rendu la tâche bien difficile. En premier lieu, je n'ai jamais pris le temps de préciser moi-même quelles étaient mes attentes. Je ne pouvais pas te dire ce que j'ignorais moi-même, tu n'avais donc aucune chance de me satisfaire. Et je dois avouer que je n'aurais pas eu le courage de te les confier, de peur que tu n'en ries ou ne les rejettes. Ce n'était pas très élégant envers toi. Je pensais sans doute que tu pourrais lire dans mes pensées. Je ne t'apprends sans doute rien de nouveau, mais pour moi, cela a été une découverte riche d'enseignement.

« Et ce n'est pas tout. Grâce à ce livre, je me suis rendu compte que je n'avais pas non plus essayé de découvrir tes désirs pour ensuite m'efforcer de les satisfaire. C'est mon but à présent. Je sais que si tous les deux nous nous mettons à travailler de concert pour nous comprendre et nous confier nos besoins, nous nous rapprocherons l'un de l'autre, au lieu de poursuivre nos chemins séparés. Je dois te dire que cette idée me procure infiniment d'espoir. »

Discutez de tout cela autant que votre partenaire le désirera. Le bon sens de ma directive vous permettra facilement d'échanger vos points de vue. De toute évidence, vous désirez que votre partenaire y adhère, comme vous l'avez fait vous-même. Qu'il le fasse dès votre première discussion ou un peu plus tard, continuez à évoquer votre amitié et à parler de vos besoins respectifs. Ne passez pas à l'étape suivante avant d'avoir discuté au moins une heure ou deux. C'est le temps qui vous est nécessaire pour vérifier que vous recevez votre partenaire cinq sur cinq. Si vous avez des divergences, soyez conciliant(e), tout en faisant confiance à ce que vous ressentez. Vous avez certainement étudié davantage et avec plus d'objectivité le profil de votre conjoint qu'il ne l'a jamais fait lui-même.

Étape nº 8

Esquissez le profil de votre partenaire

Nous voici maintenant arrivés à la phase critique du processus de réconciliation. Vous allez devoir être aussi prudent qu'amical, en présentant à votre conjoint son portrait. Sa curiosité sera très certainement piquée au vif. Il sera également flatté que vous ayez investi autant de temps et d'énergie, que vous ayez fait autant d'efforts pour brosser un tableau de ce que vous croyez être ses espoirs, ses rêves et ses attentes. Soyons francs, tout le monde aime devenir le point d'attraction et un objet d'attentions.

Mais vous devez absolument prouver le bien-fondé de ce portrait. Sinon vous risquez d'isoler votre conjoint et de perdre une occasion sans précédent de le retrouver. Il pourrait aussi se sentir menacé en se voyant passé au crible. S'il garde des souvenirs douloureux de son passé et que vous lui annoncez que vous en évaluez la teneur, vous pouvez distiller l'anxiété. Encore une fois, soyez aussi rassurant et amical que possible.

Voici une façon de faire comprendre à votre partenaire votre démarche :

« Durant ces deux dernières semaines, à l'invitation du Dr McGraw, j'ai cherché à élaborer le plus fidèlement possible ton profil. Ce "profil du partenaire", comme il l'appelle, est une méthode pour me remémorer ce que je connais et apprécie chez toi. Il s'agit aussi de découvrir ce que je devrais savoir sur celui (ou celle) qui partage ma vie. Je veux te communiquer le résultat de mon travail, mais sache qu'il comporte de nombreuses lacunes. Il y a beaucoup de choses que j'ignore à ton sujet, j'espère que tu m'aideras à les découvrir et que tu m'indiqueras les erreurs que j'ai pu laisser dans ma copie. Il fallait bien que je commence, mais j'ai le trac à l'idée de te montrer ce portrait que j'ai fait de toi. »

Je vous recommande de passer en revue, point par point, votre travail pour que votre conjoint comprenne à quelle conclusion vous êtes arrivé. Inéluctablement, un dialogue va naître entre vous. Votre conjoint va s'arrêter à un détail et vous dire : « Mais non, je n'en ai pas voulu pour ça à mon frère ! »

Attendez-vous à ce qu'il vous dise que vous êtes dans le faux, mais surtout n'engagez pas le débat. S'il se sent poussé dans les cordes, vous vous préparez des ennuis. Mais s'il vous voit souple et ouvert, vous aurez créé un environnement où chacun se sentira en confiance pour partager ce qu'il pense, sans craindre une dispute.

Soyez conciliant(e) mais ouvert(e) dans cet exercice. Assurez-vous que votre conjoint comprend que vous n'avez pas forcément besoin d'avoir raison dans vos conclusions, que vous voulez juste connaître la vérité afin de mieux saisir qui il est et quelles sont ses attentes. Si vous êtes dans l'erreur, eh bien tant pis. Mettez bien l'accent sur ses réussites, et sur ce dont il est fier. Il se pourrait qu'il soit embarrassé, lorsque vous aborderez la question de ses besoins, alors soyez attentif et avancez avec patience et délicatesse.

Étape nº 9

Clarifiez les besoins de votre partenaire

C'est l'occasion non seulement d'obtenir de lui une réponse sincère quant à la justesse de votre analyse, mais aussi de préciser la façon dont vous pourriez répondre précisément à ses besoins.

Je sais que je l'ai déjà dit, mais cela vaut la peine de le répéter : ne cernez pas les désirs de votre partenaire de façon critique. Par exemple, si vous pensez que votre mari a le besoin constant d'être reconnu et approuvé, vous allez le blesser en lui exposant la chose ainsi. Cela sous-entend que ses attentes l'empêchent de vivre, dans un certain sens. Vous risquez de le perdre et de passer à côté du processus de réconciliation. Demandez-vous plutôt ce qui se cache sous cette recherche obsessionnelle, insatiable, d'être rassuré, flatté. Il vaudrait certainement mieux que vous lui disiez qu'à votre avis, il a besoin de fortes marques de reconnaissance. Vous devez aller chercher ce qui se cache derrière l'expression ou la manifestation de ses besoins. Je sais que cela ajoute à la pression et que vous aurez peut-être l'impression de « jouer au psychologue », mais ici, vous devez prendre des risques. Au moment de révéler à votre conjoint ce que vous pensez être ses attentes, soyez sincère mais diplomate.

De plus, en partageant avec lui vos conclusions sur ses besoins dans les cinq catégories abordées – l'émotionnel, le physique, le spirituel, le social et la confiance –, expliquez-lui que les listes que vous avez établies ne sont qu'un point de départ. Ces besoins que vous avez recensés et les trois gestes que vous proposez pour les combler doivent être, à ce stade, considérés comme un stimulus à vos discussions ultérieures. Encore une fois, laissez votre partenaire argumenter contre vous et acceptez son interprétation, même si ce n'est pas la vôtre. Insistez auprès de votre conjoint pour qu'il essaie ce que vous lui proposez. Vous pouvez lui dire : « Tu vois, j'ai recensé là, en dessous, trois actions qui permettraient de répondre à ce désir. Peux-tu me dire si c'est ce que tu attends de moi ? » Ce type d'échange peut être des plus fructueux et des plus pertinent pour l'un et l'autre.

Je vous en prie, soyez patient. Vous avez déjà fait le gros du travail, et vous avez sans doute une longueur d'avance sur votre conjoint. S'il nie avoir tel besoin ou telle peur contre toute vraisemblance, laissez-lui le temps d'y venir. Soyez patient et même tenace. Il vous faudra peut-être attendre quelques jours avant de revenir sur ces points particuliers.

Étape nº 10

Esquissez le vôtre

Cette étape ne concerne que vous, et risque de vous paraître un peu effrayante. Je vous ai déjà parlé des dangers d'une trop grande intimité, vous prenez donc un immense risque en dévoilant vos peurs et vos désirs les plus profonds et les plus secrets. Vous vous lancez dans le vide.

Cette étape revêt pour vous une importance critique. Ne soyez pas timide, et exprimez-vous avec fermeté. Dans la vie, on n'obtient que ce que l'on demande. Ayez le courage de formuler ce que vous avez l'opportunité de demander. Dites à votre partenaire ce dont vous avez besoin. N'hésitez pas à lui dire précisément quels gestes combleraient vos attentes. Je vous conseille de débuter cet exercice de dévoilement par quelques mots :

« Je vais être honnête avec toi, c'est sans doute pour moi la partie la plus angoissante du processus. Depuis longtemps, j'ai érigé des murs autour de moi, pour me protéger de toi. Je n'en suis pas fier (fière), mais c'est ce que j'ai fait. Je pensais être en sécurité derrière ces murs. Mais il n'en était rien. J'étais seul(e). Maintenant que je sors de derrière ces murs, me voici à ta merci. J'ai peur, mais c'est un risque que je veux prendre parce que je sais que c'est le moyen de nous rapprocher. Et j'en ai besoin, cruellement besoin. »

« Je te demande simplement de m'écouter avec ton cœur et de ne pas me juger. En te dévoilant mes peurs et mes besoins, je te donne des clés qui te permettraient de me blesser, de me manipuler. Si je le fais, c'est que je veux avoir confiance en toi. J'espère que tu éprouveras du respect pour cette prise de risque. »

« De même que j'ai entrepris de poser trois actes en face de chacun de tes besoins, de même je dois maintenant identifier trois choses que j'aimerais vraiment que tu fasses pour m'aider à surmonter mes peurs et combler mes manques. Je ne veux pas que tu penses que je les exige. J'ai simplement recensé ce que j'apprécierais le plus de ta part, dans un monde idéal. Alors allons-y. »

En progressant dans l'exposé de votre profil personnel, n'hésitez pas à revenir à celui de votre partenaire, à établir des parallèles, à faire des rapprochements entre vos peurs et vos attentes respectives. Souvenez-vous : vous êtes juste deux personnes qui essaient de trouver leur petit bonheur dans un monde sans pitié et où tout va si vite. Ne prenez pas pour une faiblesse le fait d'avouer ses besoins. Après tout, c'est grâce à eux que vous vous êtes rencontrés.

Vous avez parcouru les étapes de cette charte, c'est un très bon début. À travers cet échange mutuel, une intimité s'installe de nouveau dans votre couple. Elle s'enracine peu à peu et portera bientôt des fleurs.

Pour vous aider à aller dans la bonne direction, voici une courte liste des choses à faire et à ne pas faire avec votre partenaire durant cette phase déterminante :

À faire :	**À ne pas faire :**
Être patient	Mettre trop de pression
Être humble	Jouer les « je-sais-tout »
Être responsable	Porter des jugements
Être fort	Rester évasif
Être précis	Faire des mystères
Être totalement ouvert	Dissimuler
User du « je » dans vos affirmations	Citer les travers de l'autre en exemple

Ce que vous et votre conjoint venez d'accomplir est d'une importance vitale pour le futur. Vous avez échangé des informations riches et complètes sur ce que vous pensiez et ressentiez. Vous avez sans nul doute donné envie à l'autre de s'engager dans la transformation de votre couple. Même s'il n'a montré qu'une étincelle de volonté, ne soyez pas découragé. Il n'y a pas loin d'une étincelle au brasier.

Mais tout ceci n'est qu'un début. N'oubliez jamais qu'une relation se gère, elle ne se guérit pas. Quoi qu'il se soit produit au cours de ces discussions, gardez à l'esprit que tout ceci fait partie d'un processus en cours. Continuez à rechercher la clarté dans vos échanges. Vérifiez sans cesse l'exactitude de ce que vous percevez l'un de l'autre. Soyez patient envers vous-même comme envers votre partenaire. Vous avez acquis de nouvelles capacités, mais vous devez les exercer pour les maîtriser pleinement, et aussi souvent que possible.

C'est dans cette direction que nous mènerons notre processus de réconciliation. Nous allons approfondir les deux outils qui vous mèneront au succès : la mise en place d'un programme et l'action. Engagez-vous à consacrer le temps qu'il faudra à cette lecture et à vos exercices, et ne laissez pas les obstacles vous décourager.

Chapitre 8

Deux semaines pour aimer avec sincérité

Au tout début de ce livre, je vous ai expliqué que mon intention n'était pas de vous amener à disséquer votre couple pour mieux l'étudier. Il ne s'agit pas pour moi de publier encore un ouvrage qui vous permette de comprendre ce qui s'est passé entre vous et votre partenaire. En discuter jusqu'à la fin du monde n'y changerait rien.

Mon but est clair et simple. Vous allez vous concentrer sur les moyens de régler ce qui ne va pas plutôt que sur les raisons qui vous ont menés là. Depuis vingt ans que je travaille avec des couples, j'ai retenu une chose, c'est qu'on ne résout pas les problèmes en les examinant de trop près. On ne devient pas meilleur en devenant plus intelligent. Il ne suffit pas de comprendre les choses pour les améliorer. Il vous faut prendre des décisions et les mettre en pratique suivant un programme précis.

Je ne veux pas vous mentir, je serai donc clair. Vous ne renouerez pas avec votre partenaire de façon durable si vous vous contentez de ne changer que quelques petits détails ici et là et si vous ne vous fiez qu'à la seule force de votre volonté. *Vous devez avoir un programme.* Bien sûr, en ce moment, vous avez très envie d'améliorer votre couple et vous vous sentez capable de soulever des montagnes.

Le problème, c'est que ce type de volontarisme est à la base de bien des échecs. La force de la volonté est un mythe. En effet, elle repose sur les émotions qui, nous le savons, sont fluctuantes. Qui vont et viennent. Si vous vous en remettez à elles pour changer de comportement, lorsqu'elles faibliront, ce qui est inéluctable, même vos plans les mieux établis risquent de tomber à plat.

Pensez à tous les régimes que vous avez commencés, aux bonnes résolutions que vous prenez en début d'année, enthousiaste et convaincu(e) de pouvoir changer un aspect de votre vie. Quelques jours ou quelques semaines plus tard, inévitablement, les émotions qui vous portaient se font moins présentes, vous commencez à vous sentir fatigué(e), à oublier. Vous succombez une nouvelle fois à la nourriture qui rassure, au confort de votre canapé et au ronron de la télévision. Vous avez probablement répété ce cycle – en perdant dix fois les mêmes dix kilos, en retournant pour l'énième fois dans le même club de gym – convaincu(e) que cette fois-ci était la bonne.

Il en va sans doute de même dans votre relation de couple. Vous avez pris la résolution de ne plus vous disputer, de ne plus crier ou d'avoir confiance en votre partenaire, et vous avez vu votre conviction et votre engagement diminuer. Les comportements anciens, les émotions qui vous avaient été si néfastes ont très certainement repris le dessus, alors que vous croyiez avoir tout prévu. Votre relation peut changer – et pour le long terme – mais uniquement à condition que vous adoptiez un vrai programme, qui ne soit pas soumis à votre détermination. Un plan, avec des buts précis, des échéances, un emploi du temps et des engagements, qui vous soutiendra quand la volonté et les émotions auront perdu de leur acuité.

Comment un tel programme peut-il garantir le succès, soumis aux montagnes russes que doit affronter toute relation de couple ? La réponse est dans sa structure. Ce programme est conçu pour vous épauler, vous faire aller de l'avant dans les moments où vous vous sentez inefficace. Si vous vous conditionnez, vous et votre entourage, à atteindre vos objectifs, vous aurez programmé tout l'environnement dans lequel vous évoluez de sorte qu'il vous aide à tenir vos engagements.

J'admets qu'il est plus facile d'opérer des changements rapides et éphémères en période d'exaltation, quand votre énergie émotionnelle est au plus haut. Le secret est d'avoir un programme qui vous fasse avancer quand votre enthousiasme s'est enfui, que vous êtes fatigué(e), perdu(e) ou découragé(e). Résoudre un problème chronique, dont on a déjà pu tester la résistance au changement, s'opère jour après jour, étape par étape.

S'il est indéniable que vous ayez franchi des étapes essentielles vers la réconciliation, n'oubliez pas que ce n'est que le début. Vous devez, sans relâche, en appeler à votre conscience intime, jusqu'à ce qu'elle devienne une seconde nature et votre base d'action. Ce sont les actes qui sauveront votre couple et vous permettront de renouer avec votre partenaire, non les intentions. Eux seuls vous permettront d'avancer. Comme un skieur qui s'élance d'un sommet et ne peut bientôt plus être arrêté dans sa descente, votre relation prendra de l'élan, pour autant que vous ayez un itinéraire pour atteindre la ligne d'arrivée.

Je vous propose dans ce chapitre de suivre un programme qui, en deux semaines, peut apporter ce superbe élan à votre couple. Les activités journalières proposées sont très simples et, de plus, conçues pour que vous en soyez partie prenante. Chaque jour, il vous sera demandé d'adopter un comportement entièrement nouveau pour mettre votre relation en « état de projet ». Vous serez amenés à travailler sur vous-même, mais également en interaction avec votre partenaire.

Je serai honnête avec vous : il se peut que vous vous sentiez mal à l'aise en suivant ce programme. Il est conçu pour vous *dérouiller* et vous demande d'accepter d'être vulnérable, et non pas pour vous être confortable. Si tout cela était facile, vous n'auriez aucun effort à fournir. Le défi est le suivant : adopter des comportements inédits qui vous apportent des réels bienfaits et fassent taire cette voix intérieure négative que vous connaissez trop et qui vous susurre qu'il serait tellement plus facile de reprendre votre vie d'avant et d'éviter d'aborder des points cruciaux avec votre partenaire.

Faites simplement ce que je vous demande. Il n'est pas nécessaire que vous en ayez envie ni que vous compreniez le pourquoi, il suffit que vous vous exerciez chaque jour en croyant au succès de votre entreprise. Souvenez-vous : votre partenaire et vous-même avez largement entretenu l'incompréhension mutuelle qui a mené votre couple dans l'impasse. Maintenant, vous devez employer la même énergie pour mener votre couple dans la bonne direction. Quant à ceux d'entre vous qui vivent une relation harmonieuse, ils pourront également tirer partie de ces consignes, qui renforceront les bases de leur union.

Déterminez à l'avance le moment de la journée où vous effectuerez chacun des exercices. Je veux que vous respectiez ces horaires comme vous le faites pour vos autres activités quotidiennes. Il ne vous viendrait jamais à l'idée, par exemple, de partir travailler sans vous habiller ou sans vous coiffer. Jamais vous ne diriez : « Je suis en retard, je reste en pyjama pour aller travailler. » Pour obtenir des résultats, accordez-vous ce temps et mettez-le à profit.

En outre, vous devez, avec votre partenaire, effectuer les exercices tels qu'ils sont décrits. C'est l'occasion rêvée de vous entraider et de vous encourager dans l'effort. Certaines consignes peuvent sembler très précises. Si elles le sont, ce n'est pas par hasard. Si je les ai mises au point précisément, ce n'est pas pour vous les présenter ensuite de façon floue. Suivez-les avec exactitude, telles qu'elles sont indiquées. Si par exemple, il vous est demandé de vous asseoir en silence, eh bien, asseyez-vous en silence, ne vous permettez pas le moindre bavardage. Suivez-moi à la lettre. Car vous le savez, dans un couple, les vieilles habitudes ont la peau dure, et vous devrez donc éviter que les exercices communs qui vous sont proposés ne dégénèrent en disputes. La précision des consignes vous évitera cet écueil.

Encore une chose : soyez conciliant(e) pendant les exercices. Ne jouez pas les je-sais-tout. C'est vous qui dirigez les opérations, certes, mais vous êtes aussi membre à part égale d'un couple qui se prépare à jouer un match important. Évitez d'être autoritaire, vous risqueriez de provoquer la rébellion de votre partenaire. Votre but est de coopérer.

Chaque jour, je vous proposerai un exercice pour le matin et un autre pour le soir. Si votre partenaire est d'accord, vous pouvez, bien entendu, les répéter autant que vous le désirez, pour améliorer vos échanges. Mais acquittez-vous chaque jour du minimum qui vous est demandé. Au cas où votre partenaire refuserait de vous accompagner dans les exercices du soir, ne vous arrêtez pas pour autant. Poursuivez seul(e) ce programme. Continuez vos exercices du matin et développez votre capacité d'optimisme. Je suis certain que votre partenaire finira par vous rejoindre.

Premier jour

Exercice du matin

Choisissez une action que vous effectuerez avec conviction au cours de la journée et qui répondra à une ou plusieurs des propositions suivantes :

1. Satisfaire un besoin spécifique de votre partenaire, parmi ceux que vous avez identifiés lorsque vous avez dressé son profil.

2. Faire baisser la tension.

3. Introduire dans votre couple un élément positif. Ce peut être aussi simple qu'un coup de téléphone dans la

journée, un baiser, un geste affectueux le matin ou le soir ou un petit mot doux glissé dans une de ses poches.

Cet exercice vous semble trop simple ou trop facile? Croyez-moi, l'action est la clé du succès, non l'intention. Les petits gestes s'additionnent. C'est pourquoi il est si important de suivre sans faille ce programme. Votre relation a moins besoin de chocs émotifs que d'une perfusion d'énergie positive et d'action. Pas d'impatience. Avancez pas à pas, jour après jour, en multipliant les petits gestes d'attention et de tendresse.

Dans la deuxième partie de l'exercice, il vous faudra chaque jour passer en revue les principes que vous avez eu tant de mal à maîtriser. Pour cette première fois, je vous demanderais un petit effort en plus, prenez un papier et inscrivez-y :

1. Votre conscience intime.
2. Les dix idées préconçues sur le couple.
3. Les dix tendances négatives qui minent le couple.
4. Les dix valeurs à adopter en couple.

Gardez ce papier à portée de main pendant ces deux semaines. Pour aujourd'hui, choisissez un de ces points et relisez la partie du livre correspondante avant de commencer la journée.

Exercice du soir

Les exercices du soir sont très importants, dans la mesure où ils se pratiquent en commun. Pour en garantir le succès, choisissez un moment où rien ne risque d'interférer. Par exemple, quand le dîner est terminé, la télévision éteinte, les enfants couchés et le téléphone décroché. Vous avez besoin de ne pas être interrompus pendant la demi-heure qui va suivre.

Prenez deux chaises et placez les face à face. Il est important que cet exercice soit chronométré. Munissez-vous d'un minuteur ou d'une montre adéquate. Asseyez-vous tous deux. L'un des partenaires écartera légèrement ses genoux qui viendront toucher la chaise de l'autre, celui-ci serrera les genoux pour les glisser entre les jambes de son vis-à-vis. Posez les mains sur vos genoux et ne croisez pas les bras. Maintenant, établissez et maintenez un contact visuel. On appelle cette position une dyade. Ce terme désigne deux personnes placées face à face, qui s'efforcent de maintenir un contact visuel.

Nous reprendrons cette position tous les soirs. Je vous proposerai différents sujets de discussion dont vous débattrez ensemble en étant guidés. Il est essentiel que vous suiviez à la lettre la marche à suivre et que vous restiez dans la position de la dyade. Ne vous écartez sous aucun prétexte des instructions qui vous sont données et ne quittez la position que lorsque vous aurez fini tous les exercices.

Je sais que ces consignes peuvent sembler très strictes mais vous avez déjà prouvé par le passé à quel point vous étiez parfaitement capable, avec les meilleures résolutions du monde, de tout laisser tomber. Alors suivez la voie que je vous indique, au moins durant ces deux semaines. Et surtout ne portez pas de jugement définitif sur cette méthode, qui peut vous paraître étrange. Il n'y a rien de bizarre dans le fait d'être assis face à votre conjoint et de le regarder dans les yeux avec une attention soutenue. Cette structure et ces règles ne sont là que pour vous empêcher de vous égarer et de tomber dans des discussions ou des échanges destructeurs.

Voici votre premier exercice en dyade. Et ne riez pas.

Assis en silence, prenez contact visuellement avec votre partenaire et gardez-le pendant deux minutes. Ne vous interrompez pas. L'accent est mis ici sur le silence. Pas de bavardage, pas de mots inutiles, regardez-vous dans les yeux. Le temps peut vous sembler une éternité, mais, croyez-moi, faites-le, commencez à voir en votre partenaire l'être humain, intelligent, sensible et attentionné. Il est rare que les couples, en particulier lorsqu'ils sont en difficulté, prennent le temps de se regarder simplement, sans se juger, sans poser de questions, sans inquiétude. Je vous demande juste de vous regarder et de réfléchir à ce que vous voyez. Sans dire un mot.

À présent, il est temps de vous parler, mais uniquement selon un plan bien établi. Chaque soir, je vous donnerai trois thèmes de discussion à développer. Chacun commencera par une phrase qu'il vous appartiendra de terminer comme vous l'entendrez, avec autant de précisions que vous le désirerez, du moment que vous observez la plus grande sincérité. Vous devez communiquer selon un mode très précis. Le partenaire qui parle le premier (l'un ou l'autre, peu importe) donne son avis, son sentiment, sur le sujet concerné pendant trois minutes consécutives, tout en maintenant le contact visuel avec son interlocuteur qui l'avertira lorsque son temps de parole sera écoulé. À ce moment-là, il doit s'interrompre immédiatement. Si après être resté(e) deux minutes quarante-cinq assis là, à bégayer, à bafouiller, vous trouvez enfin ce que vous vouliez dire… tant pis ! Les trois minutes sont écoulées, votre tour est passé. Alors quand c'est à vous, profitez-en…

À la fin de la première prise de parole, le second partenaire répond : « Merci de m'avoir permis de partager tout cela avec toi, je te promets d'y attacher la plus grande importance. » Rien de plus. Celui (ou celle) qui écoutait ne doit pas discuter ni exprimer son désaccord ou son approbation ni même poser de questions. Gardez en mémoire la réponse que vous aimeriez faire, vous la lui communiquerez avec précision et respect lorsqu'il (elle) voudra revenir sur cet échange.

Maintenant c'est le tour du second élément du couple. Il (ou elle) aura trois minutes pour s'exprimer sur le même sujet, tandis que le premier veillera au temps de parole. Encore une fois, le contact visuel doit être maintenu tout au long de cet échange. Et celui qui écoute pourra seulement répondre :

« Merci de m'avoir permis de partager tout cela avec toi, je te promets d'y attacher la plus grande importance. »

Pour le premier soir, je vous propose trois sujets. Afin d'écarter tout malentendu, je vais vous expliquer pas à pas ce qui va se passer. Ce soir, comme tous les soirs suivants, vous prendrez votre livre avec vous pour pouvoir lire précisément le déroulement de l'exercice et suivre exactement les instructions.

Voici votre premier exercice. Vous avez votre livre et un chronomètre. Placez-vous en dyade, et maintenez le contact visuel, en silence, durant deux minutes.

Sujet nº 1

Partenaire A : « Je t'ai choisi pour être celui avec qui établir une relation de couple parce que... »

Trois minutes.

Partenaire B : « Merci de m'avoir permis de partager tout cela avec toi, je te promets d'y attacher la plus grande importance. »

Partenaire B : « Je t'ai choisie pour être celle avec qui établir une relation de couple, parce que... »

Trois minutes.

Partenaire A : « Merci de m'avoir permis de partager tout cela avec toi, je te promets d'y attacher la plus grande importance. »

Sujet nº 2

Partenaire A : « Ce dont j'avais le plus peur, en m'ouvrant à toi, c'était... » Trois minutes.

Conseil : Répondez par « je » plutôt que par « tu ». Évitez de dire : « Ce dont j'avais le plus peur, en m'ouvrant à toi, c'était que tu ne le prennes pas bien. » Mieux vaut dire : « Ce dont j'avais le plus peur en m'ouvrant à toi, c'était de ne pas avoir assez confiance en moi parce que... »

Partenaire B : « Merci de m'avoir permis de partager tout cela avec toi, je te promets d'y attacher la plus grande importance. »

Partenaire B : « Ce dont j'avais le plus peur, en m'ouvrant à toi, c'était... » Trois minutes.

Partenaire A : « Merci de m'avoir permis de partager tout cela avec toi, je te promets d'y attacher la plus grande importance. »

Sujet nº 3

Partenaire A : « Ce que j'espère en m'ouvrant à toi, c'est... » Trois minutes.

Partenaire B : « Merci de m'avoir permis de partager tout cela avec toi, je te promets d'y attacher la plus grande importance. »

Partenaire B : « Ce que j'espère en m'ouvrant à toi, c'est... » Trois minutes.

Partenaire A : « Merci de m'avoir permis de partager tout cela avec toi, je te promets d'y attacher la plus grande importance. »

Là, étreignez-vous durant trente secondes.

Oui, vous avez bien lu : trente secondes. Je ne saurais dire à quel point cet exercice peut être efficace pour apaiser les émotions. C'est aussi le meilleur moyen de vous prouver l'un à l'autre que l'exercice n'était pas un simple petit jeu, mais une tentative honnête et sincère de faire la différence. À travers cette étreinte, vous exprimez aussi tous les deux que vous tenez bon.

Deuxième jour

Exercice du matin

Pour une explication détaillée, reportez-vous au premier jour, page 255.

Exercice du soir

Placez-vous en dyade, avec le livre et un chronomètre à portée de main. N'oubliez pas de choisir un moment pendant lequel vous ne serez pas dérangés.

- **Première étape :**

Faites silence et maintenez le contact visuel.
Deux minutes.

- **Deuxième étape :**

Thèmes d'ouverture émotionnelle

Partenaire A : « Je crois que ce que j'ai apporté d'essentiel à notre relation, c'est... » Trois minutes.

Partenaire B : « Merci de m'avoir permis de partager tout cela avec toi, je te promets d'y attacher la plus grande importance. »

Partenaire B : « Je crois que ce que j'ai apporté d'essentiel à notre relation, c'est... » Trois minutes.

Partenaire A : « Merci de m'avoir permis de partager tout cela avec toi, je te promets d'y attacher la plus grande importance. »

Partenaire A : « Je crois que j'ai envenimé notre relation en... » Trois minutes.

Partenaire B : « Merci de m'avoir permis de partager tout cela avec toi, je te promets d'y attacher la plus grande importance. »

Partenaire B : « Je crois que j'ai envenimé notre relation en... » Trois minutes.

Partenaire A : « Merci de m'avoir permis de partager tout cela avec toi, je te promets d'y attacher la plus grande importance. »

Partenaire A : « Ce qui me rend le plus optimiste pour notre avenir, c'est que... » Trois minutes.

Partenaire B : « Merci de m'avoir permis de partager tout cela avec toi, je te promets d'y attacher la plus grande importance. »

Partenaire B : « Je suis très optimiste pour notre avenir parce que... » Trois minutes.

Partenaire A : « Merci de m'avoir permis de partager tout cela avec toi, je te promets d'y attacher la plus grande importance. »

- **Troisième étape :**

Étreignez-vous durant trente secondes.

- **Quatrième étape :**

Commencez un journal intime, rien que pour vous. Notez-y ce que vous pensez et ce que vous ressentez en observant ce programme. Il sera important de pouvoir y retourner et vous y replonger durant les semaines et les mois à venir. Consacrez-y quotidiennement au moins cinq minutes.

Troisième jour

Exercice du matin

Pour une explication détaillée, reportez-vous au premier jour, page 255.

Exercice du soir

Placez-vous en dyade, avec le livre et un chronomètre à portée de main. N'oubliez pas de choisir un moment où vous ne serez pas dérangés.

- **Première étape :**

Dans le silence, maintenez le contact visuel.
Deux minutes.

- **Deuxième étape :**

Thèmes d'ouverture émotionnelle

Partenaire A : « La relation de couple de mes parents m'a influencée négativement dans... » Trois minutes.

Partenaire B : « Merci de m'avoir permis de partager tout cela avec toi, je te promets d'y attacher la plus grande importance. »

Partenaire B : « La relation de couple de mes parents m'a influencé négativement dans... » Trois minutes.

Partenaire A : « Merci de m'avoir permis de partager tout cela avec toi, je te promets d'y attacher la plus grande importance. »

Partenaire A : « La relation de couple de mes parents m'a influencée positivement dans... » Trois minutes.

Partenaire B : « Merci de m'avoir permis de partager tout cela avec toi, je te promets d'y attacher la plus grande importance. »

Partenaire B : « La relation de couple de mes parents m'a influencé positivement dans... » Trois minutes.

Partenaire A : « Merci de m'avoir permis de partager tout cela avec toi, je te promets d'y attacher la plus grande importance. »

Partenaire A : « Notre couple a plus de chances de réussir parce que… » Trois minutes.

Partenaire B : « Merci de m'avoir permis de partager tout cela avec toi, je te promets d'y attacher la plus grande importance. »

Partenaire B : « Notre couple a plus de chances de réussir parce que… » Trois minutes.

Partenaire A : « Merci de m'avoir permis de partager tout cela avec toi, je te promets d'y attacher la plus grande importance. »

- **Troisième étape :**

Étreignez-vous durant trente secondes.

- **Quatrième étape :**

Notez ce que vous pensez et ressentez dans votre journal intime, rien que pour vous. Il sera important de pouvoir y retourner durant les semaines et les mois à venir, et d'y retrouver vos pensées et vos sentiments. Consacrez-y au moins cinq minutes.

Quatrième jour

Exercice du matin

Pour une explication détaillée, reportez-vous au premier jour, page 255.

Exercice du soir

Placez-vous en dyade, avec le livre et un chronomètre à portée de main. N'oubliez pas de choisir un moment où vous ne pourrez être distraits.

- **Première étape :**

Dans le silence, maintenez le contact visuel.
Deux minutes.

- **Deuxième étape :**

Thèmes d'ouverture émotionnelle

Partenaire A : « Tu devrais m'aimer et me chérir parce que… » Trois minutes.

Partenaire B : « Merci de m'avoir permis de partager tout cela avec toi, je te promets d'y attacher la plus grande importance. »

Partenaire B : « Tu devrais m'aimer et me chérir parce que… » Trois minutes.

Partenaire A : « Merci de m'avoir permis de partager tout cela avec toi, je te promets d'y attacher la plus grande importance. »

Partenaire A : « Si je te perdais, ce serait une souffrance pour moi parce que… » Trois minutes.

Partenaire B : « Merci de m'avoir permis de partager tout cela avec toi, je te promets d'y attacher la plus grande importance. »

Partenaire B : « Si je te perdais, ce serait une souffrance pour moi parce que… » Trois minutes

Partenaire A : « Merci de m'avoir permis de partager tout cela avec toi, je te promets d'y attacher la plus grande importance. »

Partenaire A : « Mon rêve le plus cher, en ce qui concerne notre couple, c'est… » Trois minutes.

Partenaire B : « Merci de m'avoir permis de partager tout cela avec toi, je te promets d'y attacher la plus grande importance. »

Partenaire B : « Mon rêve le plus cher, en ce qui concerne notre couple, c'est… » Trois minutes.

Partenaire A : « Merci de m'avoir permis de partager tout cela avec toi, je te promets d'y attacher la plus grande importance. »

- **Troisième étape :**

Étreignez-vous durant trente secondes.

- **Quatrième étape :**

S'il vous plaît, prenez au moins cinq minutes pour noter vos idées et vos sentiments dans votre journal intime.

Cinquième jour

Exercice du matin

Pour une explication détaillée, reportez-vous au premier jour, page 255.

Exercice du soir

Placez-vous en dyade, avec le livre et un chronomètre à portée de main. N'oubliez pas de choisir un moment où vous ne pourrez être distraits.

- **Première étape :**

Dans le silence, maintenez le contact visuel.

Deux minutes.

- **Deuxième étape :**

Approfondissez l'échange intime

Partenaire A : « Voici les engagements que j'ai pris avec toi et que je n'ai pas tenus... » Trois minutes.

Partenaire B : « Merci de m'avoir permis de partager tout cela avec toi, je te promets d'y attacher la plus grande importance. »

Partenaire B : « Voici les engagements que j'ai pris avec toi et que je n'ai pas tenus... » Trois minutes.

Partenaire A : « Merci de m'avoir permis de partager tout cela avec toi, je te promets d'y attacher la plus grande importance. »

Partenaire A : « Cela me blesse quand tu ne tiens pas tes engagements parce que... » Trois minutes.

Partenaire B : « Merci de m'avoir permis de partager tout cela avec toi, je te promets d'y attacher la plus grande importance. »

Partenaire B : « Cela me blesse quand tu ne tiens pas tes engagements parce que... » Trois minutes.

Partenaire A : « Merci de m'avoir permis de partager tout cela avec toi, je te promets d'y attacher la plus grande importance. »

Partenaire A : « Je me sens mieux quand je te traite avec respect et dignité parce que... » Trois minutes

Partenaire B : « Merci de m'avoir permis de partager tout cela avec toi, je te promets d'y attacher la plus grande importance. »

Partenaire B : « Je me sens mieux quand je te traite avec respect et dignité parce que... » Trois minutes.

Partenaire A : « Merci de m'avoir permis de partager tout cela avec toi, je te promets d'y attacher la plus grande importance. »

• **Troisième étape :**

Étreignez-vous durant trente secondes.

• **Quatrième étape :**

S'il vous plaît, prenez au moins cinq minutes pour noter vos idées et vos sentiments dans votre journal intime.

Remarque complémentaire :

Aucun de nous n'étant parfait, nous prenons tous des engagements que nous ne tenons pas, certains aussi simples que de sortir les poubelles ou de prévenir lorsque nous rentrerons un peu tard, d'autres plus compliqués, comme d'aimer et de respecter son conjoint. La moindre défaillance peut mettre en péril la bonne marche de notre couple, car votre partenaire est amené à penser que vous ne lui accordez pas assez d'importance pour lui consacrer du temps et de l'énergie. Je suis certain que vous trouvez toujours une excuse, et parfois même excellente, mais cela ne change rien à l'affaire.

Envisagez sincèrement la question. Décrivez dans les moindres détails les promesses que vous n'avez pas tenues. Efforcez-vous d'en préciser les circonstances. Par exemple : «Je n'ai pas tenu ma promesse jeudi dernier, je t'avais dit que j'irai chercher tes vêtements chez le teinturier.» Ou «Je n'ai pas tenu ma promesse, je m'étais engagé(e) à me montrer compréhensif (compréhensive) avec ton frère.» Ou encore «Je n'ai pas tenu ma promesse, je t'avais dit vouloir sincèrement essayer que notre couple marche et je me suis mis(e) à faire la tête.» N'essayez pas de vous justifier auprès de votre partenaire, contentez-vous de reconnaître les faits et d'en dresser la liste. Consacrez trois minutes à noter des événements récents ou plus anciens.

Sixième jour

Exercice du matin

Pour une explication détaillée, reportez-vous au premier jour, page 255.

Exercice du soir

Placez-vous en dyade, avec le livre et un chronomètre à portée de main. N'oubliez pas de choisir un moment où vous ne pourrez être distraits.

- **Première étape :**

Dans le silence, maintenez le contact visuel.

Deux minutes.

- **Deuxième étape :**

Approfondissez l'échange intime

Partenaire A : « Quand je te témoigne compréhension et pardon au lieu de te juger, cela m'aide parce que… »

Trois minutes.

Partenaire B : « Merci de m'avoir permis de partager tout cela avec toi, je te promets d'y attacher la plus grande importance. »

Partenaire B : « Quand je te témoigne compréhension et pardon au lieu de te juger, cela m'aide parce que… »

Trois minutes.

Partenaire A : « Merci de m'avoir permis de partager tout cela avec toi, je te promets d'y attacher la plus grande importance. »

Partenaire A : « Quand je me témoigne compréhension et pardon au lieu de me juger, cela m'aide parce que… »

Trois minutes.

Partenaire B : « Merci de m'avoir permis de partager tout cela avec toi, je te promets d'y attacher la plus grande importance. »

Partenaire B : « Quand je me témoigne compréhension et pardon au lieu de me juger, cela m'aide parce que… » Trois minutes.

Partenaire A : « Merci de m'avoir permis de partager tout cela avec toi, je te promets d'y attacher la plus grande importance. »

Partenaire A : « Je veux et j'ai besoin de ton pardon, parce que… » Trois minutes.

Partenaire B : « Merci de m'avoir permis de partager tout cela avec toi, je te promets d'y attacher la plus grande importance. »

Partenaire B : « Je veux et j'ai besoin de ton pardon, parce que… » Trois minutes.

Partenaire A : « Merci de m'avoir permis de partager tout cela avec toi, je te promets d'y attacher la plus grande importance. »

- **Troisième étape :**

Étreignez-vous durant trente secondes.

- **Quatrième étape :**

S'il vous plaît, prenez au moins cinq minutes pour noter vos idées et vos sentiments dans votre journal intime.

Septième jour

Exercice du matin

Pour une explication détaillée, reportez-vous au premier jour, page 255.

Exercice du soir

Placez-vous en dyade, avec le livre et un chronomètre à portée de main. N'oubliez pas de choisir un moment où vous ne pourrez être distraits.

- **Première étape :**

En silence, maintenez le contact visuel.

Deux minutes.

- **Deuxième étape :**

Approfondissez l'échange intime

Partenaire A : « Ce qui va bien dans ma vie, c'est... »

Trois minutes.

Partenaire B : « Merci de m'avoir permis de partager tout cela avec toi, je te promets d'y attacher la plus grande importance. »

Partenaire B : « Ce qui va bien dans ma vie, c'est... »

Trois minutes.

Partenaire A : « Merci de m'avoir permis de partager tout cela avec toi, je te promets d'y attacher la plus grande importance. »

Partenaire A : « Ce qui va mal dans ma vie, c'est... »

Trois minutes.

Partenaire B : « Merci de m'avoir permis de partager tout cela avec toi, je te promets d'y attacher la plus grande importance. »

Partenaire B : « Ce qui va mal dans ma vie, c'est... »

Trois minutes.

Partenaire A : « Merci de m'avoir permis de partager tout cela avec toi, je te promets d'y attacher la plus grande importance. »

Partenaire A : « L'excuse-type que je trouverais, en cas d'échec de notre relation serait… » Trois minutes.

Partenaire B : « Merci de m'avoir permis de partager tout cela avec toi, je te promets d'y attacher la plus grande importance. »

Partenaire B : « L'excuse-type que je trouverais, en cas d'échec de notre relation serait… » Trois minutes.

Partenaire A : « Merci de m'avoir permis de partager tout cela avec toi, je te promets d'y attacher la plus grande importance. »

- **Troisième étape :**

Étreignez-vous durant trente secondes.

- **Quatrième étape :**

S'il vous plaît, prenez au moins cinq minutes pour noter vos idées et vos sentiments dans votre journal intime.

Huitième jour

Exercice du matin

Pour une explication détaillée, reportez-vous au premier jour, page 255.

Exercice du soir

Placez-vous en dyade, avec le livre et un chronomètre à portée de main. N'oubliez pas de choisir un moment où vous ne pourrez être distraits.

- **Première étape :**

Maintenez le contact visuel en silence.

Deux minutes.

- **Deuxième étape :**

Approfondissez l'échange intime

Partenaire A : « Les obstacles majeurs à la réussite de notre couple sont… » Trois minutes.

Partenaire B : « Merci de m'avoir permis de partager tout cela avec toi, je te promets d'y attacher la plus grande importance. »

Partenaire B : « Les obstacles majeurs à la réussite de notre couple sont… » Trois minutes.

Partenaire A : « Merci de m'avoir permis de partager tout cela avec toi, je te promets d'y attacher la plus grande importance. »

Partenaire A : « Les meilleurs atouts de notre couple sont… » Trois minutes.

Partenaire B : « Merci de m'avoir permis de partager tout cela avec toi, je te promets d'y attacher la plus grande importance. »

Partenaire B : « Les meilleurs atouts de notre couple sont… » Trois minutes.

Partenaire A : « Merci de m'avoir permis de partager tout cela avec toi, je te promets d'y attacher la plus grande importance. »

Partenaire A : « Notre relation mérite que nous fassions tous ces efforts parce que… » Trois minutes.

Partenaire B : « Merci de m'avoir permis de partager tout cela avec toi, je te promets d'y attacher la plus grande importance. »

Partenaire B : « Notre relation mérite que nous fassions tous ces efforts parce que… » Trois minutes.

Partenaire A : « Merci de m'avoir permis de partager tout cela avec toi, je te promets d'y attacher la plus grande importance. »

- **Troisième étape :**

Restez dans les bras l'un de l'autre durant trente secondes.

- **Quatrième étape :**

S'il vous plaît, prenez au moins cinq minutes pour noter vos idées et vos sentiments dans votre journal intime.

Neuvième jour

Exercice du matin

Pour une explication détaillée, reportez-vous au premier jour, page 255.

Exercice du soir

Placez-vous en dyade, avec le livre et un chronomètre à portée de main. N'oubliez pas de choisir un moment où vous ne pourrez être dérangés.

- **Première étape :**

Dans le silence, maintenez le contact visuel pendant deux minutes.

- **Deuxième étape :**

Approfondissez l'échange intime

Partenaire A : « Mes a priori et mes profondes convictions à propos des hommes sont... » Trois minutes.

Partenaire B : « Merci de m'avoir permis de partager tout cela avec toi, je te promets d'y attacher la plus grande importance. »

Partenaire B : « Mes a priori et mes profondes convictions à propos des hommes sont... » Trois minutes.

Partenaire A : « Merci de m'avoir permis de partager tout cela avec toi, je te promets d'y attacher la plus grande importance. »

Partenaire A : « Mes a priori et mes profondes convictions à propos des femmes sont... » Trois minutes.

Partenaire B : « Merci de m'avoir permis de partager tout cela avec toi, je te promets d'y attacher la plus grande importance. »

Partenaire B : « Mes a priori et mes profondes convictions à propos des femmes sont... » Trois minutes

Partenaire A : « Merci de m'avoir permis de partager tout cela avec toi, je te promets d'y attacher la plus grande importance. »

Partenaire A : « Mes a priori et mes profondes convictions à propos du couple sont... » Trois minutes.

Partenaire B : « Merci de m'avoir permis de partager tout cela avec toi, je te promets d'y attacher la plus grande importance. »

Partenaire B : « Mes a priori et mes profondes convictions à propos du couple sont... » Trois minutes.

Partenaire A : « Merci de m'avoir permis de partager tout cela avec toi, je te promets d'y attacher la plus grande importance. »

- **Troisième étape :**

Restez dans les bras l'un de l'autre durant trente secondes.

- **Quatrième étape :**

S'il vous plaît, prenez au moins cinq minutes pour noter vos idées et vos sentiments dans votre journal intime.

Dixième jour

Exercice du matin

Pour une explication détaillée, reportez-vous au premier jour, page 255.

Exercice du soir

Placez-vous en dyade, avec le livre et un chronomètre à portée de main. N'oubliez pas de choisir un moment où vous ne pourrez être distraits.

- **Première étape :**

Toujours en silence, maintenez le contact visuel pendant deux minutes.

- **Deuxième étape :**

Approfondissez l'échange intime

Partenaire A : « Ce que j'aime le moins chez moi, c'est... » Trois minutes.

Partenaire B : « Merci de m'avoir permis de partager tout cela avec toi, je te promets d'y attacher la plus grande importance. »

Partenaire B : « Ce que j'aime le moins chez moi, c'est... » Trois minutes.

Partenaire A : « Merci de m'avoir permis de partager tout cela avec toi, je te promets d'y attacher la plus grande importance. »

Partenaire A : « Ce que j'aime le plus chez moi, c'est... » Trois minutes.

Partenaire B : « Merci de m'avoir permis de partager tout cela avec toi, je te promets d'y attacher la plus grande importance. »

Partenaire B : « Ce que j'aime le plus chez moi, c'est... » Trois minutes.

Partenaire A : « Merci de m'avoir permis de partager tout cela avec toi, je te promets d'y attacher la plus grande importance. »

Partenaire A : « Ce que j'aime le moins chez toi, c'est... » Trois minutes.

Partenaire B : « Merci de m'avoir permis de partager tout cela avec toi, je te promets d'y attacher la plus grande importance. »

Partenaire B : « Ce que j'aime le moins chez toi, c'est... » Trois minutes.

Partenaire A : « Merci de m'avoir permis de partager tout cela avec toi, je te promets d'y attacher la plus grande importance. »

Partenaire A : « Ce que j'aime le plus chez toi, c'est... » Trois minutes.

Partenaire B : « Merci de m'avoir permis de partager tout cela avec toi, je te promets d'y attacher la plus grande importance. »

Partenaire B : « Ce que j'aime le plus chez toi, c'est... » Trois minutes.

Partenaire A : « Merci de m'avoir permis de partager tout cela avec toi, je te promets d'y attacher la plus grande importance. »

- **Troisième étape :**

Restez dans les bras l'un de l'autre trente secondes.

• **Quatrième étape :**

Je vous en prie, prenez au moins cinq minutes pour noter vos idées et vos sentiments dans votre journal intime.

Onzième jour

Exercice du matin

Pour une explication détaillée, reportez-vous au premier jour, page 255.

Exercice du soir

Placez-vous en dyade, avec le livre et un chronomètre à portée de main. N'oubliez pas de choisir un moment où vous ne pourrez être distraits. (Voir le tableau page 280.)

• **Première étape :**

Dans le silence, maintenez le contact visuel pendant deux minutes.

• **Deuxième étape :**

Approfondissez l'échange intime

Partenaire A : « Parmi les cinq types de personnalité de ce tableau, je corresponds au type n° … parce que… »
Trois minutes.

Partenaire B : « Merci de m'avoir permis de partager tout cela avec toi, je te promets d'y attacher la plus grande importance. »

Partenaire B : « Parmi les cinq types de personnalité de ce tableau, je corresponds au type n° … parce que… »
Trois minutes.

Partenaire A : « Merci de m'avoir permis de partager tout cela avec toi, je te promets d'y attacher la plus grande importance. »

Partenaire A : « Parmi les cinq types de personnalité de ce tableau, je pense que tu corresponds au type n° … parce que… » Trois minutes.

Partenaire B : « Merci de m'avoir permis de partager tout cela avec toi, je te promets d'y attacher la plus grande importance. »

Partenaire B : « Parmi les cinq types de personnalité de ce tableau, je pense que tu corresponds au type n° … parce que… » Trois minutes.

Partenaire A : « Merci de m'avoir permis de partager tout cela avec toi, je te promets d'y attacher la plus grande importance. »

Partenaire A : « Suivant mon type de personnalité, je peux améliorer notre relation en… » Trois minutes.

Partenaire B : « Merci de m'avoir permis de partager tout cela avec toi, je te promets d'y attacher la plus grande importance. »

Partenaire B : « Suivant mon type de personnalité, je peux améliorer notre relation en… » Trois minutes.

Partenaire A : « Merci de m'avoir permis de partager tout cela avec toi, je te promets d'y attacher la plus grande importance. »

Partenaire A : « Avec mon type de personnalité, je peux nuire à notre relation en… » Trois minutes.

Partenaire B : « Merci de m'avoir permis de partager tout cela avec toi, je te promets d'y attacher la plus grande importance. »

Partenaire B : « Avec mon type de personnalité, je peux nuire à notre relation en... » Trois minutes.

Partenaire A : « Merci de m'avoir permis de partager tout cela avec toi, je te promets d'y attacher la plus grande importance. »

- **Troisième étape :**

Restez dans les bras l'un de l'autre durant trente secondes.

- **Quatrième étape :**

Je vous en prie, prenez au moins cinq minutes pour noter vos idées et vos sentiments dans votre journal intime.

Remarque complémentaire :

Pour cet exercice, consultez le tableau ci-dessous. Il décrit cinq types de personnalité auxquels j'ai attribué, pour chacun, un animal qui reflète assez bien la façon dont elles perçues. Amusez-vous, tout en attachant la plus grande attention à l'exercice.

Types de personnalité atouts / handicaps

1. LOUP	2. LION	3. CHIEN	4. HIBOU	5. CASTOR
entraîne	contrôle	soutient	analyse	bourreau de travail
calme	don d'organisation	conciliant	studieux	méritant
persuasif	volontaire	simple	inventif	infatigable
suit ses propres règles	leader	décontracté	suspicieux	perfectionniste
toujours prêt	égocentrique	crédule	critique	doux
		ouvert		

Douzième jour

Exercice du matin

Pour une explication détaillée, reportez-vous au premier jour, page 255.

Exercice du soir

Placez-vous en dyade, avec le livre et un chronomètre à portée de main. N'oubliez pas de choisir un moment où vous ne pourrez être distraits.

- **Première étape :**

Dans le silence, maintenez le contact visuel deux minutes.

- **Deuxième étape :**

Pour approfondir l'échange intime

Partenaire A : « Je ne me suis jamais sentie aussi triste que quand… » Trois minutes.

Partenaire B : « Merci de m'avoir permis de partager tout cela avec toi, je te promets d'y attacher la plus grande importance. »

Partenaire B : « Je ne me suis jamais senti aussi triste que quand… » Trois minutes.

Partenaire A : « Merci de m'avoir permis de partager tout cela avec toi, je te promets d'y attacher la plus grande importance. »

Partenaire A : « Je ne me suis jamais sentie aussi seule que quand… » Trois minutes.

Partenaire B : « Merci de m'avoir permis de partager tout cela avec toi, je te promets d'y attacher la plus grande importance. »

Partenaire B : « Je ne me suis jamais senti aussi seul que quand… » Trois minutes.

Partenaire A : « Merci de m'avoir permis de partager tout cela avec toi, je te promets d'y attacher la plus grande importance. »

Partenaire A : « Je ne me suis jamais sentie aussi aimée et valorisée que quand… » Trois minutes.

Partenaire B : « Merci de m'avoir permis de partager tout cela avec toi, je te promets d'y attacher la plus grande importance. »

Partenaire B : « Je ne me suis jamais senti aussi aimé et valorisé que quand… » Trois minutes.

Partenaire A : « Merci de m'avoir permis de partager tout cela avec toi, je te promets d'y attacher la plus grande importance. »

- **Troisième étape :**

Restez dans les bras l'un de l'autre trente secondes.

- **Quatrième étape :0**

Je vous en prie, prenez au moins cinq minutes pour noter vos idées et vos sentiments dans votre journal intime.

Treizième jour

Exercice du matin

Pour une explication détaillée, reportez-vous au premier jour, page 255.

Exercice du soir

Placez-vous en dyade, avec le livre et un chronomètre à

portée de main. N'oubliez pas de choisir un moment où vous ne pourrez être distrait.

- **Première étape :**

Dans le silence, maintenez le contact visuel pendant deux minutes.

- **Deuxième étape :**

Pour approfondir l'échange intime

Partenaire A : « Si je pouvais changer les événements de ta vie, je... » Trois minutes.

Partenaire B : « Merci de m'avoir permis de partager tout cela avec toi, je te promets d'y attacher la plus grande importance. »

Partenaire B : « Si je pouvais changer les événements de ta vie, je... » Trois minutes.

Partenaire A : « Merci de m'avoir permis de partager tout cela avec toi, je te promets d'y attacher la plus grande importance. »

Partenaire A : « Je suis particulièrement fière de toi quand... » Trois minutes.

Partenaire B : « Merci de m'avoir permis de partager tout cela avec toi, je te promets d'y attacher la plus grande importance. »

Partenaire B : « Je suis particulièrement fier de toi quand... » Trois minutes.

Partenaire A : « Merci de m'avoir permis de partager tout cela avec toi, je te promets d'y attacher la plus grande importance. »

Partenaire A : « Je veux que tu te sentes unique, parce que... » Trois minutes.

Partenaire B : « Merci de m'avoir permis de partager tout cela avec toi, je te promets d'y attacher la plus grande importance. »

Partenaire B : « Je veux que tu te sentes unique, parce que… » Trois minutes.

Partenaire A : « Merci de m'avoir permis de partager tout cela avec toi, je te promets d'y attacher la plus grande importance. »

- **Troisième étape :**

Restez dans les bras l'un de l'autre trente secondes.

- **Quatrième étape :**

Je vous en prie, prenez au moins cinq minutes pour noter vos idées et vos sentiments dans votre journal intime.

Quatorzième jour

Exercice du matin

Pour une explication détaillée, reportez-vous au premier jour, page 255.

Exercice du soir

Placez-vous en dyade, avec le livre et un chronomètre à portée de main. N'oubliez pas de choisir un moment où vous ne pourrez être distraits.

- **Première étape :**

Dans le silence, maintenez le contact visuel pendant deux minutes.

- **Deuxième étape :**

Thèmes pour approfondir l'échange intime

Partenaire A : « Je te trouve particulièrement sexy et sensuel quand... » Trois minutes.

Partenaire B : « Merci de m'avoir permis de partager tout cela avec toi, je te promets d'y attacher la plus grande importance. »

Partenaire B : « Je te trouve particulièrement sexy et sensuelle quand... » Trois minutes.

Partenaire A : « Merci de m'avoir permis de partager tout cela avec toi, je te promets d'y attacher la plus grande importance. »

Partenaire A : « Tu me rends vraiment sexy et sensuelle quand... » Trois minutes.

Partenaire B : « Merci de m'avoir permis de partager tout cela avec toi, je te promets d'y attacher la plus grande importance. »

Partenaire B : « Tu me rends vraiment sexy et sensuel quand... » Trois minutes.

Partenaire A : « Merci de m'avoir permis de partager tout cela avec toi, je te promets d'y attacher la plus grande importance. »

Partenaire A : « Je vois comme tu es doué pour... » Trois minutes.

Partenaire B : « Merci de m'avoir permis de partager tout cela avec toi, je te promets d'y attacher la plus grande importance. »

Partenaire B : « Je vois comme tu es douée pour... » Trois minutes.

Partenaire A : « Merci de m'avoir permis de partager tout cela avec toi, je te promets d'y attacher la plus grande importance. »

- **Troisième étape :**

Étreignez-vous durant trente secondes.

- **Quatrième étape :**

S'il vous plaît, prenez cinq minutes pour noter vos idées et vos sentiments dans votre journal intime.

Remarque complémentaire :

Nous possédons tous des dons, des talents et des traits de caractère uniques. Les reconnaître ouvertement chez son partenaire peut être d'un grand soutien. Vous avez certainement déjà eu l'occasion de les reconnaître et de les voir à l'œuvre. Essayez de vous les remémorer précisément et de les décrire dans les moindres détails et avec passion.

Il est clair que ce programme n'est pas exhaustif. À partir d'aujourd'hui, vous devrez quasiment chaque jour tester votre capacité à communiquer avec votre conjoint. Vous aurez à affronter les pensées négatives qui ont obscurci vos relations par le passé. Efforcez-vous constamment de remettre en question la perception faussée que vous avez de lui et continuez à vous forger un esprit positif. Il faudra y travailler sans relâche, mais après ces deux semaines vous serez sur les bons rails. Si vous suivez avec régularité les principes de ce livre, vous communiquerez avec votre conjoint comme vous en rêviez, et de profonds changements continueront d'irriguer votre existence. Mais je crois qu'il est important que vous en preniez tous les deux la ferme décision.

Je veux ensuite que vous formuliez votre décision de vie par écrit, ce sera un exposé de la mission que vous vous fixez d'accomplir ensemble pour votre couple. Vous définirez ici vos espoirs, vos rêves et vos engagements. Cette décision vous guidera, comme l'étoile Polaire a, depuis la nuit des temps, permis aux marins de retrouver leur route. Lorsqu'ils s'égaraient, ou hésitaient sur la direction à prendre, il leur suffisait de repérer cette étoile, de s'y fier, et leur chemin était tout tracé. C'est exactement ce à quoi je veux en venir pour votre couple. Avec cette déclaration commune, vous vous créez un point de référence auquel vous pourrez toujours revenir pour maintenir le cap.

Cette déclaration doit être le produit d'une réflexion concertée. Voici par exemple la décision d'un couple qu'il m'a été donné de partager, il y a quelques années :

« Nous, Jeff et Diane, sommes décidés à vivre en croyant à notre couple, dans le respect et la dignité. Nous nous engageons à partager l'amitié qui est la base de notre amour et à préférer la bienveillance à la critique. Nous nous engageons aussi à ne plus jamais nous disputer devant nos enfants et à ne plus mettre en cause notre relation pour un simple différend. Nous ne serons sans doute pas parfaits, mais grâce à Dieu et à l'amour que nous avons l'un pour l'autre, nous réussirons. »

C'est en suivant cette route que vous découvrirez votre étoile Polaire, celle qui guidera votre couple. Elle n'appartiendra qu'à vous et à votre partenaire. Elle sera unique. Bien sûr, cette déclaration ne doit pas rester figée, elle changera en fonction de l'évolution de votre relation. Mais elle sera toujours le reflet de vos désirs, de vos besoins et de vos attentes profondes. Affichez-la bien en vue, quelque part dans votre maison, pour l'avoir toujours à l'esprit.

Votre déclaration :

Chapitre 9

Attention ! Une relation se gère, elle ne se guérit pas

Après tout ce que vous avez fait – renoncer à vos idées préconçues sur le couple, révéler en pleine lumière vos côtés négatifs, adopter de nouvelles valeurs dans votre relation et enfin vous engager dans un programme de réconciliation très précis –, vous vous sentez sans doute bien mieux. C'est le but. Mais nous savons aussi, vous et moi, qui si vous croyez maintenant pouvoir voguer sans soucis sur le fleuve tranquille de la vie conjugale, alors il vous faut retourner à la première page de ce livre et tout recommencer, car vous n'avez absolument pas compris mon message.

Je l'ai dit maintes et maintes fois dans les chapitres précédents, vous avez vécu dans l'erreur depuis toujours et élu un mode de vie qui n'a fait qu'entretenir une relation de couple en mauvais état. En prenant appui sur les aspects autodestructeurs de votre personnalité, vous avez rencontré la souffrance et la frustration. Croyez-moi, le simple fait de reconnaître que votre conception de la vie nuit à votre relation de couple ne règle pas le problème.

Je ne cesserai de le répéter : les bonnes intentions ne mènent nulle part. Si 80 % des gens qui arrêtent de boire, rechutent au cours de la première année, si 90 % de ceux qui font des régimes reprennent leurs kilos perdus au cours de la première année, c'est qu'ils n'ont jamais quitté le style de vie qui est à la base de leur comportement autodestructeur.

Les alcooliques modèlent leur environnement pour continuer à boire, quand bien même ils déclarent en toute conscience vouloir arrêter. De même, les obèses organisent leur vie autour de la nourriture pour pouvoir conserver leur surpoids. Ils peuvent essayer pendant un moment de faire montre de volonté, mais leur environnement reste propice à entretenir l'obésité et ils ne changent pas de mode de vie.

Ne croyez pas qu'il existe une nouvelle formule magique pour vivre une relation heureuse ni que ces deux semaines d'entraînement vont vous transformer du tout au tout. Vous devez d'abord abandonner votre mode de vie actuel et vous mettre sérieusement à l'écoute de votre vie intime. Pour que le changement soit durable, il va vous falloir renoncer à vos anciennes idées et reconstruire votre vie afin qu'elle devienne la base d'une relation positive. Admettons que vous ayez eu auparavant un mode de vie A qui générait une relation insatisfaisante. Après avoir fait le travail proposé dans ce livre, vous avez un mode de vie B et une relation de couple satisfaisante. Il n'est pas interdit de penser que si vous retourniez au mode de vie A, vous retrouveriez les problèmes relationnels de départ. N'est-ce pas logique? *Si vous voulez que les choses soient différentes, vous devez agir différemment.*

Vous allez rencontrer un autre problème inhérent à votre désir de restaurer votre relation de couple, c'est que votre partenaire et vous êtes différents. Vous êtes en relation avec une personne du sexe opposé – j'insiste sur le mot *opposé* –, autrement dit vous essayez d'être en phase avec quelqu'un qui, physiquement, émotionnellement et socialement, est différent de vous. Votre partenaire et vous êtes naturellement aussi éloignés qu'un chien ne l'est d'un chat. Sachez-le, aucun livre, aucun conférencier, aucun thérapeute ne pourra effacer ces différences naturelles.

Dans le futur – demain, la semaine prochaine ou dans un an –, ces différences vous amèneront à vous mettre mutuellement au défi de franchir une certaine limite. À ce moment-là, si vous n'êtes pas pleinement conscient de ce qui vous sépare, vous sombrerez dans la spirale de l'incompréhension.

J'espère ne pas refroidir votre enthousiasme. Croyez-moi, grâce à ce livre, vous faites partie aujourd'hui d'un petit groupe de gens qui savent comment entretenir une relation. Mais *savoir* n'est pas *agir*, c'est très différent, être capable de quelque chose ne signifie pas que vous commenciez à changer. Vous descendiez le cours de la rivière, maintenant vous allez la remonter. Il vous faudra pagayer dur, rien que pour rester sur place, car la force du courant est inexorable. Vous avez fait demi-tour dans la bonne direction, mais n'oubliez pas qu'il va vous falloir pagayer à contre-courant toute votre vie. Votre histoire, vos modèles, vos espoirs continuent à vous entraîner dans la mauvaise direction, dans le sens opposé. Ce n'est pas facile, mais c'est faisable.

Je veux que vous fassiez partie des quelques personnes qui auront eu le courage de remonter la rivière jusqu'à sa source et, pour ce faire, il vous faut un programme qui assure la bonne santé de votre couple. J'espère que vous avez eu plaisir à suivre le programme intense et rigoureux que je vous ai donné, les séries d'exercices, les questions, les devoirs quotidiens. Cette phase est maintenant terminée. Vous entrez dans une zone de grand danger qui vous rend, vous et votre couple, incroyablement vulnérables.

Je vous tromperais si je tentais de minimiser la situation. Nous arrivons à la fin de cet ouvrage, je ne vais pas commencer à vous caresser dans le sens du poil, à vous donner de grandes tapes dans le dos en vous disant qu'il ne vous reste qu'à écrire une lettre d'amour à votre partenaire et à vous laisser aller à la sérénité d'une relation pacifiée. Je veux être certain que votre changement est bien établi et que vous saurez rendre durable ce sur quoi vous avez tant travaillé.

Sans véritable stratégie pour affronter l'avenir, vous tomberez au premier obstacle, qui, je pense, ne tardera pas à se présenter. Nous avons tendance naturellement à nous relâcher après l'effort. Vous avez accompli de réels progrès, mais il n'est pas temps de croiser les bras. C'est le moment de progresser encore en profitant de votre élan. Ne tombez pas dans le piège qui consiste à ne travailler que lorsque votre couple bat de l'aile. Les relations amoureuses ne sont pas différentes des autres domaines de votre vie. Par exemple, si vous ne vous préoccupez de votre santé que lorsque vous êtes malade, vous n'adopterez jamais durablement un mode de vie sain. Vous devez veiller à votre santé précisément quand tout va bien. Il en va de même pour la bonne marche de votre couple. Si vous ne parvenez pas à mettre en place et à suivre une bonne stratégie de fonctionnement, ce livre n'aura été finalement qu'une lecture de plus et vous retournerez à votre ancien mode de vie. Laissez-moi encore vous rappeler qu'une relation ne se *guérit* pas, elle se *gèrent*. Vous devez adopter des principes pour renouer sur le long terme, en tenant compte des puissants courants négatifs de votre passé et des défis que la réalité vous lance quand vous désirez voir s'épanouir votre couple.

Soyez prévoyant, avancez droit devant vous. Je m'inquiète tout autant de ce que vous et votre partenaire allez faire l'été prochain, à Noël, que la semaine prochaine. Ce que vous ferez à court terme est essentiel. Il va s'en suivre un élan et des acquis positifs. Le long terme aussi est important, bien sûr, puisqu'il s'agit de votre vie. Votre nouveau mode de vie doit suivre un plan mûrement réfléchi, prudent, mature et réaliste. Les bonnes résolutions, comme celles que l'on prend au Nouvel An, engagements pris à la légère, sont à bannir. Votre plan doit être précis et fragmenté en étapes quotidiennes.

Je sais que vous ne voulez pas entendre que vous aurez à travailler encore plus dur, mais si voulez sincèrement que votre couple reste sur la bonne voie, vous y serez obligés. Sans le vouloir, vous avez travaillé d'arrache-pied à ruiner votre relation. Vous avez suivi un processus qui vous a mené à l'échec. Vous avez consacré du temps et de l'énergie à entretenir une relation pénible et insatisfaisante, faites-en autant pour mener votre couple au succès. Oui, ça marche, mais cette fois, le travail sera véritablement une épreuve amoureuse avec des récompenses à court et à long termes.

Gérer les priorités

Portez tout d'abord l'attention sur vos priorités. Pour les gérer de façon simple et efficace, il est nécessaire de les identifier clairement. Dans un chapitre précédent, j'ai parlé des décisions de vie. Ce sont celles que nous prenons du profond de notre cœur, contrairement à celles qui procèdent d'une simple logique intellectuelle. Sauver votre couple fait partie de ces décisions de vie, c'est une priorité essentielle à l'aune de laquelle vous évaluerez vos idées, vos sentiments et vos actes. Posez-vous simplement la question suivante : « Est-ce que cette idée, ce sentiment ou cet acte est en accord avec la priorité qui est la mienne : assurer la pérennité de notre couple ? » Si la réponse est non, vous êtes dans le rouge. Ma règle est la suivante : si vous vous surprenez à agir ainsi, arrêtez immédiatement et choisissez une voie qui aille dans le sens de vos priorités.

Votre attitude est comme un piston dans un moteur. C'est à ce niveau que démarrent les changements. Par « attitude », je n'entends pas la volonté qui, par son énergie à court terme, peut amener certains changements. C'est elle qui vous permet de maigrir en deux semaines avant un mariage. Si vous devez mener à bien un projet important en peu de temps, au risque de perdre votre job, la volonté vous permettra d'y arriver. Mais elle n'est pas suffisante pour ce qui nous concerne. Vous avez beau être convaincu(e), enthousiaste, gonflé(e) à bloc, cette énergie est amenée inéluctablement à décliner. Votre carrière, vos enfants, votre famille, la grippe et mille autres tracas quotidiens viendront rompre votre élan et vous videra de votre énergie.

J'espère que vous arriverez à surmonter ce besoin d'être motivé pour en prendre le contrôle et changer votre état d'esprit au point de vous lever tous les matins avec le désir d'améliorer votre couple. Faites-moi confiance, il y a une différence fondamentale entre ceux qui vivent dans la routine et ceux qui surmontent les circonstances pour donner plus de sens à leur vie et en obtenir davantage de bienfaits. Ces derniers ne disent jamais qu'ils pourraient ou devraient avoir une vie meilleure, mais *ils s'en donnent les moyens et ils y arrivent.* Ils veulent l'excellence. Ils ne vont pas vers les raccourcis qui facilitent la vie sans mener pour autant aux buts recherchés. Ils ont avant tout un appétit qui les conduit à ne pas se contenter de ce qu'ils ont. Ils sont enclins à vivre une existence hors du commun. Ils décident de ce qu'ils veulent et partent à sa conquête. Ils agissent plutôt que de s'enliser dans l'introspection et les bonnes intentions.

C'est la voie à suivre pour que votre couple devienne exceptionnel. Soyez fier (fière) et aiguillonné(e) par le fait d'avoir désormais une haute mission. Vous ne pouvez plus différer votre décision ni changer d'avis d'un jour à l'autre. Il faut vous jeter à l'eau. L'inertie, l'hésitation et trop de prudence n'ont jamais mené à rien. Ne remettez pas en question vos nouvelles priorités. Si vous vous adonnez à des spéculations intellectuelles, à de perpétuelles remises en question, votre engagement sera hésitant et vous échouerez. On n'obtient rien sans risques : ceci s'applique aussi à votre désir de vivre une relation de couple heureuse et valorisante.

Je vous propose de méditer cette formule éprouvée : *Être, Faire, Avoir.* Décidez-vous, agissez en conséquence et vous réussirez. Ne prévoyez pas de vous y atteler sur une période définie à l'avance. Engagez-vous à aller jusqu'au bout, jusqu'à ce que vous ayez ce que vous désirez.

À l'heure actuelle, vos nouvelles priorités vous semblent évidentes. Comment imaginer que vous pourriez un jour les perdre de vue? N'oubliez pas qu'elles viennent de naître et qu'il vous faut vous familiariser avec elles. Vous avez travaillé dur pour en arriver là, continuez avec ce que vous avez appris et assimilé. Je vous recommande vivement de revenir régulièrement à ce livre, de revoir les dangers des idées préconçues et d'un esprit négatif, ils pourraient s'insinuer de nouveau dans votre vie. Continuez à muscler votre jeu en étudiant vos nouvelles valeurs de façon à les intégrer parfaitement dans votre nouvelle vie. Relisez ces passages et réfléchissez-y honnêtement : comment les appliquez-vous dans votre vie? Votre clarté de vue vous a permis de vous libérer et vous a amené à ce stade. Ne courez plus jamais le risque de tomber dans la confusion.

Gérer son comportement

Il s'agit pour vous d'atteindre le bonheur *à votre façon*. Attention, je ne vous propose pas une énième technique d'autosuggestion du type « Faites semblant et ça viendra. » Vous ne faites pas semblant d'être en couple. Vous voulez véritablement vivre une relation équilibrée, heureuse et enrichissante. Si vous avancez selon vos priorités, vous commencerez à en entrevoir les bienfaits. Aller vers le bonheur, c'est simplement prendre un chemin en accord avec votre conception du bonheur dans le couple.

Je pense depuis longtemps que les gens qui s'ennuient sont ennuyeux et que les dépressifs sont déprimants. Si ceux qui s'ennuient faisaient davantage de choses intéressantes, au lieu de traîner leur lassitude, ils auraient une expérience de la vie toute différente. De même si les dépressifs, même ceux qui souffrent d'une déficience biochimique, agissaient avec plus d'enthousiasme, ils seraient plus heureux. Le dicton est vrai : qui ne risque rien, n'a rien. Comment être heureux si vous n'entrez pas dans le jeu? En sortant de vous-même, en menant votre vie comme vous l'entendez, vous vous donnez la chance d'obtenir ce qu'entraîne précisément ce type de comportement. Par exemple, si vous aimez sentir le regard de votre conjoint en train de rire ou de sourire, arrangez-vous pour qu'il vous regarde en souriant. Créez ce que vous désirez en agissant sur votre terrain.

Il est évident que pour être exceptionnel il faut agir de manière exceptionnelle. Votre relation n'a peut-être rien d'exaltant à l'heure actuelle, mais vous avancerez en choisissant de faire les choses avec passion, la décision l'emportant alors sur la spontanéité. Même si vous avez du mal à reprendre contact avec votre monde intime, vous vous en rapprochez en agissant ainsi. Quand vous vous sentez hésitant(e), que vous doutez de vos progrès, continuez à vous conduire en vainqueur. On nourrit son désir en agissant comme si le but était atteint. Personne n'a jamais rien obtenu en broyant du noir. Réjouissez-vous de ce qui vous arrive; par cet optimisme, votre couple remportera le bénéfice du doute. Avant même que vous n'en soyez conscient(e), les actes et les échanges positifs seront devenus la règle, non plus l'exception. Tous les thérapeutes vous le diront, un comportement différent entraîne des sentiments différents.

Pour soutenir votre élan positif, vous avez besoin d'être tourné(e) vers l'action et de mettre en pratique ce que vous avez appris ici. Vous remarquerez que le mot « renouer » est un verbe. Pour renouer, il ne s'agit pas seulement de penser ou de sentir mais d'agir. Ne limitez pas vos nouveaux comportements aux échanges avec votre partenaire. Souvenez-vous qu'une relation vit et meurt dans l'environnement qui lui appartient. Créer un nouveau mode de vie propice à une relation harmonieuse implique de procéder à des changements importants et évidents. Il existe un baromètre : si votre entourage ne s'aperçoit de rien, c'est que vous n'avez pas été assez loin dans votre transformation. Ce n'est pas votre volonté, mais vos actes qui feront la différence.

Votre partenaire s'en apercevra aussi. Il (ou elle) sera sensible à votre affection et à votre intérêt renouvelé, et ne pourra donc pas résister à la passion qui vous anime. Comment savoir que l'on est aimé, admiré, adoré, si cela reste secret ? Demander à votre partenaire de lire dans vos pensées ne fait pas de vous un mystérieux séducteur (ou séductrice). Vous faites simplement preuve de paresse et vous ne voulez pas courir le risque d'ouvrir votre cœur.

Il faut avouer que les hommes sont particulièrement rétifs dans ce domaine. Depuis des années, j'en vois qui, lorsque je les y pousse, avouent avoir souvent des pensées tendres et affectueuses, imaginer des gestes bienveillants, encourageants, mais qui ne passent pas à l'acte, ne disent rien pour ne pas se mettre en danger. C'est tragique. Souvent ils viennent de vivre un échec relationnel, leur compagne les a quittés parce qu'elle ne sentait pas désirée ni appréciée.

Cela ne signifie pas toutefois que vous deviez vous transformer en *pompom girl* férocement enthousiaste. Mais en manifestant votre détermination, vous convaincrez votre conjoint que vous n'abandonnerez pas au premier différend qui vous opposera. Votre seule attitude lui prouve votre engagement absolu. Que vous vous investissez pleinement et que vous n'avez pas d'arrière-pensées. Vous êtes ouvert et enthousiaste, ce qui lui indique que c'est avec lui et personne d'autre que vous voulez vivre cette aventure, que vous désirez ce qu'il y a de mieux pour lui et pour vous, que vous n'avez aucune intention de le blesser et que vous serez là quand il aura besoin de vous. Un comportement fondé sur l'amour fait naître une foule de sentiments positifs dans le cœur de votre partenaire qui en est le destinataire. Agissez avec la conviction que votre relation amoureuse ira pour le mieux, et je vous assure que votre partenaire commencera à y croire et se comportera en ce sens. Les vainqueurs vous diront toujours qu'ils ont visualisé leur victoire, leur succès, qu'ils l'ont éprouvé dans leur tête et dans leur cœur, ce qui leur a permis d'atteindre le but tant désiré.

Je vous répéterai encore une chose dont vous devez vous souvenir : vos attitudes présentes présagent de celles du futur. Votre nouveau mode de vie va changer votre relation au quotidien et contribuer à bâtir jour après jour une nouvelle existence, positive. Comme je l'ai dit maintes fois, les jours se transformeront en semaines, les semaines en mois, et bientôt vous aurez derrière vous un passé positif et fructueux, présageant d'un avenir aussi heureux

Gérer vos buts

Dans le cadre de ce vaste processus de transformation de votre vie en général et de votre relation de couple en particulier, vous devez élaborer un plan précis pour faire face à vos points faibles, par exemple votre tendance à vous disputer ou à vous replier sur vous-même. Peut-être, dans certaines situations, avez-vous un penchant à devenir méchant(e), à vous endormir dans le confort de la routine, à flirter avec un(e) collègue de travail quand votre couple est en difficulté.

Quel que soit votre point faible, et je suis sûr que vous le connaissez déjà, vous devez mettre en place un plan pour le surmonter. Si vous pensez que la qualité ou la fréquence de vos rapports sexuels constitue une des faiblesses de votre couple, élaborez un plan précis et réfléchi pour y pallier. Ce peut être aussi simple que de définir le nombre de fois par semaine où vous susciterez un rapport sexuel. Plus indirectement, vous pouvez décider de faire davantage d'exercice pour accroître votre énergie ou de prendre soin de vous afin d'être plus attirant(e) ou de ménager des moments propices à ce type d'échange.

De la même façon, vous allez élaborer un plan pour prendre appui sur vos points forts. Par exemple si vous estimez que les moments les plus précieux de votre vie sont ceux où vous êtes ensemble durant le week-end ou en vacances, fixez-vous des objectifs pour profiter pleinement de ces moments et les multiplier. Si vous appréciez tous les deux de vous retrouver en société, provoquez le plus souvent possible ces moments.

Les buts que vous allez vous fixer représentent un point essentiel de ce programme, ne les prenez pas à la légère en pensant que votre relation s'est améliorée et que les choses vont plutôt mieux. Bien sûr, le changement est agréable, mais ne perdez pas de vue l'urgence de la situation – ni votre motivation – sous prétexte que votre souffrance est moins aiguë. Soyez prudents. N'enterrez pas si vite vos difficultés passées. Il est facile d'ignorer les problèmes à résoudre de peur de les réveiller, de même qu'il est facile de prendre pour acquis les bons côtés de votre relation de couple et de laisser faire. Poursuivez sans relâche votre but et profitez de l'élan qui vous est donné.

Vous devez concevoir la gestion à long terme de votre relation comme une ascension perpétuelle. Il ne s'agit pas de s'empêcher de profiter de vos résultats actuels, mais vous risquez tout aussi bien stagner de nouveau à ce stade, en vous endormant dans le confort. Les relations amoureuses ne se *guérissent* pas, elles se *gèrent* – votre tâche est donc permanente. Vous devez toujours avoir à l'esprit vos objectifs et la marche à suivre pour les atteindre. Rappelez-vous qu'un bon manager ne se contente pas de réagir aux événements. Fixez-vous des buts et élaborez des plans de route. Conscient(e) de vos forces et de vos faiblesses, vous deviendrez le manager actif de votre relation de couple.

Voici maintenant quelques critères essentiels à respecter pour définir et atteindre vos buts. Soyez tout d'abord très précis(e). Fragmentez votre objectif en décrivant des comportements spécifiques ou des éléments tangibles. Si vous désirez plus d'harmonie dans votre couple, précisez ce que vous entendez par harmonie. Est-ce par exemple, l'absence de disputes et de discussions ou de passer une heure par jour dans le calme avec votre partenaire ou encore une promenade dans le quartier ou au parc avec interdiction de parler de vos problèmes ? Quelles qu'elles soient, précisez les modalités de votre objectif.

Mettez-les par écrit. Les formuler dans votre tête ne requiert pas la même clarté, la même distance que de les écrire. Soyez précis(e). N'oubliez rien.

Fixez-vous des échéances. Sans date butoir, un objectif n'est qu'un rêve, un fantasme récréatif. Quand vous aurez déterminé le moment où vous voulez avoir atteint un but clairement défini, il prendra un tour bien différent.

Posez des étapes. Il est clair que certains buts exigent du temps et comprennent plusieurs aspects. Faites une estimation réaliste du temps dont vous avez besoin et divisez-le en étapes intermédiaires. Posez-les plutôt à court terme, pour pouvoir évaluer régulièrement vos progrès.

Cultivez votre sentiment de responsabilité. Choisissez quelqu'un dans votre entourage à qui vous pourrez rendre compte de votre progression. Ce peut être un membre de la famille, un ami ou même votre partenaire. Une fois par semaine ou à intervalles plus rapprochés, vous aurez à regarder en face quelqu'un que vous respectez, et devrez lui faire part de l'avancement de votre programme.

Adoptez des critères précis pour juger de vos résultats. Définissez en toute objectivité les indicateurs de votre réussite. Encore une fois, soyez *précis*, ainsi vous saurez vraiment *quand* vous aurez atteint votre but.

Gérer vos différences

Je dois avouer que pendant des années, j'ai cru secrètement et parfois même ouvertement que mon épouse Robin était un peu folle. J'étais parfaitement convaincu d'avoir raison, et comme un imbécile, je le lui répétais souvent. Mon raisonnement me semblait limpide. Je l'écoutais parler et je me disais : « C'est impossible (puisque c'était contraire à ma logique), comment une femme aussi brillante et compétente peut-elle avoir l'esprit aussi confus ? »

À l'époque, j'étais complètement aveuglé par ma croyance dans notre mythe n° 1 – je croyais mordicus qu'une relation réussie exigeait des deux partenaires qu'ils se comprennent en tout. Résultat, j'étais parfois envahi par la frustration en voyant fonctionner notre couple. J'essayais de comprendre Robin à travers ma logique masculine et elle faisait de même en partant de son point de vue. C'était un cercle vicieux.

Ses changements d'idées ou de comportements me laissaient sans voix. Par exemple, lors de l'accouchement de notre premier enfant, je m'étais rendu compte qu'elle avait supporté la douleur mieux que la plupart des hommes ne l'auraient fait. Un peu plus tard, elle se prit deux doigts dans la portière de sa voiture. C'était en plein milieu de l'après-midi, je ne jugeai pas nécessaire d'annuler mes rendez-vous pour mettre de la glace sur sa blessure, elle en fut profondément choquée et conclut que je ne l'aimais plus. Où étaient passés son courage, sa force ?

Autre exemple, je monte sur une échelle pour changer une ampoule et elle me dit : « Oh, fais attention de ne pas tomber. Fais attention à toi ! » Une demi-heure plus tard, à un carrefour, une bande de motards entreprend d'entourer notre voiture et elle s'écrie : « Phil, dis à ce type d'arrêter de me regarder comme ça ! Dis-lui de s'occuper de ses affaires ! » – « Quoi ?

Robin ! Ils sont une douzaine, prêts à nous tuer et même à dévorer notre gamin ! Il y a trois minutes, tu avais peur que je tombe d'une échelle à quelques centimètres du sol et maintenant tu voudrais que je sorte de cette voiture et que je saute à la gorge de ces voyous ! » – Je n'y comprenais plus rien.

Nous sommes incroyablement différents. Si Robin et moi avons rendez-vous quelque part à neuf heures du matin, je me lève vers huit heures et demie pour pouvoir me préparer. Je prends une douche, je m'ébroue comme un chien mouillé et je suis prêt. Il est vrai que ma coiffure n'exige guère de soins. Robin, elle, se glisse hors du lit à quatre heures et demie et c'est le branle-bas de combat. D'abord, d'étranges lumières filtrent sous la porte de la salle de bains, d'où émanent ensuite des nuées de poudre. On se croirait dans la quatrième dimension. Ensuite on entend des bruits. L'un d'entre eux semble produit par un instrument à vapeur. Or, je suis allé dans la salle de bains l'après-midi, en l'absence de Robin, et je n'ai jamais compris d'où il pouvait provenir.

Je reste donc au lit, jusqu'à ce qu'un un besoin naturel et urgent ne m'oblige à me lever et à pénétrer sur son territoire. Je préférerais l'éviter mais je n'ai pas le choix. Tout se passe tranquillement, mais tandis que je rebrousse chemin, titubant et à moitié endormi, tentant de filer en douce, elle me dit : « Attends une minute ! » et me pose alors une question à laquelle il n'existe aucune bonne réponse. J'aimerais disparaître, mais je lève les yeux et, bien sûr, toute sa garde-robe est accrochée devant nous dans le dressing. Elle prend une tenue, la pose sur elle et demande : « À ton avis, elle m'amincit ou pas ? » Oh non ! Pitié ! Si je dis oui, elle me dira : « Parce que tu trouves que je devrais mincir ? » Si je dis non, je suis fichu. Il est impossible de répondre à cette question. Vous êtes pris au piège.

Évidemment, je voulais juste vous faire sourire en vous exposant mon point de vue. Robin et moi-même, tout comme vous, sommes irréductiblement différents. Il faut donc apprendre à gérer votre couple en fonction de ce paramètre. Mieux, il vous faudra accepter ces différences, leur trouver des aspects positifs. Vouloir les combattre ou les juger ne vous amènera que des problèmes. Votre processus de réconciliation volerait en éclats sous les accusations sourdes et les regards furieux. Votre vie s'emplirait de frustration – désemparé, vous n'en croiriez ni vos yeux ni vos oreilles, et les bras vous en tomberaient...

Je suis gêné d'avoir à vous avouer que j'ai traversé des années d'insatisfaction chronique avec ma femme, parce que je la jugeais et que je lui en voulais de faire ce pour quoi elle est faite. Hommes et femmes ne sont pas nés pour se ressembler. Ils sont différents. Chacun des deux sexes a une mission sur cette terre, mais le comble est que chacun critique l'autre pour ce qu'il est. Les hommes reprochent aux femmes d'être plus émotives, sensibles et intuitives que rationnelles – au sens basique du terme. Elles sont supposées correspondre à ces critères, ce qui ne les empêche pas d'avoir un jugement intelligent, pénétrant et ferme. Simplement elles s'y prennent différemment.

Les femmes possèdent ces qualités pour assumer au mieux le rôle qui leur est assigné dans le cycle de la vie. Les hommes en sont moins doués, mais manifestent en général plus de force physique et de logique, ces qualités se prêtant mieux aux tâches qu'ils doivent assumer dans la société. N'y voyez aucune hiérarchie. L'émotivité, la sensibilité et l'intuition ne sont pas moins précieuses que les aptitudes masculines. Les différences entre hommes et femmes n'ont rien de dévalorisant, à moins que vous ne décidiez le contraire.

Je vous ai averti du prix que l'on paie en résistant à l'ordre naturel des choses. J'ai personnellement payé ce prix. Aujourd'hui, je suis reconnaissant à Robin d'être ce qu'elle est. Je me rends compte que j'aurais tout gâché si j'avais eu la possibilité de la changer à l'époque. Et je crois bien qu'elle partage cette opinion. Il y a quelques années, elle se plaignait de mon caractère trop brut, voire brutal. Je lui avais alors répondu : « Si tu pouvais changer la manière dont je me comporte, dont je parle, dont je pense et dont j'exprime mes sentiments, que désirerais-tu ? » Elle avait ouvert grands les yeux et m'avait décrit un homme attentif, sensible et émotif, prenant le temps d'épancher ses sentiments, alangui au fond des clairières. Je lui répliquai : « Tu demandes à l'avant-centre d'une équipe de foot qui s'est toujours battu pour obtenir ce qu'il voulait qu'il se transforme en une sorte de danseur qui écrirait de la poésie. Je suis persuadé que ce n'est pas là ton désir. Tu n'as pas été attirée par mon côté sensible, mais parce que, entre autres choses, tu te sentais en sécurité auprès de moi. Tu savais que je pouvais te protéger. » Elle m'a avoué plus tard que si j'étais devenu celui qu'elle avait décrit, jamais elle n'aurait choisi de passer sa vie avec moi.

Nous nous sommes engagés tous deux à considérer nos divergences d'opinion et d'expression comme des qualités complémentaires. Je n'ai pas besoin d'être aussi émotif et sensible que ma femme, qui, de par ma présence, n'a pas non plus à être aussi logique et dans ses raisonnements que je ne le suis. Ensemble, tout cela fait très bon ménage. Nous n'aurons jamais le même aperçu des situations, et elle peut fort bien me trouver froid et insensible dans ma façon de les gérer. Quant à moi, je ne comprendrai jamais comment elle peut être aussi légère dans certaines situations, mais je reconnais que c'est ce qui crée la chaleur de notre foyer, dont j'ai tant besoin. Je veux que mon épouse ait les qualités et les traits de personnalité qui ne sont pas les miens a priori, afin qu'elle me complète. Et je peux vous assurer que ma femme ne tient pas à vivre avec quelqu'un qui serait en tout point semblable à elle.

Nous pourrions parler éternellement des différences entre les hommes et les femmes. Par exemple, ils ne résolvent pas les problèmes de la même manière. Les hommes s'intéressent à la solution quand les femmes attachent autant d'importance au cheminement qui mène à celle-ci. Les hommes aiment aller droit au but, les femmes se penchent sur les détails. Si vous ne gérez pas vos différences, elles se révéleront destructrices. Il ne s'agit pas de voir les situations à travers le regard de votre partenaire, il ne s'agit pas de toujours le comprendre. Il s'agit juste d'accepter ces différences et elles cesseront d'être source de frustration.

Avoir connu des problèmes dans votre relation n'a pas que des désavantages. Voyez en l'aspect positif : vous n'êtes plus aussi naïf (naïve), vous savez à quel point il peut être difficile, voire terrible, de vivre ensemble. Vous êtes un vétéran aguerri par l'expérience. L'apprentissage de la souffrance vous a coûté déjà très cher, servez-vous en. Des recherches ont montré que ce n'est pas tant les événements en eux-mêmes qui irritent votre partenaire mais le fait qu'un événement ait ou non déçu ses attentes.

Quand un conflit se produira – et c'est inéluctable – vous ne paniquez plus. Vous vous direz simplement : « C'est exactement ce dont nous avons parlé. Cela devait arriver, c'était prévu et nous savons comment y faire face. Nous ne nous laisserons pas déborder et nous ne remettrons pas en cause notre couple pour la seule raison que nous sommes confrontés aux difficultés normales de la vie en commun. »

Gérer l'admiration

Cela peut vous sembler étrange, ce thème. Gérer l'admiration ? Que veut-il dire par là ? J'y viens. Avez-vous travaillé à redécouvrir, à identifier et à chérir les qualités de votre partenaire ? Et avez-vous envisagé de vous appuyer sur elles pour renforcer votre relation ? Les couples qui ne travaillent que sur les problèmes ont une relation *à problèmes*. Même dans un couple solide, on a trop tendance à focaliser son attention sur les points négatifs, espérant améliorer la relation en les éliminant. Mais c'est ainsi qu'on ce qui va bien. Si vous êtes obnubilés par les lacunes et les défauts de votre conjoint, vous risquez d'oublier ce qu'il y a chez lui d'admirable. Si vous ne vous concentrez que sur les aspects négatifs de votre couple, vous risquez de ne pas en attendre grand-chose. Il vous faut un plan qui vous remette en tête tout ce que vous admirez chez votre conjoint et qui vous rappelle que ses côtés négatifs ne doivent pas éclipser le reste.

Il ne s'agit plus simplement d'accepter ses différences. Vous devez aller plus loin et en voir la valeur. Ainsi, vous prenez consciemment l'engagement de développer et de nourrir votre admiration pour l'être aimé. Concentrez-vous sur ses qualités de manière à pouvoir bâtir sur elles. En devenant son plus grand admirateur (sa plus grande admiratrice), vous choisirez chaque jour de mettre l'accent sur ce qu'il a d'unique et de rafraîchissant. Vous n'avez pas choisi pour conjoint un malheureux perdant, vous étiez attiré au contraire par tous ses côtés positifs. Apprenez à cultiver le respect et l'admiration que vous lui portez, et soyez fier (fière) de lui.

Souvenez-vous : vous n'avez pas besoin de le comprendre ou d'être d'accord avec son mode de vie pour l'apprécier. Je ne comprends pas vraiment comment fonctionne l'électricité, mais cela ne m'empêche pas de l'utiliser et de m'en réjouir. Et s'il en allait de même pour votre partenaire ?

Quand j'ai commencé à regarder de près les qualités de mon épouse au lieu de critiquer ce qu'elle avait de différent, j'ai commencé à engranger plus de bienfaits que je n'en avais espérés. Au lieu de m'opposer à elle, je me suis mis à compter sur elle. Je n'ai pas reconnu d'un seul coup ses points forts, mais j'ai commencé à reconnaître sa valeur d'être humain de façon plus globale et surtout plus mature.

Chapitre 10

Le docteur répond à vos questions

Tout en en écrivant ce livre, j'ai souvent tenté de me mettre à la place du lecteur. Je me suis demandé quels seraient vos besoins et de quoi vous voudriez que je vous parle au cours des étapes successives de votre parcours. Si j'étais vous, je me dis qu'après avoir travaillé aussi dur et aussi longtemps que vous venez de le faire en suivant ce programme musclé, je désirerais sans doute m'asseoir en face du thérapeute pour affiner ma vision du couple et lui poser quelques questions. « Docteur McGraw, nous avons compris, tout est limpide à présent, mais il nous serait fort utile de vous voir encore une ou deux fois afin d'éclaircir quelques points-clés. » J'aimerais pouvoir le faire, mais c'est impossible.

J'ai donc opté pour une autre solution qui est de prévoir les questions que vous aimeriez me poser si vous étiez assis en face de moi. Je sais que chaque situation est particulière, mais toutes présentent des caractéristiques communes, indépendantes des circonstances.

Sans connaître votre cas personnel, je connais par expérience les points que vous aborderiez inévitablement lors d'un entretien. Si je les traite sans attendre, vous aurez une longueur d'avance sur les défis majeurs que votre couple aura à relever. Ces idées et ces conseils vous aideront à construire l'avenir.

Pour être certain de toucher aux sujets essentiels, j'ai passé en revue les cas des milliers de couples que j'ai rencontrés, tant individuellement qu'au cours de séminaires, et recensé leurs interrogations les plus fréquentes. J'espère qu'elles recouperont les vôtres.

Certains sujets sont juste de nature inconfortable pour la relation, d'autres sont si explosifs qu'il y a fort à parier que les partenaires concernés mettront fin à leur relation s'ils ne parviennent pas à trouver une issue au problème.

Je ne vous parle pas ici de romances hollywoodiennes, mais de difficultés qui font le quotidien des couples. Admettons, par exemple, que vous soyez marié(e) et que vous ayez des enfants ; pendant toute l'année scolaire vous vous levez tôt pour préparer le mieux possible le départ de votre petite troupe ainsi que le vôtre. Vous êtes exténué(e) à la fin de la journée, vous devez jongler avec votre budget, votre emploi du temps, votre fatigue physique et psychique. Tous ces défis, pour n'être pas exaltants, n'en sont pas moins réels. Je peux vous dire que chez nous personne n'est particulièrement du matin, mais nous démarrons suffisamment vite pour nous retrouver en un rien de temps devant un bol de céréales, puis en train d'emballer des sandwichs pour le déjeuner, tout en suppliant le chien de ne pas aboyer et de ne pas se ruer ventre à terre jusqu'à la porte d'entrée. Inutile de vous dire que si je déposais une rose sur l'oreiller de Robin et qu'il lui vienne à l'idée de faire de même, nous aurions les joues complètement égratignées, car une fois sur deux, nous nous endormons avant d'avoir touché l'oreiller.

Voici une courte liste des sujets les plus brûlants : le sexe, l'argent, les enfants et ces inénarrables moments où vous regardez votre partenaire, à l'autre bout de la table, en vous disant : « Dans quelle galère me suis-je embarqué(e) ? Je vis avec un(e) dingue. »

Vous pouvez à présent piocher dans ce choix de questions. Et soyez-en certain, je ne vous répondrai pas autre chose si vous étiez installé sur le divan de mon cabinet.

QUESTION

Notre activité sexuelle a considérablement diminué. Que devons-nous faire?

Comme je l'ai déjà dit, penser que le sexe perd son importance après un certain temps est une idée fausse et fort nuisible. Pour les couples équilibrés, faire l'amour est le prolongement naturel d'une relation harmonieuse. Les relations sexuelles s'inscrivent dans un style de vie global. Vos priorités perdent de leur force si vous ne leur accordez plus le temps et l'énergie nécessaires. Une vie sexuelle satisfaisante est la conséquence d'une relation de couple saine.

Assurez-vous d'avoir bien compris ce que je viens de dire. Le sexe n'est pas la base du couple, c'est un prolongement naturel d'une relation où chacun donne et reçoit bien-être et soutien.

En d'autres termes, vous ne pouvez vivre des journées entières dans l'agressivité, la froideur, les disputes et espérer, d'un coup de baguette magique, passer aux plaisirs partagés de l'intimité. Un échange sexuel ne peut être satisfaisant que dans la confiance psychique, émotionnelle et physique. Les rapports sexuels induisent une certaine vulnérabilité, on ne peut s'y abandonner que dans un climat de sérénité. (J'englobe dans le mot sexe tout ce qui touche à l'intimité physique, caresses, préliminaires, jusqu'à l'acte lui-même et ses suites.)

Donc, quand les gens me disent qu'ils éprouvent une frustration sexuelle, ma première idée est que cela n'a rien, ou peu, à voir avec la sexualité même. Je leur suggère d'examiner leur relation dans son ensemble, pour qu'ils se rendent compte s'ils évoluent dans un contexte favorable à une vie sexuelle équilibrée.

Si vous espérez qu'en ignorant votre partenaire le matin, en lui aboyant dessus deux ou trois fois dans la journée, en vous disputant avec lui dans la soirée, vous allez pouvoir vous jeter dans ses bras et vivre une expérience sexuelle gratifiante, je ne m'étonne pas que vous soyez frustré(e). Si vous et votre partenaire échangez dans l'harmonie et le soutien mutuel, la sexualité trouvera naturellement sa place entre vous. Il ne faut rien forcer. C'est juste une autre façon d'exprimer la réciprocité, le soutien et l'attention. Demandez-vous si vous vivez dans la confiance mutuelle et dans la détente.

Dans bien des cas, la relation sexuelle du mardi soir prend racine le lundi matin, quand vous vous êtes étreints un peu plus longtemps que d'habitude ou embrassés sur la joue, que vous avez ri ensemble au cours de la journée et vous êtes enfin blottis l'un contre l'autre le soir. À travers ces tendres attentions, chacun des partenaires s'est préparé à un échange plus intime qui aura mûri durant ces deux jours. Ici, l'acte sexuel est un prolongement tout à fait naturel de l'attention, de la solidarité et du soutien que s'apportent les deux membres d'un couple. Bien mieux, la communication sexuelle, l'intimité physique et émotionnelle de ce mardi soir va servir de tremplin à d'autres pensées et comportements appréciatifs qui mèneront à un prochain acte sexuel, apparemment spontané.

Je parle ici du rythme ou du cycle des rapports sexuels. Vous comprenez, je l'espère, que la froideur, la négligence et l'agressivité ne peuvent logiquement mener à l'intimité sexuelle. On dit parfois que le sexe est par excellence l'activité amusante où l'on ne rit pas. C'est aussi l'occasion de communiquer sans un mot. Personne n'imagine dire : « Je te hais, toi et tout ce que tu représentes, tu as gâché ma vie, tu n'es qu'une crapule – tiens, pendant que j'y suis, je t'aime tendrement. »

Cela n'a aucun sens et ne peut pas fonctionner. Eh bien, il en va exactement de même lorsque vous vous montrez dur(e) et insensible dans la journée… et espérez passer une nuit torride. Il y a une contradiction. Conclusion : si vous voulez avoir des relations sexuelles régulières, créez un contexte relationnel qui encourage l'intimité.

QUESTION

Mais, docteur McGraw, si nous avons dépassé ce stade, que tout se déroule à merveille avec mon (ma) partenaire et que nous n'avons toujours pas (ou très peu) de rapports sexuels, de quoi s'agit-il?

Cela peut arriver. Les problèmes apparaissent souvent pour une raison et se poursuivent pour d'autres, qui n'ont rien à voir. Peut-être vos soucis vous ont-ils fait perdre l'habitude de faire l'amour – une grossesse par exemple, ou simplement un rythme de vie particulièrement fatigant. Il arrive parfois qu'un des partenaires, ou les deux, soit préoccupé et que la sexualité ne soit plus à l'ordre de ses priorités. Ce couple va perdre l'habitude de communiquer sexuellement et laisser d'autres activités occuper la place de cet échange intime.

Certains pourraient me dire : « Mais si tout est en place, la confiance, l'attention, le soutien mutuel, pourquoi un mode de communication sexuelle compte-t-il autant? » La proximité sexuelle conduit le couple à un tout autre niveau de relation. Comme je l'ai déjà dit, les relations sexuelles sont un mode de communication unique et fort, qui va aller beaucoup plus loin que les mots. Vous avez certainement des amis proches et intimes, des gens que vous aimez, avec qui vous partagez des idées et des sentiments. Mais l'intimité de l'échange sexuel n'appartient qu'à votre couple. C'est ce qui confère son caractère unique à votre relation. Le sexe est cette chose très particulière ce que vous ne partagez qu'avec votre partenaire.

Conclusion : vous pouvez être occupé et ne pas penser au sexe, cela n'a rien d'exceptionnel. Pour surmonter cela, il vous faut décider de réintégrer consciemment cette dimension dans votre vie. Ne vous contentez pas d'y penser. Faites-le. Y réfléchir, avoir de bonnes intentions puis tomber de fatigue dans son lit et remettre ça au lendemain ne vous apportera que des problèmes. Faites-le ! Oubliez la vaisselle, la télévision, les enfants, ne vous inquiétez pas pour les plantes, passez à l'action, un point c'est tout.

QUESTION

Docteur McGraw, ceci m'amène à une autre question. Je peux m'engager à faire l'amour, mais, entre nous, je ne suis pas sûr(e) de bien m'y prendre. Je ne crois pas que mon (ma) partenaire soit satisfait(e) et je ne suis pas toujours moi-même. Manquons-nous de motivation ? Que dois-je faire ?

Comme dans tous les domaines, les hommes et les femmes sont différents face à la sexualité. Le discours féminin a longtemps été : « Les hommes sont toujours prêts et impatients de s'y coller. Ils ne pensent qu'à ça. Ils se jettent au lit à la moindre occasion. » Cette généralité est fausse, en tout cas en partie. Les hommes n'ont pas tous le même appétit sexuel. La personnalité, l'âge, la forme physique, les expériences antérieures ou l'éducation influencent leurs goûts et leurs habitudes. Il est vrai, toutefois, que leur cycle d'excitation est plus court que celui des femmes. Ce n'est ni bien ni mal, c'est juste un fait.

Mais cette différence peut créer un problème au sein du couple. Comme les hommes sont plus rapidement excités, ils ont tendance à précipiter le début de la relation sexuelle. Les femmes peuvent atteindre le même degré d'excitation mais c'est un peu plus long. Parfois, parce qu'il méconnaît ces mécanismes physiologiques, l'homme va croire que la femme n'est pas réceptive à ses avances et s'en trouver contrarié. Ou c'est la femme qui va se sentir mal à l'aise, parce qu'elle croira n'avoir pas répondu assez vite. Les partenaires ne semblent pas en phase. Le temps que la femme soit excitée, l'homme a pu déjà se dire qu'elle s'en désintéressait ou se sentir rejeté, et il bat en retraite.

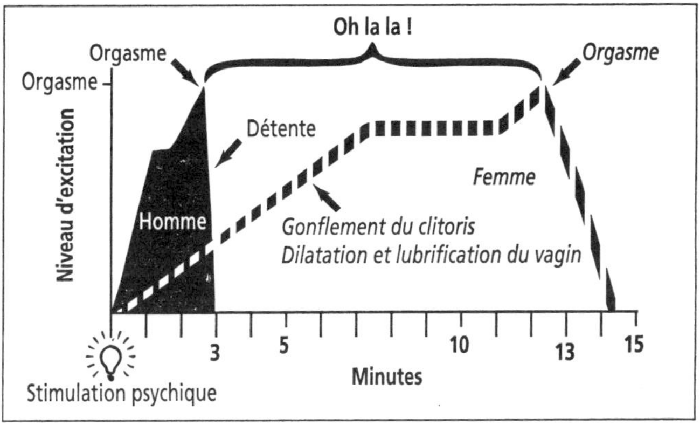

Figure 1. Schéma des réponses sexuelles chez l'homme et la femme.

Cette incompatibilité apparente peut affecter la relation sexuelle, non seulement lors des échanges préliminaires, mais aussi durant l'acte lui-même. Regardez, figure 1, les courbes des réponses physiques. En bas du schéma, la ligne du temps d'excitation est découpée en minutes. La réponse masculine correspond à la ligne continue, la réponse féminine à celle en haché. On constate une chose intéressante, c'est que le cycle de l'homme – érection, orgasme et perte d'érection – dure en moyenne un peu moins de trois minutes. La courbe s'élève en flèche pour piquer très vite du nez. (Vous pouvez certainement ici trouver une histoire drôle en relation avec mon exposé.)

Comparez maintenant avec la réponse de la femme. Celle-ci s'élève graduellement et observe un plateau de près de sept minutes. Le cycle entier dure près de treize minutes. Le problème, c'est que la dilatation du clitoris et la lubrification interviennent plusieurs minutes après la fin du cycle masculin. C'est pour cette raison que seules vingt à trente pour cent des femmes atteignent l'orgasme durant ces échanges. L'homme a terminé bien avant qu'elles n'aient pu en profiter.

Vous pouvez faire le calcul aussi bien que moi. Si le cycle de l'homme dure moins de trois minutes et celui de la

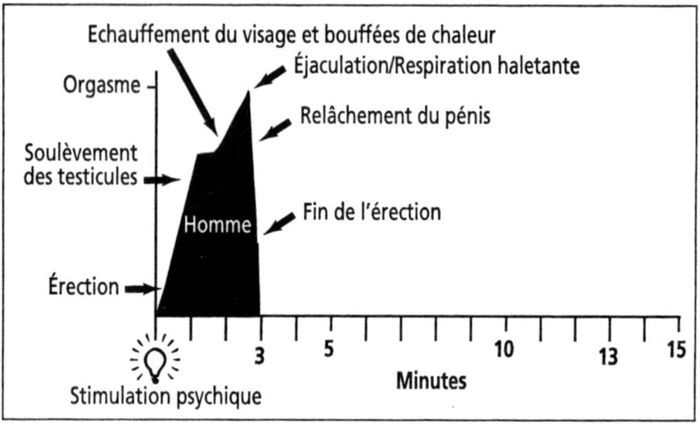

Figure 2. Schéma des réponses sexuelles chez l'homme.

femme treize minutes, nous avons un écart de dix minutes. D'où incompatibilité. Mesdames, soulignez ce passage à l'attention de votre partenaire. Ce décalage entre les deux pics d'excitation sexuelle est le moment idéal pour les préliminaires. Quant à vous, messieurs, utilisez ce temps à bon escient – vous avez au moins *dix minutes*. Il s'agit ici que votre partenaire soit gagnée par l'excitation. Souvenez-vous qu'une relation est harmonieuse quand les besoins des *deux* partenaires sont comblés. Le sexe ne fait pas exception.

Dans tous les domaines de l'activité humaine, comme dans celui de la sexualité, savoir, c'est pouvoir. Utilisez vos connaissances pour trouver un terrain d'entente avec votre partenaire. Afin que ces mécanismes soient plus lisibles, j'ai rajouté dans cet ouvrage les figures 2 et 3. Regardez-les afin de comprendre les réactions physiologiques de votre compagnon (ou de votre compagne). Quand vous aurez saisi les aspects comportementaux, émotionnels et physiques de sa sexualité, je pense que vous devriez obtenir de meilleurs résultats.

Une relation sexuelle satisfaisante est faite de régularité et de qualité dans les rapports. Bien entendu, vous pouvez par-

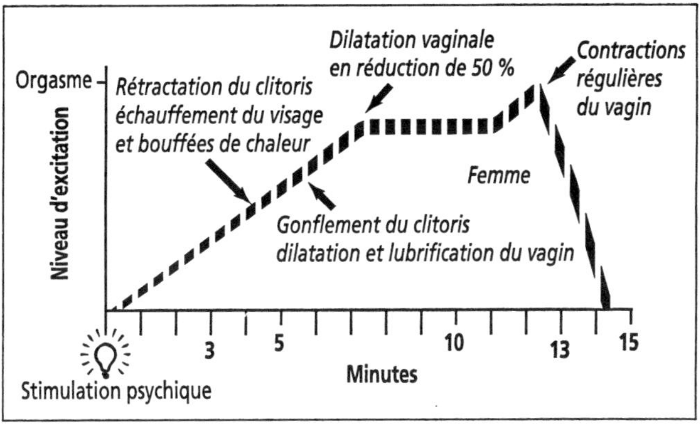

Figure 3. Schéma des réponses sexuelles chez la femme.

courir toute la gamme des positions avec votre partenaire, faire l'amour passionnément durant toute la nuit ou vous contenter d'un rapport sexuel simple et bref, juste pour vous détendre. Tout va bien, du moment que vous restez à l'écoute des désirs de l'autre. Soyez attentifs, compréhensifs et vous découvrirez toutes les possibilités existant entre ces deux extrêmes. Vous trouverez aussi votre juste milieu, le point où vous serez bien tous les deux.

À ce point de la réflexion, je vous encourage tous deux à surmonter vos inhibitions pour discuter de cet aspect important de votre relation. Vous améliorerez grandement votre vie sexuelle et aiderez votre partenaire en lui faisant part de vos idées, de vos sensations et de vos désirs. Cela vous semblera sans doute délicat de prime abord, mais allez de l'avant et suscitez une discussion franche et ouverte. Rappelez-vous : pour avoir une sexualité heureuse, il faut agir et non se contenter d'y penser.

QUESTION

Docteur McGraw, vous m'avez dit qu'il était normal de se disputer, de s'affronter quand il le fallait – en évitant la méchanceté, la perversité et l'humiliation gratuite. Cela me semble bien difficile. Y a-t-il des règles à suivre pour y parvenir?

Je le répète, que vous vous disputiez n'est pas grave, cela n'augure en rien du succès ou de l'échec de votre couple à long terme. C'est la manière dont vous le faites qui compte; et plus encore, la manière dont vous y mettez fin. Les désaccords sont inévitables. Ils peuvent même avoir des effets constructifs lorsqu'ils surviennent à bon escient. Avant de prendre connaissance de ces *règles*, rappelez-vous ce précepte essentiel : gardez le contrôle. S'il peut être bénéfique de se disputer, cela ne vous permet pas pour autant une attitude puérile, immature et excessive. Si vos sentiments sont légitimes, vous avez le droit de les exprimer, mais pour que cela soit constructif, soyez plus exigeant(e) que jamais avec vous-même. Entraînez-vous à maîtriser vos émotions. Pour cela, cessez d'abord de vous prendre un peu trop au sérieux. Dans une relation d'échange équilibrée, en appeler à son bon droit est sans objet et parfaitement injustifié. Vous n'êtes pas d'accord, soit, mais arrondissez les angles : votre couple n'est ni un tribunal ni le bureau des pleurs. Ne les invoquez pas pour une broutille.

Voici quelques règles précises à observer. Suivez-les et vous verrez que vos divergences d'opinion peuvent mener à des transformations constructives au sein de votre couple.

Règle n° 1

Réglez vos problèmes en privé exclusivement

Que vous soyez mariés ou non, ne vous disputez pas devant vos enfants. J'insiste : ce serait les prendre en otage. Ils en garderaient des blessures émotionnelles, simplement parce que vous n'avez pas su vous contenir en attendant d'être seul avec votre partenaire. Sachez que ces disputes peuvent avoir des conséquences profondes sur la personnalité de vos enfants.

Vous représentez pour eux une base solide et sûre. Lorsqu'ils sont témoins d'hostilités ouvertes et de disputes entre ceux qu'ils considèrent comme les garants de leur sécurité physique et psychique, les enfants sont ébranlés jusqu'au tréfonds d'eux-mêmes. Ils commencent à se sentir en danger et à redouter la désintégration du noyau familial. Ils se croient souvent responsables de ces différends, quelle qu'en soit la nature, et prennent sur eux le chagrin des parents. De plus, ils sont rarement présents au moment de la réconciliation. Les voilà donc exposés à entendre les invectives, à être témoins de vos égarements, sans assister au retour à la paix. Cela les perturbe infiniment, et entame leur confiance en eux et en leur entourage. Dans les foyers particulièrement instables, les enfants craignent souvent d'inviter leurs amis, de peur qu'ils n'assistent à ces manifestations d'agressivité incontrôlée. Si vous avez des désaccords, et vous en avez forcément, n'y mêlez pas vos enfants.

Règle n° 2

Restez cohérent

Si vous et votre partenaire devez avoir une explication sur un sujet particulier, cernez-le de façon précise. Autrement dit, si votre différend porte sur l'une de vos belles-mères, soyez vigilants, tenez-vous à ce sujet. Si au bout d'un quart d'heure, vous vous retrouvez menant une attaque en règle à l'encontre de *l'autre* belle-mère ou d'un autre membre de votre belle-famille – forcément idiot –, vous avez franchi la ligne jaune.

Les disputes dégénèrent souvent parce qu'elles se révèlent inutiles, n'amènent aucun progrès et ne résolvent rien. Demandez-vous, ainsi qu'à votre partenaire : « Pourquoi nous disputons-nous ? » Et quand vous aurez la réponse, concentrez-vous dessus. Il se peut que vous ayez à lui dire : « Là, on s'éloigne du sujet. Nous avions prévu de discuter de ta mère.

Restons là-dessus. Nous parlerons du reste une autre fois, revenons à notre sujet. » Essayez de ne pas dériver, sinon, vous aurez à en rediscuter – puisque vous n'avez pu vider votre sac.

Souvent, on outrepasse les limites de la discussion en se mettant sur la défensive ou en prenant les choses de façon personnelle. Il est tentant d'adopter une pose d'intimidation du type : « Quand on me cherche, on me trouve. » Mais quand les attaques commencent à faire plus mal ou à viser un peu trop juste, tout devient nettement moins drôle. Ne vous faites pas mal pour rien.

Règle nº 3

Soyez sincère

Je l'ai déjà dit plus haut. Il est facile de fuir ses propres émotions. Comme presque tous les conflits sont provoqués par le sentiment de rejet éprouvé par l'un partenaires au sein du couple et que ce rejet est un sentiment trop pénible pour être abordé de front, il peut sembler plus prudent de se battre sur des détails insignifiants plutôt que s'attaquer avec courage au problème sous-jacent. Par exemple, il est plus facile de reprocher à votre partenaire de passer trop de temps avec ses amis ou devant la télévision plutôt que d'aborder la vraie question : « Je me sens rejeté(e) parce que tu préfères passer tes moments de liberté avec quelqu'un d'autre que moi. » Comprenez que si vous êtes prêt(e) à souffrir et à dépenser votre énergie dans un conflit ouvert avec votre partenaire, vous devez au moins aborder les *vraies* questions. Définissez bien ce qui vous importe le plus, soyez honnête avec vous-même. Il n'y a rien de plus risqué que de s'exposer aux désagréments d'une dispute, sans jamais s'attaquer au fond des choses. Dites clairement ce qui vous contrarie, sinon vous sortirez de cet échange encore plus frustré. Un conseil : souvenez-vous que la colère n'est jamais que le symptôme d'une douleur, d'une peur ou d'une frustration enfouie. Si votre discussion est guidée par la colère, c'est que l'un de vous n'a pas compris ce qui est *réellement* en jeu. Prenez-le comme un défi : ayez le courage d'exprimer vos véritables sentiments.

Règle nº 4

Évitez les attaques personnelles

Se cacher derrière une question mineure est une des façons de ne pas prendre de risques et d'éviter le vrai problème. Une autre stratégie de protection, tout aussi négative, est d'attaquer votre partenaire au niveau personnel. Vous devez absolument rester concentré sur la question à résoudre plutôt que d'en venir à déprécier la valeur et l'estime de soi de votre partenaire. Si vous adoptez un ton ironique et que vous vous ingéniez à le critiquer, vous le verrez se mettre sur la défensive et vous rendre coup pour coup. Dans un couple, il y a beaucoup de points sur lesquels on peut avoir des avis divergents. Ce n'est pas parce qu'il n'est pas d'accord avec vous que l'autre a tort. Ce n'est pas non plus parce que certains de ses comportements vous contrarient qu'il a cessé de mériter votre respect. Vous avez sans doute entendu, enfant, vos parents vous expliquer qu'ils n'étaient pas fâchés contre vous mais contre votre attitude. Cette vérité est valable aussi pour votre couple. Même si vous n'appréciez pas la conduite de votre partenaire, interdisez-vous de l'attaquer personnellement.

Les observations commençant par les énoncés suivants sont à proscrire ab-so-lu-ment :

« Eh bien, en ce qui te concerne... »

« J'imagine que tu te crois... »

« Si tu pouvais cesser de jouer les petits saints... »

« Comment peux-tu te croire aussi... »

Règle n° 5

Concentrez-vous sur le sujet

Sachez quel est l'objet de votre dispute. N'usez pas de périphrases et d'arguments spécieux au simple motif que vous n'avez pas d'objectif en tête. Si vous vous donnez le mal de discuter, situez au moins votre ligne d'arrivée. Déterminez ce que vous voulez, c'est peut-être plus facile à obtenir que vous le ne le pensez. Le problème, c'est que souvent, les gens ne savent pas où ils veulent en venir, si bien qu'ils peuvent très bien ne pas s'apercevoir qu'ils ont atteint leur but. Précisez votre désir, ainsi vous reconnaîtrez l'avoir atteint.

Si vous atteignez votre objectif, acceptez-le. Par exemple, vous êtes peut-être encore en colère, mais si, par exemple, ce sont des excuses que vous vouliez et que vous les obtenez, acceptez-les. Ne continuez pas à vous insurger contre lui (elle) et à l'accabler, juste parce que vous avez eu trop vite ce que vous demandiez.

Règle n° 6

Laissez à l'autre une porte de sortie honorable

La manière dont une dispute se termine est au moins aussi importante que de la façon dont elle se déroule ou son objet. Si votre relation est basée sur l'amitié, votre partenaire, à un moment ou à un autre, tentera probablement de désamorcer les hostilités. Votre façon de lui répondre déterminera le dénouement de l'altercation et aussi l'avenir de votre relation. En acceptant son effort pour pacifier la situation, vous lui adressez un message important : « Tout va bien pour nous ; nous pouvons ne pas être d'accord et pourtant nous entendre. »

Soyez attentifs aux gages de paix. Ils peuvent se présenter sous de multiples formes : excuses, plaisanterie, reconnaissance partielle de votre point de vue ou bifurcation vers un sujet, moins impliquant mais tout aussi chargé émotionnellement. Pour être certain d'être tous deux vainqueurs dans ce conflit, laissez à votre conjoint la possibilité d'en sortir la tête haute que vous ayez raison ou pas. Laissez-le se retirer dignement. Il appréciera votre classe et ne vous en aimera que plus.

Cette attitude est particulièrement importante quand c'est vous qui avez raison. S'il est clair que votre partenaire a tort, soyez magnanime, tolérant, aimable. Beaucoup de conflits ne trouvant pas toujours de solution – loin s'en faut –, laissez-les donc de côté pour un temps et continuez votre route. La façon dont vous recollerez les morceaux est très importante. Le message que vous envoyez et la façon dont vous recevez celui de votre partenaire, vous prouveront que vous avez surmonté la dispute sans dommages.

Règle nº 7

Maîtrisez l'intensité de vos réactions

Encore une fois, je vous en prie, gardez votre sérénité. Vos désaccords ne provoqueront pas une crise planétaire. Ne sortez pas de vos gonds dès que cela vous paraît légitime. Vous avez toujours la possibilité de revendiquer vos droits. Parfois même, le simple fait de vous plaindre sans attendre de réponse peut être efficace. Je ne vous suggère pas d'être passif ou de refouler vos sentiments, mais vous tirerez souvent avantage à ne pas vous appesantir sur certains défauts de votre conjoint. Il vous saura gré de ne pas insister, alors qu'il sait que vous auriez pu en faire tout un plat. Sachez vous contrôler et modérez vos émotions. Ne montez pas tout en épingle.

QUESTION

Comment faire face à un problème d'alcoolisme ou de toxicomanie dans mon couple?

On ne négocie pas avec l'alcool ou la drogue. Tolérance zéro ! Laissez-moi vous rappeler une évidence : les drogues et l'alcool sont des substances qui, lorsqu'on en abuse, altèrent la conscience. Quand vous avez affaire à un partenaire sous l'emprise de la drogue ou de l'alcool, c'est au poison lui-même que vous avez affaire, non à l'individu. Quelqu'un qui est dans cette dépendance a abandonné sa fierté, il ne peut plus choisir librement, il est embarqué dans un train qui vous écrasera si vous restez sur son passage. Les alcooliques et les toxicomanes ne sont pas tels que vous les croyez ou que vous voudriez qu'ils soient. La dépendance les transforme et aliène leur logique, leur sens des valeurs et leur probité.

Je sais que je fais preuve d'intolérance, mais c'est volontaire. Je veux vous amener à tirer un trait sur cette situation et à vous dire : « Je ne vivrai pas avec quelqu'un qui est dépendant à l'alcool ou à la drogue. » Je ne saurais vous dire combien de couples j'ai vu se détruire ainsi, depuis vingt-cinq ans que je travaille sur le comportement humain. Combien de larmes versées, combien d'années perdues par des partenaires abusés par les raisonnements et les plaidoyers de partenaires qui assuraient pouvoir contrôler la situation ou même n'avoir aucun problème. Ces tristes naufrages trouvent toujours leur origine dans un manque de courage du partenaire non dépendant qui n'a pas su fixer une limite et affirmer : « Je ne vivrai pas dans cet enfer malsain ! » Dans la plupart des cas, si cette détermination avait existé, l'autre partenaire aurait forcément eu à affronter le caractère autodestructeur de sa dépendance, avant que celle-ci n'anéantisse le couple.

Si vous pensez que votre partenaire est dans ce cas, consultez immédiatement un spécialiste qui pourra poser un diagnostic. Si vos craintes sont confirmées, confrontez votre conjoint avec tendresse et affection, mais sans ambiguïté, et exigez qu'il recoure sans délai à l'aide et au traitement de professionnels de la santé. Insistez jusqu'à ce qu'il accepte et s'il ne s'y résout pas, c'est qu'il ne tiendra jamais ses engagements. Il faut vous préparer à interrompre cette relation tant qu'il ne pourra vous prouver qu'il maîtrise le problème ou qu'il suit un traitement sous surveillance. Il doit bien comprendre que vous ne lui reviendrez pas tant qu'il sera dépendant et que vous ne ferez aucune entorse à cette décision. Soyez ferme et résolu(e). Peut-être sauverez-vous d'autres vies que la vôtre.

Cette décision ne tolère aucune – je dis bien *aucune* – exception ni circonstance atténuante. Le manque d'argent n'est pas une excuse. Il existe des associations qui s'occupent de ces problèmes et proposent d'excellents programmes. Des subventions sont accordées pour que les malades puissent être pris en charge en fonction de leurs moyens. Ces soins sont de toute façon moins onéreux que l'achat de drogue ou d'alcool. Le prétexte financier est classique, tous les dépendants s'en servent, c'est une absurdité complète.

Je comprends que l'on veuille pardonner à celui qui est sous l'emprise d'une drogue, qui peut être due à l'hérédité – et à ce titre votre conjoint mérite d'être traité avec attention et compassion. J'ai déjà moi-même, dans l'exercice de ma profession, utilisé cet argument, quand je n'en trouvais pas de meilleur. Mais il n'a aucun poids. Connaître la raison pour laquelle on détruit votre vie ne change pas le fait qu'on la détruit. Que l'alcoolisme puisse être une maladie ne vous en rendra pas une parcelle. Cela ne diminue en rien la nécessité d'une intervention : elle n'en est que plus urgente. Tout traitement doit faire l'objet d'un choix personnel. En y poussant votre conjoint, vous l'amenez à exercer ce choix. C'est un cadeau que vous lui faites.

Aimez votre partenaire à distance, pardonnez-lui dans votre cœur, assistez avec lui à des séances, mais ne *vivez pas* ensemble. Vous méritez mieux. On n'obtient que lorsqu'on demande, jamais avant.

Un dernier point : si vous avez des enfants, attachez deux fois plus d'importance à ce que je viens de dire. Si vous n'avez pas le courage de les protéger, vous les livrez à la merci de l'alcool et de la drogue. Qu'il ne soit pas question pour vous un seul instant de renoncer à affronter la situation, vous êtes leur dernier rempart contre la destruction et le malheur. Il est en votre pouvoir de les en préserver.

QUESTION

Et la violence physique?

Si l'abus d'alcool et de drogues constitue sans équivoque une façon de rompre le contrat entre vous et votre partenaire, je considère la maltraitance encore plus inacceptable. Je serai catégorique : si vous subissez une maltraitance physique au sein du couple, si votre partenaire vous bat ou menace de le faire, vous devez immédiatement en sortir. Aucune justification, aucune excuse ne peuvent réparer le mal qui vous aura été fait ainsi qu'à vos enfants. Je m'adresse ici aussi bien aux hommes qu'aux femmes. Le nombre d'hommes battus aux États-Unis est surprenant, bien qu'il soit bien moindre que celui des femmes. Dans les deux cas, le contrat conjugal est rompu. Tout ce que j'ai dit précédemment de la dépendance peut s'appliquer ici. Je résumerai cela simplement : si la maltraitance fait partie intégrante de votre couple, ne vous leurrez pas : vous n'êtes pas dans une relation de couple. Les violences psychiques et émotionnelles constituent déjà des actes assez graves. Mais lorsqu'on s'attaque à votre personne physique, la limite est transgressée. Si vous et vos enfants êtes soumis à une violence physique quelconque, l'un des conjoints (que ce soit lui ou vous) doit trouver un autre toit.

Encore une fois, aucune excuse n'est admissible. Il existe des moyens de vous protéger et de protéger vos enfants, des associations, des organismes officiels. Rappelez-vous que vos enfants sont entièrement dépendants de la situation : ils ne savent pas comment se défendre.

Si vous êtes dans ce cas et que vous suiviez mon conseil, soyez ferme dans votre décision. Vous savez, pour l'avoir vécu depuis un certain temps, que le problème est récurrent. Le cycle comprend l'acte lui-même, suivi d'un sentiment de culpabilité et se clôt par la promesse de ne plus recommencer. Les gens violents peuvent sembler parfaitement équilibrés en dehors des crises. Mais souvenez-vous que le futur se construit sur un passé solide. L'un d'entre vous doit partir jusqu'à ce qu'un spécialiste vous donne l'assurance que vous pouvez de nouveau vivre sous le même toit en toute sécurité.

Prenez tout ceci très au sérieux. Les statistiques sur la violence domestique sont terrifiantes. Le nombre d'enfants et de conjoints assassinés augmente de façon alarmante. Ne pensez pas que vous dramatisez, vous risqueriez du coup de ne pas réagir assez fermement. Agissez tout de suite et de manière drastique. N'écoutez pas les excuses, ne vous reprochez pas de provoquer votre partenaire. Ce serait une grave erreur. Rien ne justifie la violence, qu'elle s'exerce sur vous ou sur vos enfants.

QUESTION

Et comment gérer en couple les maladies d'ordre mental ou émotionnel?

La notion de maladie mentale ou émotionnelle est un terme générique que j'utilise pour couvrir un large spectre de désordres ou de maladies allant de l'excentricité et des manies inoffensives aux psychoses potentiellement mortelles. Les premières, bien que parfois gênantes, ne porteront pas atteinte à la vie du couple. Je recommande depuis des années aux gens qui ont affaire à ces singularités de se demander si celles-ci entravent réellement le fonctionnement du couple en général ou la vie quotidienne du conjoint en particulier. Si tout va bien, si ce comportement singulier n'altère en rien la relation, la consultation d'un spécialiste, pour être appropriée, ne me paraît pas présenter de caractère d'urgence.

Si, par contre, le comportement en question altère la qualité de vie du couple ou de l'un des conjoints, peut-être nécessiterait-il alors une intervention plus ciblée. Je vous conseille de vous faire cette réflexion : « Cela pose-t-il un problème à l'un d'entre nous, voire à tous les deux? » Si tel est le cas, il faut y remédier. Sinon, ma position est qu'on ne répare pas ce qui n'est pas brisé.

Si d'après vous, il s'agit de quelque chose de plus sérieux, il faut vous poser un certain nombre de questions. Je vais vous indiquer le protocole que j'ai pris l'habitude de suivre avec mes propres patients. Tout d'abord, quand un malade ou un membre de sa famille vient à moi en se plaignant d'un problème, j'essaie de savoir s'il y a menace pour lui ou son entourage. Si c'est le cas, je prends la décision d'hospitaliser le patient afin qu'il bénéficie des meilleurs traitements et prise en charge. Vous devez adopter la même logique.

Je suis conscient que je m'adresse peut-être ici à un lecteur préoccupé par la vulnérabilité émotionnelle de son conjoint, ou par la sienne propre. Si vous êtes dans ce cas, ne surestimez pas votre capacité à maîtriser les problèmes dont vous souffrez ou à les nier. Ils sont peut-être trop importants pour que vous les résolviez seul. Faites-vous aider. Qu'il s'agisse d'une simple phobie, d'une forme de dépression ou d'altérations sévères du raisonnement, je le répète, faites-vous aider. La thérapie et les médicaments ont prouvé leur efficacité dans ce domaine. Ils permettent de vivre avec ces troubles et même de les éradiquer totalement. Mais comment vous soigner, si vous ne faites pas le premier pas? Ne laissez pas passer cette chance qui s'offre à vous et à votre partenaire de vivre une vie heureuse : la vôtre.

Le nombre des dépressions augmente de manière alarmante, je ne vous le cacherai pas, et le suicide en est souvent l'issue. C'est un problème majeur dans nos sociétés et cela pour toutes les tranches d'âge. La plupart d'entre vous ne réalisent pas que près de la moitié des suicides sont requalifiés après coup en mort accidentelle. En réalité, le sujet n'avait pas réellement envie de mourir et tentait, par ce geste suicidaire, de manipuler son entourage ou de lancer un cri de désespoir. Il a mal évalué les risques de son geste et a trouvé la mort sans le vouloir. L'autre moitié des sujets ont mis fin à leur jour avec la ferme intention de le faire.

Si vous ou votre partenaire entretenez des idées suicidaires, il faut les prendre au sérieux. Allez tout de suite consulter un spécialiste.

On dit couramment que ceux qui parlent de suicide ne passent jamais à l'acte. C'est un mythe. Ne craignez pas d'avouer que vous vivez ce type de problème au sein de votre couple, ne vous laissez pas aller au déni. Cette vérité peut vous sembler terrible, mais je vous en prie, ne faiblissez sous aucun prétexte. Affronter le regard d'un spécialiste n'est rien en comparaison des conséquences d'un suicide, qu'il s'agisse de celui de votre partenaire ou de ce que vous infligeriez aux vôtres, s'ils vous perdaient.

Il y a quelques années, j'ai été témoin, dans mon travail, d'un événement tragique qui m'a fait clairement comprendre l'urgence de telles situations. Le dirigeant d'une importante entreprise de Miami, en Floride, où j'assurais des consultations, s'est présenté à mon bureau de Dallas, un vendredi matin, sans se faire annoncer. Il était complètement bouleversé. Il s'est assis devant moi et a commencé à me raconter de façon très mécanique une histoire pour le moins inquiétante. Il me confia que sa femme, Kim, souffrait de dépression depuis plusieurs mois, mais refusait de voir un spécialiste. Hal, qui faisait partie, à l'époque, du conseil d'administration d'une grande multinationale, était sur la liste très restreinte des prétendants au poste de PDG de l'entreprise. Il m'expliqua que si, selon ses termes, sa femme rentrait « chez les fous », il n'aurait plus aucune chance d'obtenir cette promotion. Il m'avoua qu'elle restait souvent debout tard dans la nuit. Incapable de trouver le sommeil, elle errait dans la maison. À maintes reprises, elle lui a confié que les enfants et lui iraient beaucoup mieux si elle disparaissait. Il avait continué en m'affirmant être certain qu'elle aimait tendrement les enfants, et qu'elle ne ferait jamais « une chose pareille ». Il se rassurait avec l'idée que les gens qui parlent de suicide ne passent jamais à l'acte.

Après avoir beaucoup discuté avec lui, je suis parvenu à le convaincre d'emmener au plus vite sa femme chez un psychiatre de Miami. Elle était, ce jour-là, en train d'accompagner leurs deux filles de neuf et sept ans dans un camp de vacances où il était prévu que les petites resteraient une quinzaine de jours. Il s'était dit que le moment serait idéal pour s'occuper de Kim et tenter de lui venir en aide.

Fort de ces nouvelles résolutions, il monta dans son jet privé pour rejoindre sa femme en Floride. Pour ne pas perdre une minute, il alla directement de l'aéroport à son domicile, en plein milieu de l'après-midi. En franchissant le seuil de sa porte, il entendit de la musique et sentit l'odeur du café frais. Il passa dans la cuisine et trouva ce mot près de la cafetière : « Hal, je t'ai fait du café. Appelle la police et va retrouver Bob et Sharon. Je t'en prie, ne va pas derrière, dans la cour. Je vous aime, toi et les filles. Essaie de ne pas me haïr. Adieu. Kim. »

En état de choc et pris de panique, Hal se précipita derrière la maison et découvrit le corps de Kim. Elle s'était très soigneusement enveloppé la tête dans une serviette, puis elle s'était adossée contre le mur et avait appuyé un Magnum 357 contre sa tempe avant de tirer à bout portant. Cela contredisait toutes les idées préconçues sur le suicide. Elle en avait parlé avant de passer à l'acte. Elle s'était servie d'un revolver, ce que les femmes ne sont pas censées faire. C'était sa première tentative et elle avait tout ce qu'il faut pour être heureuse dans la vie. Cet événement tragique a dévasté durablement la vie d'Hal et de ses deux filles.

La morale de l'histoire est claire : si vous avez à faire face dans votre couple à de graves troubles mentaux ou émotionnels, demandez l'aide d'un spécialiste. Immédiatement.

QUESTION

Vous avez dit que chaque partenaire avait le pouvoir de protéger la relation de couple comme de l'empoisonner. Le fait que je sois porteur d'un lourd bagage émotionnel signifie-t-il pour autant que j'empoisonne mon couple ?

Je dirais que oui. Si vous avez été, de quelque manière que ce soit, atteint(e) émotionnellement avant de vous engager dans votre relation actuelle, et que ces blessures ne sont pas guéries, vous influencez votre couple, involontairement peut-être mais réellement. Peut-être avez-vous été agressé(sexuellement dans votre enfance, peut-être avez-vous subi des violences physiques qui vous empêchent de prendre part librement à un échange intime. Peut-être avez-vous souffert profondément lors d'une précédente relation et conservez-vous toujours en vous cette souffrance et cette peur. Peut-être avez-vous eu une relation difficile avec votre parent du sexe opposé et cela rend-il difficile un échange à cœur ouvert avec votre partenaire. Quelle qu'en soit la cause, si vous avez été blessé émotionnellement, cette expérience vous a transformé et conditionne votre comportement dans la relation présente.

C'est vrai, vous ne pouvez pas donner ce que vous ne possédez pas. Si vous n'avez pas au fond du cœur un amour clair, pur et libre, vous ne pouvez pas en faire profiter l'autre. Ne vous faites pas d'illusions. Ne croyez pas que vous pourrez tenir à distance votre souffrance émotionnelle et l'empêcher d'empoisonner votre couple. Il vous faudrait y mettre trop de force. Celle-ci est omniprésente, elle tente en permanence de s'échapper et de contaminer votre relation. Il vous faudrait déployer tant d'énergie pour la contenir que tout votre être en pâtirait.

Le tableau n'est pas très réjouissant, je l'admets. Mais il reflète le moment présent et non l'avenir de votre couple. Comment croire que vous puissiez aider ou améliorer votre relation en souffrant en silence ou en cachant votre vraie nature ? Vous devez prendre le risque de vous ouvrir en acceptant l'aide de ceux qui vous aiment et qui tiennent à vous. Si, par exemple, vous avez été violé(e) ou abusé(e) sexuellement étant enfant, ce qui a, bien évidemment, affecté l'estime que vous vous portez et votre capacité à vivre une relation intime avec votre partenaire, la souffrance refoulée ne peut être bénéfique pour votre couple. En révélant ces problèmes plutôt qu'en succombant à la peur d'être jugé, vous vous donnez les chances de réussir.

La bonne et la mauvaise nouvelle, c'est que vous êtes responsable de votre vie. Certes, personne ne peut rien résoudre à votre place, mais en même temps vous en avez les capacités nécessaires. Je suis conscient qu'il est étrange de dire à quelqu'un qu'il est responsable de ce qu'il a subi dans son enfance. Je me dois d'être clair. Je ne veux pas dire qu'un enfant est, en quoi que ce soit, responsable des actes odieux et criminels dont il a été victime. Mais, devenu adulte, il est responsable de ses réactions et de la manière dont il gère les conséquences de cette agression. Devenu adulte, il est en mesure de s'échapper de sa prison et de partir en quête d'aide et de soins. Personne ne peut le faire pour à sa place, mais lui peut exercer son choix. Un adulte est avant tout *un être responsable.*

Ne souffrez plus en silence, vous contamineriez – involontairement mais à coup sûr – votre couple. Ouvrez-vous à ceux en qui vous avez confiance et cherchez l'aide de ceux qui peuvent vous en offrir. Vous le méritez. Tendre la main vers eux sera peut-être le premier pas vers la reconnaissance de votre valeur.

QUESTION

Quel rôle donner à la spiritualité dans ma relation avec mon (ma) partenaire?

Je dois vous dire que mon propos est ici fondé sur des opinions personnelles. J'irai ici au-delà de mes recherches objectives ou de la somme de mes observations scientifiques. Parce que j'ai une grande expérience du rôle que peut jouer la spiritualité au sein d'un couple, je dois vous avouer que je ne serai pas totalement objectif. Sur ce thème, mes sentiments personnels sont trop forts. Il n'est pas dans mon intention de vous imposer mes croyances, mais je désire partager avec vous ce que je crois être la vérité.

La relation que chacun entretient avec Dieu lui est particulière. Je crois qu'il y a une puissance supérieure dans l'univers, une force que j'appelle Dieu. Si vous ne partagez pas cette croyance, lisez ce passage par curiosité et si vous la partagez, entièrement ou non, je pense que vous trouverez un intérêt tout particulier à ce passage.

Je crois que Dieu a un projet pour chacun d'entre nous, un projet qui peut prendre de nombreuses formes. Nous sommes tous égaux, mais il nous a donné des talents spécifiques. Je crois qu'il nous a choisis pour exceller dans certains domaines afin que nous mettions nos dons à son service. Je crois fermement au libre arbitre – que nous possédons des capacités et qu'il ne dépend que de nous de les mettre au service de Dieu et de ceux qui partagent notre vie. Et j'ai aussi l'intime conviction que, dans son projet, il nous a choisi un conjoint qui correspond à la plupart de nos attentes et nous permet d'aller plus loin.

Ceci peut vous éclairer sur ce que vous vivez avec votre partenaire. Comme je crois que Dieu vous connaît très bien, je pense que celui ou celle qui vous accompagne est là pour vous. C'est pourquoi je crois qu'en le (la) rejetant ou en le (la) critiquant, vous ne respectez pas la volonté divine. C'est comme si vous disiez : « Dieu, je suis plus intelligent que toi. Tu ne m'as pas donné le conjoint qu'il me faut, alors je vais en changer afin qu'il soit conforme à mes attentes et non à ce que tu crois bon pour moi. »

Même les défauts de votre conjoint font partie, à mes yeux, du projet divin. C'est votre tâche de le découvrir, mais que votre conjoint soit faible ou fort, avec ses qualités et ses manques, il est là pour que puissiez donner le meilleur de vous-même.

Je crois aussi que la Bible nous enseigne des vérités profondes sur le couple. Certains d'entre vous ne croient ni en Dieu ni en Jésus-Christ ni même en la Bible. Reconnaissez pourtant que son enseignement n'est pas sans profondeur et qu'elle figure en tête des best-sellers de l'humanité. Pour ma part, je crois que la Bible est *le Livre*, je veux donc en partager avec vous certains passages et je pense que vous conviendrez avec moi qu'ils constituent, à tout le moins, des conseils avisés.

Sachez qu'une des plus belles définitions de l'amour – l'amour transcendant auquel nous devrions tous aspirer – se trouve dans la Ire épître aux Corinthiens, XIII, 4 : « L'amour est patient, l'amour est serviable, il n'est pas envieux ; l'amour ne se vante pas, il ne s'enfle pas d'orgueil, il ne fait rien de malhonnête, il ne cherche pas son intérêt, il ne s'irrite pas, il ne médite pas le mal, il ne se réjouit pas de l'injustice, mais il se réjouit de la vérité, il pardonne tout, il croit tout, il espère tout, il supporte tout. L'amour ne succombe jamais. » Relisez bien ce passage, en particulier « l'amour ne succombe jamais ». Cela pourrait-il s'appliquer à votre couple ?

Voici quelques autres extraits susceptibles de vous inspirer.

À propos de la sexualité

Que le mari remplisse son devoir conjugal envers sa femme, et de même la femme envers son mari. La femme n'a pas seulement autorité sur son propre corps, mais aussi son mari ; et, pareillement, le mari n'a pas seulement autorité sur son propre corps, mais sa femme aussi. Ne vous privez pas l'un de l'autre, si ce n'est momentanément, d'un commun accord, afin d'avoir du temps pour la prière.
(Ire épître aux Corinthiens, VII, 3-5.)

À propos de l'amour

Je vous exhorte donc, moi, le prisonnier dans le Seigneur, à marcher d'une manière digne de la vocation qui vous a été adressée, en toute humilité et douceur, avec patience. Supportez-vous les uns les autres avec amour.
(Épître aux Éphésiens, IV, 1-2)

À propos de la valeur de l'homme et de la femme

Toutefois, dans le Seigneur, la femme n'est pas sans l'homme, ni l'homme sans la femme. Car, de même que la femme a été tirée de l'homme, de même l'homme naît par la femme, et tout vient de Dieu.
(Ire épître aux Corinthiens, XI, 11-12)

À propos du pardon dans le couple

Revêtez-vous d'ardente compassion, de bonté, d'humilité, de douceur et de patience. Supportez-vous les uns les autres et faites-vous grâce réciproquement. Pardonnez, comme le Seigneur vous a pardonné.
(Épître aux Colossiens, III, 12-14)

À propos des querelles

Que toute amertume, animosité, colère, calomnie, ainsi que toute méchanceté soient ôtées du milieu de vous. Soyez bons les uns envers les autres, compatissants, pardon-

nez-vous réciproquement, comme Dieu vous pardonné en Christ.
(Épître aux Éphésiens, IV, 31-32)

Je vous ai reconnu le droit de partager ou non mon point de vue. Faites-en de même envers votre conjoint. Permettez-lui d'avoir ses propres croyances en matière de spiritualité. Certains sont très ouverts et francs dans ce domaine, d'autres estiment qu'il s'agit d'un choix personnel dans lequel l'autre ne doit pas interférer. Prenez-le tel qu'il est et respectez son point de vue. Je pense qu'il y a une différence entre le spirituel et le religieux. Quelqu'un de religieux peut bien entendu être proche de la spiritualité, tandis que quelqu'un pour qui la spiritualité est importante peut ne pas être religieux. Chacun est singulier, mais je suis prêt à parier qu'avec l'esprit de compassion et de compréhension dont nous avons largement débattu, votre partenaire et vous serez à même de trouver un terrain d'entente, satisfaisant pour chacun.

J'ai pu observer chez certains couples de magnifiques victoires imputables à leur foi en Dieu. J'ai également pu constater les dégâts causés par l'hypocrisie de partenaires se croyant détenteurs de l'approbation divine. À dire vrai, j'ai observé autant de réussites que d'échecs en la matière. Et telle n'est pas la faute de Dieu mais la nôtre. J'ai longtemps dit que j'aimais Dieu, mais que je ne supportais pas les chrétiens. J'en ai vu tant dont la vie était un champ de bataille et de désolation, et qui jugeaient les autres, forts de leur bon droit, tout en se réclamant de Dieu… Mais il m'a souvent été donné de voir des couples dont la relation se fondait sur une foi sincère, résistant à toutes les difficultés, relevant tous les défis. Les statistiques nous disent qu'un mariage sur deux se termine par un divorce en Amérique. Sachez toutefois que ce pourcentage ne dépasse pas un pour mille, chez ceux qui ont l'habitude de prier ensemble. C'est impressionnant.

Pour ma part, j'espère sincèrement que Dieu fait partie intégrante de votre couple, de quelque façon que ce soit. Sinon, ce n'est pas grave, j'ai confiance, votre sincérité et le dur travail que nous avons accompli vous seront très utiles.

QUESTION

Y a-t-il un moment où l'on doit admettre que son couple ne marche pas, et se retirer ?

Ma réponse est oui. Si vous êtes mariés : je sais que l'Église ne sera pas d'accord – peut-être ne suis-je pas assez avancé spirituellement pour en comprendre le motif. Une rupture me paraît largement s'imposer quand la relation est polluée par la violence, la drogue ou l'alcool et que le partenaire concerné refuse de reconnaître son problème et de demander de l'aide. C'est plus délicat lorsqu'il s'agit d'une question de personnalité et de choix, quand les deux partenaires semblent rechercher la réussite de leur couple et n'y arrivent pas. Je n'ai que deux idées à vous proposer pour vous aider.

Premièrement, ne prenez jamais, sous le coup de l'émotion, une décision risquant d'affecter votre vie, celle de votre partenaire ou celle de vos enfants. Rien ne presse. N'oubliez pas que les conséquences de votre décision vous suivront très longtemps.

Si vous êtes dans tous vos états, laissez passer la tourmente, pour évaluer la situation plus tard, en toute objectivité, avant de prendre des décisions qui pourraient changer votre vie. Heureusement, ce livre vous aura permis d'atténuer l'impact de ces pics émotionnels et de mieux savoir où vous en êtes.

Deuxièmement, si vous prenez la décision d'abandonner, il vous faudra gagner le droit de rompre. Il ne s'agit pas simplement d'en avoir marre ou de vous sentir blessé(e).

Vous devez *gagner* le droit de partir. Tant que vous ne pourrez pas vous regarder dans un miroir ou regarder vos enfants dans les yeux en disant : « J'ai fait tout ce que j'ai pu pour sauver notre relation et ça n'a pas marché », vous n'aurez pas ce droit. Cela peut paraître prétentieux de ma part, mais tant que vous n'aurez pas fait tout ce que je vous ai indiqué dans ce livre, je ne pense pas que vous ayez le droit de lâcher tout. Vous devez d'abord vous plier à ce processus. Et si après avoir terminé, vous me dites : « Docteur McGraw, j'ai suivi toutes vos directives et ça ne marche pas », alors seulement je vous autorise à prendre une décision.

Je ne pense pas que vous sauviez votre couple en vous sacrifiant. Ce ne serait plus du sauvetage. Il s'agirait plutôt d'un échange de prisonniers de guerre. Vous aimeriez peut-être me dire, dans un noble élan : « Je suis prêt(e) à me sacrifier pour sauver mon couple. » Ma philosophie à moi ressemble fort à celle de Patton à propos de la guerre. Il a dit : « Je ne veux pas entendre toutes ces conneries sur les types bien qui meurent pour la patrie au champ de bataille. Laissez donc d'autres types mourir pour ça. Échanger des vies contre de la terre, ce n'est pas l'idée que je me fais de la victoire. » Ainsi, je ne veux pas que vous quittiez ce livre en pensant « J'abandonnerai mon âme pour cette relation » ou encore « Je vais renoncer à mes espoirs, mes rêves, ma dignité, mes buts, mon esprit pour me plier aux exigences de cette relation » Cela n'a rien d'une victoire. Une entité va survivre, une autre va mourir. Il n'y a là aucun progrès.

Croyez-moi, si c'est ainsi que vous abordez le problème, votre couple n'est pas vraiment en vie. Il se contente de puiser son énergie à vos propres dépens. Vous savez bien que cela ne peut fonctionner à long terme. Travaillez d'arrache-pied pour sauver votre couple. Vous vous devez cet effort, mais je reconnais qu'un jour viendra peut-être où vous aurez une décision difficile à prendre.

J'espère avoir répondu à un certain nombre de vos questions. Je savais en commençant que je ne pourrais les aborder toutes – vous êtes bien trop créatifs et complexes pour cela. Mais avec les outils et les concepts que vous avez acquis en travaillant avec moi, je crois que vous saurez trouver dans ce livre les conseils dont vous aurez besoin. Quand ce sera nécessaire, prenez du recul face aux problèmes et aux défis qui vous sont posés et revenez à ce livre ainsi qu'à votre journal, pour y trouver des réponses et des conseils. Rappelez-vous : vous possédez en vous toutes les réponses aux questions que vous vous posez et qui surviendront à l'avenir. Respectez le trésor de votre conscience intime et ayez le courage de vivre avec sincérité.

De vous à moi

À mes lectrices,

J'ai voulu conclure cet ouvrage par une lettre à la fois franche et personnelle, de cœur à cœur. Un peu comme un l'illusionniste qui vous laisserait découvrir ce qui se cache derrière le rideau, je voudrais vous confier quelques honnêtes vérités sur la vie et la relation de couple, d'un point de vue masculin qui n'engage que moi. Je ne vous dis pas que ce que je vais vous révéler justifie en quoi que ce soit une conduite ni que mes propos soient forcément applicables à la gent masculine dans son ensemble mais je pense vraiment que mon parcours au fil des années est assez caractéristique pour que vous y retrouviez certains des traits de comportements que vous avez à affronter aujourd'hui.

Première vérité : entre nous (et là, carton rouge, mes chers camarades…) les hommes ne comprennent jamais rien. Nous cherchons à comprendre, et parfois, nous croyons même y parvenir, mais il n'en est rien. La raison de ce handicap n'a pas grande importance, et je ne me lancerai pas dans un plaidoyer larmoyant vous exposant les raisons pour lesquelles cela arrive, et pourquoi nous n'y pouvons rien. Peu importe le motif, donc. Il n'en reste pas moins que nous ne comprenons rien. Toutes ces choses idiotes que nous faisons, et, surtout, toutes celles que nous ne faisons pas, proviennent de notre ignorance, et de tout un bizarre système de valeur auquel nous sommes tellement attachés qu'il nous détermine malgré nous.

Par exemple, nous mesurons toujours chichement la réussite, et presque exclusivement du point de vue financier. Nous sommes fiers de pouvoir protéger notre famille et subvenir à ses besoins et nous éprouvons une honte secrète lorsque nous sentons que nous n'y sommes pas parvenus. Nos vues peuvent devenir si étroites et obsessionnelles à ce sujet que nous en oublions tout le reste et en venons à ignorer à quel point cette perspective restreint vos attentes. Nous perdons de vue votre besoin d'amour, de soutien, d'attention et d'affection. Notre mentalité d'homme des cavernes peut nous rendre aveugle à votre souffrance, à votre solitude et à vos réels besoins. Bref, nous pouvons nous montrer incroyablement égoïstes. Les hommes veulent à la fois un cordon bleu à la cuisine et une tigresse dans leur lit. Et nous avons l'audace de vous le demander au sortir de votre journée de travail, et sans aucune contrepartie. Nous vous comparons à nos mères, et nous nous attendons à passer avant tout, mais nous ne savons absolument pas comment vous rendre la pareille. Notre ego est fragile, et lorsque le monde nous est hostile, nous faisons la tortue, nous nous refermons sur nous-mêmes et vous essuyez le plus gros de nos frustrations. Nous avons besoin de votre aide, mais nous vous critiquons et trouvons toujours à redire quand vous nous l'offrez, en particulier quand vous avez raison.

Nous ne vous comprenons peut-être pas – du moins, pas de la manière dont vous le souhaitez – mais n'allez pas croire qu'avec nos manières parfois rudes et empotées, nous ne nous soucions pas de vous. Nous sommes sensibles, nous souffrons et éprouvons des besoins tout aussi profonds et pressants que les vôtres, mais nous jouons les durs et cachons nos émotions. S'il peut être vrai que les grands garçons ne pleurent pas, je peux vous assurer que les hommes, eux, le font. Nos larmes sont silencieuses, elles ne roulent pas sur nos joues. Nous éprouvons des sentiments profonds et nos attentes le sont plus encore. Lorsque nous tentons l'intimidation pour contrôler la situation, c'est pour dissimuler nos doutes et nos peurs. Lorsque nous fulminons, c'est que nous sommes débordés par nos frustrations. Lorsque nous critiquons et dépréciòns, nous agissons sur la base d'un faux sens de supériorité qui ne sert qu'à masquer les blessures de notre ego. S'il vous plaît, ne vous laissez pas rebuter par notre langage si contradictoire.

Pour tout vous dire, nous désirons et nous avons besoin que vous sachiez voir au-delà du masque de macho que nous nous imposons. Nous avons besoin que vous veniez nous chercher, que vous preniez notre main pour la poser sur votre cœur, pour en sentir la chaleur.

Deuxième vérité : soyez-en sûre, je ne cherche pas à vous duper en apaisant vos inquiétudes quant au futur de votre couple alors que votre conjoint refuse d'entrer dans la danse avec vous. Mais sachez qu'il est en votre pouvoir de provoquer un très grand changement, même seule, en vous passant de son aide et de sa participation active.

J'en suis la preuve vivante. Cela fait vingt-trois ans que je suis marié et notre union est couronnée de succès et de bonheur pour la bonne raison que mon épouse Robin n'a pas accepté qu'il en soit autrement. Et cela, non pas grâce à moi, mais malgré moi. Durant ces vingt-trois années de mariage, j'ai été tenté par toutes les mauvaises habitudes imaginables, voire inimaginables. L'immaturité et l'insensibilité avec lesquelles je suis entré dans le mariage auraient pu tout compromettre. Mais elle ne l'a jamais permis. Mon tempérament de bourreau de travail obsessionnel aurait dû creuser un abîme entre nous. Pour elle, il n'en était même pas question. J'ai commis d'innombrables bêtises, plus dommageables les unes que les autres, oublié nombre de dates et d'événements importants, dit des choses que je ne pensais pas et omis d'en exprimer certaines que je pensais et que j'aurais pu partager. Il y a eu des moments où ma femme avait toutes les raisons du monde pour m'envoyer au diable. Mais elle a eu la délicatesse et la retenue de ne pas en faire cas. Elle a décidé d'éviter la confrontation, et refusé de monter mes faiblesses en épingle. Au lieu de cela, elle a choisi de se concentrer sur mes qualités et sur nos valeurs familiales, sans jamais cesser de m'aimer, alors que je méritais de me retrouver tout seul. Elle a fait de notre union une réussite, et de moi, un mari comblé, alors qu'il aurait été bien plus facile d'abandonner. Et ce, sans l'aide ni la participation de personne. Vous êtes capables d'en faire autant.

Notre mariage prouve parfaitement que l'attention et la détermination d'un partenaire peut inspirer à l'autre la meilleure conduite et les meilleures qualités relationnelles. Je n'ai pas toujours été un mari attentionné et affectueux, mais mon épouse m'a donné l'occasion de donner le meilleur de moi-même, ce qui fait de moi aujourd'hui, et sans aucun doute, un bien meilleur partenaire.

Je ne suis pas certain d'avoir mérité un tel engagement de sa part, et votre conjoint ne le mérite peut-être pas non plus, mais je suis persuadé en revanche que vous le méritez. Ne nous laissez pas tomber, nous les hommes en général et, ne le laissez pas tomber, lui, en particulier. Utilisez ce que vous avez appris dans ce livre et faites partie de ceux qui œuvrent à faire évoluer les choses, à commencer par leur propre vie et leur propre couple, pas à pas.

À mes lecteurs,

Je vais supposer que cette lettre est la seule partie que vous lirez de cet ouvrage. Quoi qu'il en soit, donnez-moi trois minutes pour vous parler d'homme à homme. Si votre partenaire vous a demandé de lire cette lettre, c'est d'abord parce qu'elle vous aime et qu'elle tient à votre couple. Alors n'allez pas vous renfrogner et jouer les bornés parce qu'elle s'est penchée sur la question, ou parce que vous risquez de d'être sollicité émotionnellement.

Je ne connais pas votre situation dans le détail, mais si la femme de votre vie s'est donné la peine de se rendre jusqu'à la librairie, d'y entrer et d'y acheter ce livre, c'est que tout ne va pas très fort, mon ami. Si vous l'avez acheté vous-même, là, bravo ! De toute façon, il est grand temps de vous réveiller. Ce livre n'est pas un ouvrage férocement féministe fomenté pour vous faire expier jusqu'à la fin de vos jours tous les méfaits que vous auriez pu commettre au sein du couple. Il ne s'agit pas de vous confesser, de vous épancher sur vous-même en sombrant dans l'irrationnel. Non. Il s'agit plutôt d'un plan d'attaque. Un plan sans concessions, qui tient compte de la réalité et qui donne des résultats. Qui vous entraîne à concentrer vos énergies pour obtenir ce que vous désirez et pensez être juste, tout en tenant compte de ce que votre partenaire pense. En clair, non seulement celle-ci trouvera le temps d'écouter ce que vous avez à dire, mais elle s'efforcera d'en apprendre plus sur vos besoins et désirs réels, sans en souffrir pour autant.

Bon, rien ne vous empêche de continuer à faire de l'obstruction ni de la blâmer pour tout ce qui cloche dans votre couple. Mais vous savez comme moi que cette tactique fera long feu. Cela vaut-il le coup de persister à ignorer ce sentiment d'insatisfaction qui vous ronge ? De passer à côté du bonheur, sous prétexte que vous êtes trop fier pour admettre que vous avez des progrès à faire ? Je sais exactement où vous en êtes. J'en suis passé par là, moi aussi, plus qu'à mon tour. Je vous le promets, ce livre peut vous aider non seulement à comprendre pourquoi vous avez fait fausse route, mais surtout, à sortir de l'impasse. Sans faire de vous le benêt de service ni étouffer votre virilité, laquelle a tout à y gagner. Vous méritez de vivre une relation de couple paisible, heureuse, mutuellement gratifiante. Une relation mettant à l'honneur le plaisir, le soutien mutuel, le sexe, l'intimité, l'amitié et la liberté. Lisez ce livre, prêtez-vous aux exercices proposés et vous n'en croirez pas vos yeux. Je suis fermement convaincu que vous ne trouverez pas ailleurs l'aide que vous ce livre offre ni une meilleure opportunité de remettre sans délai votre couple sur la bonne voie. Il n'est pas trop tard, mais il est temps d'agir. Je ne veux pas vous voir gaspiller vos chances. Le dicton est formel : on n'apprécie jamais ce que l'on a que quand on l'a perdu. À bon entendeur…

Encore un mot…

Maintenant, vous avez tout ce qu'il faut pour agir : les outils et la clarté d'esprit nécessaires pour créer et obtenir la relation de couple que vous méritez. Vous m'avez maintes fois entendu dire, au fil de ce livre, que les meilleurs indicateurs d'un comportement futur sont lisibles dans le comportement passé. Là réside votre défi. Telle est aujourd'hui, la nature de votre obstacle. Vous vous êtes construit sur des habitudes, des modes de comportements et de pensée, des sentiments, qui restent fortement enracinés, et surgissent en vous de manière automatique. L'existence en général et plus particulièrement tout votre ancien mode de vie tenteront de vous faire retomber dans l'engrenage d'une relation distante, stérile et improductive. Mais vous savez maintenant qu'il vous suffit de puiser dans vos énergies innées, dans votre conscience intime, pour vaincre. Entretenez activement ce lien avec vous-même. Nourrissez-le. Reconnaissez que dans l'histoire de ce monde, il n'y a jamais eu et il n'y aura jamais plus d'autre vous. Je vous l'accorde, le constat est solennel et lourd de conséquences. Cela suppose que votre vie elle-même et la manière dont vous la gérez représentent une lourde responsabilité. Comment pouvez-vous donc oser vous satisfaire d'une vie et d'un amour de seconde classe ?

Donnez-vous la permission – ou plutôt l'obligation – d'aller de l'avant avec espoir, optimisme et passion débridée.

N'ayez pas peur d'admettre que vous en avez le désir, ni que vous brûlez de le voir combler. Vivre, aimer et rire sont les activités les plus saines et les plus naturelles qui soient. Elles manifestent un plan divin. La seule raison qui pousse les gens à les bannir de leur vie est qu'ils croient bon de " retoucher " ce plan.

Revenez aux principes de base que vous propose ce livre et vivez-les avec la passion, l'énergie et l'enthousiasme de l'enfant que vous avez été. Vous vous souvenez comme il était plaisant de chanter et de danser à l'époque où le regard des autres avait peu d'importance ? C'est ce sentiment que vous devez retrouver, cet esprit serein et imperturbable qui allumera le feu de votre passion et réveillera celle de votre partenaire. Vous avez préparé votre victoire. Il est temps maintenant de la conquérir et de la vivre.

Je remercie Oprah Winfrey pour l'amitié qu'elle ne cesse de me porter, pour son soutien et parce qu'elle croit en mon travail. Je la remercie pour la vision du monde qu'elle a su développer, et pour m'avoir offert de partager le plateau de son émission, laquelle, à travers son engagement, procure chaque jour aux gens des moments de réflexion saine et constructive. Elle demeure pour moi la voix la plus claire et la plus encourageante d'Amérique et contribue à changer le cours des choses, à travers son courage et son intégrité.

Je remercie mon épouse, Robin, et mes fils Jay et Jordan, de soutenir fidèlement leur papa, et pour leurs sacrifices personnels pendant la longue hibernation qu'a constitué pour moi l'écriture de ce livre. Tous trois ne m'ont manifesté qu'enthousiasme et ferveur et ne se sont jamais plaints de l'intrusion de mon projet au beau milieu de ma vie familiale. Un remerciement tout particulier à Jordan, pour ses visites régulières dans mon bureau, posté sur le balcon de la mezzanine. « Merci, Peteski ». Ma famille me donne la pêche et me prodigue un amour inconditionnel. Je les remercie pour la certitude qu'ils me donnent que je pourrais toujours compter sur eux. Si la valeur d'un homme se mesure à l'aune de sa vie de famille, je crois bien que je suis un homme comblé.

Je voudrais également remercier Skip Hollandsworth pour le passionnant et dynamique travail d'édition accompli sur ce manuscrit. Skip s'est montré incroyablement têtu et stimulant, travaillant sans relâche à l'amélioration de ma réflexion sur ce manuscrit. Il a rempli son objectif. Son humour, son ardeur au travail et son intarissable talent à démêler et éclaircir mon propos ont été déterminants dans la réussite de ce livre. Skip, un grand merci pour ta contribution et ton amitié. Tu as emporté le morceau à mes côtés, et tu es un authentique professionnel, dans toutes les acceptions du terme.

J'aimerais également souligner l'apport crucial de Jonathan Leach à la rédaction et à l'organisation de cet ouvrage, notamment lorsqu'il m'a aidé à en repérer les points-clés. Merci, Jonathan, d'avoir accepté de m'offrir ton aide, malgré un emploi du temps très chargé. Tu as été là lorsque j'en ai eu besoin et je t'en suis reconnaissant.

Mes remerciements habituels à Gary Dobbs, mon ami de toujours, mon associé et le parrain de mes enfants. Merci de tout partager avec moi.

Merci à Bill Dawson, d'abord pour son amitié authentique, ensuite pour ses conseils juridiques. Bill fait partie de la minuscule liste des gens qui ne me disent jamais non. J'en profite pour remercier également Scott Madsen de faire partie de cette liste.

Merci encore à Tami Galloway et Melodi Gregg, qui ont travaillé sans relâche mais avec bonheur à l'élaboration de ce livre. L'esprit toujours vif, même aux petites heures de la nuit, et pendant de nombreux week-ends qu'elles auraient pu aller passer loin de moi, Dieu sait où. Je n'y serais jamais arrivé sans elles.

Je tiens encore une fois à remercier les plusieurs milliers de participants à mes séminaires qui m'ont enseigné, année après année, comment fonctionne véritablement un couple. J'espère que mon travail en général et mes écrits en particulier démontrent que durant toutes ces années je fus moi-même leur élève à l'école de la vie.

Un grand merci à Bob Miller et Leslie Wells, chez Hyperion – mon éditeur. Je ne suis jamais sorti d'une conversation avec eux sans me sentir rasséréné par l'expérience. Ce sont des personnes qui croient vraiment à l'intégrité d'un livre – ou s'abstiennent de le publier. C'est en tentant de me hausser à leur niveau que j'ai pu donner le meilleur de moi-même.

En dernier lieu, mais avec la reconnaissance la plus vive, je remercie tous ceux qui ont contribué à soutenir mon travail à la télévision. J'ai été extrêmement touché d'être informé jour après jour de tous les changements que vous avez pu mettre en place dans votre vie.

3715

IMPRIMÉ EN FRANCE PAR BRODARD ET TAUPIN
32177 - La Flèche (Sarthe), le 20-10-2005.

pour le compte des
Nouvelles Éditions Marabout
D.L. n° 64912 - octobre 2005
ISBN : 2-501-04541-6
40-9484-3/01